BUTTERFLY

Romanzo di
MARTTA KAUKONEN

Traduzione di
DELFINA SESSA

LONGANESI

www.longanesi.it

ISBN 978-88-304-6241-0

Titolo originale
Terapiassa

Traduzione pubblicata con il contributo di:

FILI FINNISH LITERATURE EXCHANGE

IL LIBRAIO.IT
il sito di chi ama leggere

GRAFICA VENETA GV CARBON NEUTRAL

Fabbricato da Grafica Veneta S.p.A.
con un processo di stampa e rilegatura certificato 100% carbon neutral
in accordo con PAS 2060 BSI

Certificato PEFC
Questo prodotto è realizzato con materia prima da foreste gestite in maniera sostenibile e da fonti controllate
PEFC
PEFC/18-31-226
www.pefc.it

Fotocomposizione Editype S.r.l.
Agrate Brianza (MB)

Finito di stampare
nel mese di dicembre 2024
per conto della Longanesi & C.
da Grafica Veneta S.p.A. di Trebaseleghe (PD)
Printed in Italy

BUTTERFLY

A K., perché, se un libro è dedicato a te, non puoi non leggerlo

« Sii l'eroina della tua vita, non la vittima. »
Nora Ephron

PARTE I

IL TEST DI RORSCHACH

Ira

C'era troppo sangue nella stanza. No, non avevo scritto le parole delle canzoni dei Beatles sulle pareti con il sangue, come la Manson Family. Però sul tappeto c'era una macchia enorme. Non era a forma di cuore, era una di quelle macchie d'inchiostro in cui chi fa i test psicologici dice di vedere una farfalla perché non ha il coraggio di ammettere che sembra una vagina.

Mentre la osservavo meglio, notai che i miei calzini erano talmente zuppi da incollarsi alle piante dei piedi. Quando mi allontanai dal cadavere e mi avvicinai alla macchia, fu come camminare su un prato bagnato di pioggia. Le mie impronte insanguinate mi seguivano. Mi sentii raggelare. Com'era possibile che quella macchia assomigliasse così tanto alla prima tavola del test di Rorschach?

Cosa avrebbe detto Freud? La macchia formata dal sangue della persona che hai ucciso può rispecchiare il tuo inconscio? O va interpretata, come lo stagno fuso a Capodanno? La farfalla significava che stavo per alzarmi in volo? L'omicidio mi metteva le ali? Se a Vienna ci fossi stata io distesa sul lettino di quel misogino cocainomane, la teoria psicanalitica sarebbe stata completamente diversa.

Ora vi starete facendo un'impressione sbagliata di me. In realtà sono molto attenta. Di solito non sporco. Io torturo. Uccido. Ma senza lasciare traccia. Per me è una questione d'onore. Non voglio che i parenti delle vittime spendano un sacco di soldi per far pulire la scena del crimine. Non riuscivo a capire come avessi fatto quella volta a combinare un tale casino.

Avevo pianificato tutto fin nei minimi dettagli, esaminandoli più volte uno per uno. Avevo impiegato giorni solo per scegliere l'arma del delitto: voglio che l'arma riveli sempre il motivo per cui uccido.

In quel caso, alla fine avevo scelto un coltello per sfilettare.

Dai, su. Devo davvero spiegare il perché?

Il coltello è uno dei più classici simboli fallici. Cosa c'era di più adatto da affondare nel petto di un donnaiolo incallito che aveva passato la vita a farsi chiunque?

Tutto doveva essere in ordine, fino all'ultima virgola; eppure, all'improvviso era scoppiato il caos. Mi ero comportata come una dilettante e ora avrei dovuto perdere un sacco di tempo a pulire la scena del crimine.

Mi misi a pensare a come sbarazzarmi del cadavere, finché mi venne in mente il posto perfetto per l'ultima dimora della mia vittima. Una volta, mentre osservavo il tetro paesaggio dal finestrino impolverato del treno che mi portava da Helsinki a Kerava, avevo notato lo stagno accanto alla stazione di Savio.

Su Internet avevo scoperto che si trovava sul terreno di una vecchia fabbrica di gomma che aveva chiuso i battenti nel 1985. Lo stagno era talmente inquinato che nessuno sarebbe andato a farsi una nuotata in quelle acque putride. In più buttando il cadavere lì dentro mi sarei risparmiata lo sforzo di scavare la fossa.

Avrei caricato il corpo nel bagagliaio della sua macchina e l'avrei portato fino alla riva, avrei tirato fuori dal borsone un telone impermeabile, l'avrei disteso a terra e ci avrei deposto sopra il cadavere per tagliarlo a pezzi con la sega; poi avrei gettato in acqua telone, sega e pezzi, e abbandonato l'automobile nel parcheggio della stazione di Savio, dove avrei preso il treno per tornare a Helsinki.

Disfarmi del cadavere era la parte più difficile. Per fortuna l'adrenalina infonde i superpoteri. Grazie all'adrenalina ero riuscita più di una volta a caricare nel portabagagli e seppellire uomini ben più grossi di me.

A quel punto, se volevo mettere in atto il mio piano prima che qualcuno si accorgesse della scomparsa della vittima, dovevo lottare contro il tempo. Per la prima volta da quando avevo iniziato a uccidere, mi resi conto di non potermi fidare di me stessa. Il cuore aumentò i battiti. Ci mancava solo un attacco di panico. Dovevo fare di tutto per calmarmi. Ma la paura mi aveva ormai assalita. La conseguenza del lerciume che avevo lasciato poteva essere una sola: la cattura.

L'appartamento della vittima aveva soddisfatto le mie aspettative. Era il tipo di posto che si vede in tv, nei programmi di *lifestyle*. Pur seguendo tutte le puntate, non sareste riusciti a descriverlo. Vi sarebbe rimasto solo il vago ricordo di una serie di superfici bianche che secondo gli entusiasti conduttori televisivi erano almeno di dieci sfumature diverse. Tappeto bianco, divano bianco, tende bianche, letto bianco, scrivania bianca e, dettaglio audace, una mensola per libri che flirtava con il grigio, ma comunque bianca.

Solo a me il bianco fa venire in mente le stanze di isolamento di un ospedale psichiatrico?

In realtà in quel momento l'asettica camera da letto somigliava più a una sala operatoria dopo un intervento chirurgico. Guardai il casino che avevo combinato e imprecai sottovoce.

A un tratto la mia attenzione fu attirata da un quadro. *Live, Love, Laugh*. Queste frasi motivazionali servono solo alle persone incapaci di esprimere i sentimenti a meno che qualcuno non formuli i pensieri al posto loro. Io invece so benissimo come esprimerli: uccidendo.

Associai mentalmente il quadro ai biglietti che la gente attacca qua e là per ricordare ai propri familiari affetti da demenza i nomi degli oggetti che li circondano. Ero certa che quel quadro non l'avesse scelto la mia vittima, ma un'amica più giovane di qualche decennio.

Rimasi a fissarlo finché ebbi un sussulto. Il mio cuore mancò un battito.

Dentro la lettera O della parola *Love* c'era un puntino rosso.

Mi precipitai a controllare. Sì, era sangue. Come aveva fatto a schizzare fin lì?

All'inizio tutto era filato liscio, e adesso... che disastro!

Entrare nell'appartamento era stato facile. Avevo spiato la mia vittima per un pezzo e poi l'avevo colta in fallo. Avevo scoperto che teneva una chiave di riserva nella casetta per gli uccelli del giardino condominiale, tra i semi di girasole. La sua ingenuità era addirittura commovente.

Quell'uomo trascorreva le notti su uno degli status symbol degli anni Ottanta. Il suo letto doveva essere uno degli ultimi esemplari rimasti. Per mia fortuna mi ci ero appoggiata con un gomito quando avevo messo mano al coltello, accorgendomi così che era un materasso ad acqua. Se avessi per sbaglio trapassato il corpo e infilzato il materasso, gli inquilini del piano di sotto avrebbero visto scrosciare una cascata dal soffitto, si sarebbero imbestialiti e me li sarei ritrovati alla porta.

Lui dormiva come un sasso, tanto che avevo avuto il tempo di alzarmi e osservarlo per un po'. E intanto pensavo: che fretta c'è? Mi piace sempre esser sicura di uccidere la mia vittima. Non voglio pentirmi quando è troppo tardi. E infatti non ho mai cambiato idea. Neppure quando mi hanno supplicata. Anzi, men che meno quando mi hanno supplicata. E ne vado fiera. Sottopongo le mie vittime a una selezione così severa che tutti i finalisti tagliano il traguardo.

Ho ascoltato pianti sommessi, grida animalesche e confusi sproloqui di cui non ho capito una parola. Mi hanno recitato il Padre nostro e i dieci comandamenti, specialmente il quinto. Ma io sono sempre stata irremovibile.

Avevo estratto il coltello, sferrato un colpo al torace e poi ero andata avanti. Non credo che siate perversi quanto me, perciò non vorrete sapere altro. Piuttosto vi starete chiedendo: che cosa si prova a uccidere?

Niente.

Neanche stavolta.

Tutto si ripete, sempre identico. E io invece ogni volta spero che sia diverso. Spero di rinascere. Di assorbire energia dalla mia vittima. Di ricavarne una ragione di vita. Di sentirmi potente. Di risolvere tutti i miei problemi. Spero che finalmente tutto cambi. Che le mie azioni assumano un senso, uno qualsiasi. Spero di avere un'illuminazione. Una sorta di catarsi. Di poter dire l'ultima parola. Invece, niente.

Niente.

E ciò nonostante ci ho sempre riprovato. Questa volta sarà diverso, mi dicevo, perché ucciderò di mattina. Perché userò una accetta. Perché sarà un omicidio lampo. Perché agirò per vendetta. Perché farò a meno della tortura. Perché lo farò rumorosamente. Perché riderò mentre uccido. Perché la vittima merita di morire. Perché vuole morire. Perché morirà comunque.

Ma non è mai cambiato niente.

La sensazione è sempre la stessa: non provo niente.

Forse per questo ho deciso di smettere. O magari perché comincio ad annoiarmi.

Sarà l'ultima volta. Questa sarà la mia ultima vittima. Peccato che non saprà mai di aver avuto l'onore!

Neanche il tempo di formulare il pensiero che sono scoppiata a ridere. Io, smettere? Che assurdità! E cosa mi sarebbe rimasto? Uccidere era l'unica cosa che mi rimaneva. Senza uccidere mi restava solo il deserto.

Ogni individuo ha un'identità. A me mancavano i pilastri per la costruzione dell'io. Ero un quadro bianco, una tela vuota. Avevo dovuto dipingere da sola la mia immagine.

La mia era l'identità di un'assassina seriale.

Nomen omen. Erano stati i miei genitori a destinarmi a quel lavoro. Perché altrimenti mi avrebbero chiamata Ira?

E quindi, anche volendo, come avrei fatto a smettere?

La risposta era nella farfalla di sangue che mi stava davanti.

Sarei andata in terapia.

Il Giornale di Helsinki

Ex ministro scomparso a Kerava

L'ex ministro Uolevi Mäkisarja (Coalizione di centrodestra), in pensione, è scomparso ieri dalla sua abitazione di Kerava.

A capo del dicastero delle Finanze durante la recessione degli anni Novanta, Mäkisarja si era guadagnato la fama di severo tesoriere che non amava i disoccupati, da lui definiti scansafatiche.

A denunciarne la scomparsa è stata la sua compagna, l'attrice Mirri Kuuramo. La donna era andata a fargli visita e, non avendolo trovato, ha chiamato la polizia.

L'autovettura dell'ex ministro è stata trovata domenica sera nel parcheggio della stazione di Savio.

L'uomo ha ottant'anni, è alto un metro e settanta e pesa settanta chili. Ha gli occhi castani, i capelli castano scuro e i baffi. Stando all'ultimo avvistamento, indossava un completo nero e una cravatta grigia.

« Noi prendiamo molto sul serio la scomparsa degli anziani e daremo subito avvio alle ricerche », ha assicurato la commissaria di polizia Reija Jalkanen.

Le forze dell'ordine invitano chiunque abbia notizia dello scomparso a contattare per telefono il commissariato distrettuale.

Clarissa

Tutto è cominciato con una telefonata. Quella sera ho sentito per la prima volta la voce di Ira. Un flebile sussurro che sembrava provenire dall'oltretomba.

Era mercoledì sera – il 2 gennaio 2019 – ed erano quasi le undici. Stavo in soggiorno a guardare una trasmissione televisiva registrata. Il giorno di Capodanno ero stata ospite del programma ed ero in ansia, volevo vedere come me l'ero cavata.

Avevo avuto talmente tanto da lavorare che non ero riuscita a guardarla prima, ma quella sera mi ero finalmente sdraiata sul divano con i piedi sul tavolino. Dopo il primo quarto d'ora avevo tirato un sospiro di sollievo: tutto era riuscito alla perfezione.

Sulla poltrona dello studio televisivo davo l'impressione di essere una persona competente.

Noi donne dobbiamo sempre dimostrare di essere competenti, mentre negli uomini la competenza si dà per scontata. Avevo immediatamente convinto il giornalista della mia autorevolezza, tanto che annuiva rapito a ogni mia parola.

Per una donna, però, la competenza è un'arma a doppio taglio. Gli uomini hanno paura delle donne intelligenti. Avevo capito da tempo di essere troppo intelligente, troppo dotata, troppo meritevole, troppo competente.

Una minaccia.

Fortunatamente avevo uno stratagemma per compensare, agli occhi degli uomini, il fatto che la mia intelligenza minasse la loro fragile autostima: mi rimpicciolivo come Mignolina indossando gli indumenti più sexy del mio guardaroba.

Il mio modo di vestire li calmava. Ricordava loro che, per

quanto li superassi dal punto di vista intellettuale, in fin dei conti ero anch'io – come tutte le donne – fatta di carne.

Anche in quel caso, fedele alle mie abitudini, ero armata della mia corazza sexy. Indossavo una minigonna di Versace rosa acceso sfrontatamente corta e un'aderente camicia rosa di Chanel tanto sbottonata da lasciare ben poco all'immaginazione.

Squadrai la mia immagine sullo schermo e sorrisi soddisfatta. Presi la ciotola che avevo messo sul tavolino del soggiorno, me la sistemai in grembo e pescai una grossa patatina, che infilai in bocca intera.

Lo squillo del telefono mi fece sussultare.

Irritata, fermai la registrazione col telecomando e agguantai il cellulare. Numero sconosciuto. Probabilmente pubblicità. I venditori, però, non chiamavano a quell'ora. Forse un nuovo paziente.

Masticai e inghiottii la patatina.

« Clarissa Virtanen. »

Silenzio. Forse c'erano problemi con la linea e la mia voce non si era sentita. Riprovai.

« Clarissa Virtanen. »

Ancora silenzio. Stavo per attaccare quando udii un flebile sussurro.

« Buonasera, mi chiamo Ira. »

La sua voce sembrava provenire da lontano.

Non conoscevo nessuna Ira.

« Buonasera », risposi.

« Se possibile vorrei fissare un appuntamento per la psicoterapia. »

« Grazie di avermi contattata. Posso riceverla domani mattina alle 9.00. »

Silenzio.

« Pronto? È ancora lì? »

« Sì. Domani alle 9.00 va bene. »

Le fornii l'indirizzo dello studio e terminai la telefonata.

Quello fu l'inizio.

L'inizio di un gioco di cui lei mi aveva nascosto le regole.

La cosa peggiore?

Le notti insonni, la vergogna, i rimorsi di coscienza? L'eco delle accuse che rivolgo a me stessa, che non si placa neanche durante la notte? Il circolo vizioso dei pensieri che si ripetono senza fine? L'orribile pentimento che mi rode l'anima? La voce che, nella mia mente, mi deride? Il timore che non ci sia una fine, che non avrò mai pace? Il fatto di aver perso tutto?

No.

La nostalgia di lei, che mi attanaglia giorno e notte.

Arto

Mi sono spremuto le meningi per cercare di ricordare se all'epoca avessi già sentito il nome di Clarissa Virtanen. Il che era molto probabile: quella milf collezionava apparizioni pubbliche e presenziava a inaugurazioni ed eventi a destra e a manca. Ma io, chiuso nella mia bolla alcolica, non le avevo prestato attenzione, anche se da giornalista mi sarei dovuto tenere aggiornato sull'attualità e sui personaggi più in vista del momento. E quindi diciamo che ho sentito parlare di lei per la prima volta da Irmeli Lahjametsä, direttrice del *Giornale di Helsinki*.

Sono certo che fosse il 3 gennaio 2019. Vi chiederete come mai mi sia rimasta impressa la data: quel giorno erano sei anni dalla morte della mia adorata moglie, Marja.

Ero in pieno centro, al Sulkakynä, il pub-ristorante preferito della redazione del giornale, seduto davanti al bancone in attesa che la giornata fosse divorata dalla notte.

Non credo nei fantasmi e tantomeno negli spiriti. Eppure, avevo la sensazione che Marja stesse tentando di contattarmi dall'aldilà per rivelarmi qualcosa. Una sensazione tutt'altro che piacevole, un brutto presagio.

Che si fosse portata nella tomba un segreto che voleva condividere con me, anche se io preferivo non saperne niente?

Oltre a mia moglie, avevo in testa un'altra persona, che avrei sempre amato, anche se non l'avessi incontrata mai più. La ragione della mia vita.

Il rumore ritmato di un paio di tacchi mi strappò dalla mia nostalgica malinconia. Spalancai gli occhi cercando una via di fuga. Troppo tardi: una figura mi si materializzò davanti e s'incollò a me.

L'abbraccio fu caloroso. Dopo un attimo di sconcerto, mi resi conto che era Irmeli: aveva solo cambiato parrucca e le lunghe ciocche bionde avevano lasciato il posto a una nuvola di ricci neri.

Le terapie le avevano fatto perdere i capelli, ma il cancro non aveva intaccato la passione e l'impegno con cui si dedicava al suo lavoro. Il nuovo look le si addiceva più del vecchio: contornato dai capelli scuri, l'azzurro violaceo dei suoi occhi acquistava risalto e intensità.

Il suo sguardo si soffermò sui boccali di birra vuoti che si erano accumulati davanti a me. Le lessi nel pensiero.

Cercai di sbirciare di soppiatto il mio riflesso nello specchio appeso dietro al bancone. Un tempo ero considerato un bell'uomo, ma ormai nessuno ci avrebbe creduto. Gli zigomi alti erano un ricordo, mi restava solo la pelle cascante. E il mio bel naso si era rotto una volta che da sbronzo perso ero andato a sbattere sulla porta del frigorifero; lo testimoniava una cicatrice lungo la narice sinistra. Da giovane avevo i capelli spessi come crine di cavallo, poi si erano talmente assottigliati che quei pochi che tenevo legati ricordavano la coda di un topo. I miei occhi verdi, una volta brillanti e vivaci, erano diventati opachi come due stagni zeppi di alghe. Quell'estate avrei compiuto cinquant'anni, ma il mio riflesso rivelava che c'era ben poco da festeggiare.

Dopo aver fissato i boccali, Irmeli sollevò lo sguardo su di me. Cercò i miei occhi, e la sua rabbia si stemperò in pietà. Mi risparmiò la predica – per il momento. Ero stato licenziato dal *Giornale di Helsinki* a causa dell'alcolismo poco dopo la morte di Marja. Da allora avevo lavorato come freelance, e Irmeli mi commissionava ancora qualche pezzo.

«Arto, che combinazione! Ho un lavoro per te. Tra poco devo intervistare una persona, ma mi avanza un po' di tempo per spiegarti.»

Non avevo voglia di parlare di lavoro, ma dovetti abbozzare: Irmeli mi aveva già perdonato tante, troppe volte.

Cercai di mostrare entusiasmo.

« È proprio nelle tue corde. »

Era il mantra che ripeteva alle vittime dei suoi incarichi.

« Devi fare un pezzo su una persona interessantissima. Roba da premio. »

Ci mancava anche quella. Detestavo le interviste. Sì, odiavo il mio lavoro. E la mia vita. E non ambivo a nessun premio giornalistico.

Irmeli si protese in avanti. « Non sappiamo ancora a chi dedicare la copertina del nuovo inserto *Lifestyle*. »

L'inserto doveva uscire in estate, perciò Irmeli aveva di sicuro in mente un personaggio a cui dedicare la copertina o, nel caso subentrasse un altro volto, quanto meno una pagina interna. In ogni caso, avrei avuto tutto il tempo di lavorarci.

« Devi intervistare Clarissa Virtanen, la psicologa. »

Perché proprio a me l'intervista di una psicologa?

Irmeli mi mise in mano un foglietto sul quale era annotato un numero di telefono. Se potessi viaggiare nel tempo e tornare indietro, frugherei nella tasca della mia giacca di pelle, tirerei fuori l'accendino, accartoccerei il foglietto e gli darei fuoco.

Ira

Avrei dovuto avvertirvi subito: sono una bugiarda cronica e patologica. Persino nelle cose più banali.

Chiedetemi se mi piacciono di più i gatti o i cani, e vi rispondo che preferisco i cani, anche se amo i gatti e non sopporto i cani: quando il pelo si bagna puzzano, con le zampe portano in casa un sacco di sporcizia e quando abbaiano ti fanno saltare i nervi. Eppure vi dico che amo i cani. Perché? Perché dico palle da sempre. E quando dici palle per tanto tempo, verità e bugie cominciano ad assomigliarsi. Di solito, la gente è convinta che sarebbe bene tenerle separate. Per una questione morale, di nobiltà d'animo. Io la penso diversamente. La bugia è la mia realtà.

A parte questo, non credo nella sincerità. La maggior parte delle persone racconta così tante palle a se stessa da non saper più dire la verità agli altri. Il divorzio è stata colpa del coniuge, le difficoltà sul lavoro colpa del brutto carattere del capo e se la figlia diventa anoressica e autolesionista di chi è la colpa? Di certo non dei genitori.

E a furia di dire bugie, si diventa bravi. Se solo volessi, riuscirei a farvi credere qualsiasi cosa.

Qualsiasi.

Ora che lo sapete, state in guardia.

Vi ho detto che avrei smesso di uccidere ma non ne ho mai avuto la benché minima intenzione.

L'essere umano è pigro. Chiedete alla prima persona che incontrate se è brava nel suo lavoro, e vi risponderà immancabilmente di sì. Perché uno dovrebbe continuare ad accollarsi mansioni faticose? Meglio cavarsela con il minimo sforzo. Per quanto mi riguarda, ci sono solo due cose nelle quali sono brava, anzi, bravissima: torturare e uccidere. Perché dovrei smettere?

Ma il motivo per cui ho scelto di provare la psicoterapia è un altro.

Avevo paura di essere scoperta.

La caratteristica che accomuna i serial killer è che vogliono giocare al gatto con il topo, e spargono indizi sulla scena del crimine. Questo perché dall'omicidio in sé traggono sì e no la metà del piacere, mentre il vero piacere sta nel fatto di sentirsi più intelligenti dei poliziotti. Per loro le vittime sono semplici pedine. La vera sfida è tra l'assassino e la polizia.

Io me ne fregavo degli sbirri e delle loro teorie. Avrebbero dovuto ringraziarmi per tutti gli interessanti casi da risolvere che gli avevo servito su un piatto.

Probabilmente da qualche parte in Finlandia uno di loro aveva dedicato la vita a risolverli. Me lo vedo, con i guanti di gomma, che si rigira tra le mani gli indizi raccolti sulla scena. E che fissa con sguardo accigliato le fotografie dei sospetti appese a una bacheca nel suo ufficio, cercando di intuire chi di quelli abbia il sangue freddo di un serial killer. E magari ha già gettato la spugna, e dopo un congedo per malattia ha affidato il caso al suo successore. Chissà?

Ma il punto è: anche se fosse? Faceva il suo lavoro. Non l'avrei mai incontrato, ed era un bene. Per me era un prodotto di fantasia, un fantasma in uniforme. Eppure, da quando avevo guardato la farfalla insanguinata sbattere le ali sul tappeto della camera da letto della mia vittima, avevo considerato la possibilità che mi scoprissero. E quell'idea mi si era appiccicata al cervello come una gomma da masticare.

Mi immaginavo già in cella d'isolamento – sì, è lì che sarei finita, perché sicuramente non sarei andata d'accordo con le altre detenute e l'avrei chiarito usando pugni, unghie e denti.

Avrei fatto qualunque cosa pur di evitare quell'atroce destino.

La Finlandia è un Paese troppo piccolo per un serial killer. Qui siamo quattro gatti. Appena ci prendi gusto, ti beccano. Io avevo battuto i record da un pezzo, ma c'era poco da vantarsi. Era solo questione di tempo, prima o poi qualcuno della sezione omicidi avrebbe ricostruito tutto. E allora gli alibi improvvisati non sarebbero serviti a niente. Sarebbe stata la fine.

Per fortuna nel nostro Paese, come nel Monopoly, esiste la carta « Esci di prigione ».

Al processo avrei chiesto di essere sottoposta a una perizia psichiatrica. Uno specialista avrebbe frugato nella mia psiche e concluso che al momento del crimine non ero pienamente in grado di intendere, ovvero che la mia responsabilità penale era ridotta. I criminali ai quali è riconosciuta l'infermità mentale non vanno in prigione ma in ospedale psichiatrico giudiziario. Poi una miracolosa guarigione, la dimissione e sarei tornata alle mie occupazioni preferite.

Insomma, avrei giocato bene le mie carte. Mi sarei trovata uno psicologo scarso e facile da far fesso che, in caso di cattura, avrebbe fornito un parere talmente strappalacrime da garantirmi l'infermità mentale.

Un piano geniale, non è vero?

C'era una sola incognita: come avrei fatto a reggere la terapia?

Molti pensano che lo psicologo sia Gesù. Uno che si sacrifica con abnegazione per i suoi pazienti, nonostante già l'espressione « supporto professionale » sia eloquente.

Il terapeuta sta seduto di fronte a te per una sola ragione. Prova a farti aiutare se non hai novanta euro con cui pagare la prestazione o senza avere la copertura del sistema sanitario. Un divano morbido, sorrisi compassionevoli, istruzioni su come affrontare la vita – tutto questo ti sarà negato se non hai moneta sonante da offrire.

Lo sguardo empatico, le espressioni indulgenti del volto e la gestualità materna sono il frutto di anni, decenni di esercizio. Non è il caso di lasciarsi abbindolare o di metterla troppo sul personale.

Insomma, non pensavo certo che uno psicologo potesse essere interessato a me. L'essenziale era che fosse manovrabile. Doveva credere nella mia innocenza al punto da essere pronto a testimoniare a mio favore in un eventuale processo.

Fin qui, tutto bene. Ammetto che speravo di vedere sul volto del mio terapeuta una reazione sincera alle mie parole. Una qualsiasi: non mi aspettavo niente di particolare. Odio o ammirazione, non mi interessava.

Ad affascinarmi quando uccido sono proprio le reazioni delle vittime. I sentimenti si mostrano nella loro pienezza solo quando un essere umano è costretto a lottare per la vita. In fin dei conti, dentro di me è rimasto un briciolo di umanità: desidero sempre essere testimone dei sentimenti dei miei simili.

Tornando a noi, se avessi trovato uno psicologo sensibile alla mia storia, potevo essere sicura che avrebbe fatto tutto il possibile per difendermi.

Con il senno di poi, devo riconoscere che è stata colpa mia. Mi ero illusa d'aver trovato la persona giusta ma invece, ahimè, era quella sbagliata.

Clarissa Virtanen.

Mi era capitato di vedere quell'essere viscido in una trasmissione televisiva mentre, mezza nuda, si contorceva come un cobra al ritmo di un incantatore di serpenti.

Ogni volta che l'intervistatore faceva una battuta insulsa, Clarissa quasi se la faceva sotto dal ridere.

Un'oca. Una Barbie. Un cervello di gallina. In tv sempre e dappertutto come il prezzemolo.

Proprio la persona che volevo.

Un errore di valutazione che non potrò mai perdonarmi.
Pensavo che si limitasse ad ascoltare, senza intromettersi.
So che vuole raccontare la sua versione.
E che per zittirmi userà ogni mezzo.

Clarissa

Senza mio marito non sarei stata in grado di separare carriera e tempo libero. Pekka esigeva che mi lasciassi alle spalle il lavoro quando chiudevo la porta del mio studio alla fine della giornata. Di sfogliare carte dello studio a casa, neanche a parlarne.

Ero contenta della disciplina che mi aveva imposto; senza di lui sarei affondata nei problemi dei miei pazienti.

Se nella relazione tra me e Pekka volete trovare significati che non ci sono, fate pure. Vi dico subito che non l'ho mai psicanalizzato.

Pekka non sapeva che spesso trascorrevo la notte in bianco a rimuginare sui problemi dei miei pazienti sorseggiando vino rosso. Seduta al tavolo della cucina, con la vestaglia di seta addosso e le babbucce di lino ai piedi, bevevo in solitudine fino all'alba.

Regina mi faceva compagnia. Era una gatta meticcia che avevo salvato dal gelo durante una nevicata. Mentre aspettavo l'autobus, mi aveva strusciato più volte la testa sulle caviglie. Aveva un graffio sanguinante sul muso, forse incassato quella mattina durante un duello tra felini. Appena l'avevo sollevata in grembo, si era messa a fare le fusa, conquistandomi.

A Regina piaceva trascorrere quelle parentesi notturne sola con me: mi gironzolava tra le gambe emettendo miagolii.

Mi godevo il senso di rilassamento trasmesso dal vino, finché era di nuovo ora di affrontare la giornata e gli stessi problemi da cui la sera prima ero riuscita ad allontanarmi solo per il tempo di una bottiglia.

So che congetturare sulle cose non serve a niente. Anzi, è

segno di mancanza di professionalità. Non riuscivo neanche a immaginare i miei colleghi rimuginare in piena notte per capire come impedire il divorzio di un paziente o come aiutare un depresso. Uno psicologo deve separare la sfera privata da quella professionale.

Io ero troppo empatica per quel lavoro.

Pekka

Ammiravo Clarissa perché dedicava la sua vita ad aiutare i naufraghi. Come se si sentisse in colpa per essere risalita in superficie, mentre i suoi pazienti si dibattevano ancora in acque torbide.

Io non avrei il coraggio di guardare il buio negli occhi per lavoro.

Sono certo che la maggior parte dei pazienti di Clarissa sia guarita, o quanto meno abbia ottenuto un miglioramento della qualità di vita, grazie alla terapia.

Quanti di noi possono dire che il valore del loro lavoro è paragonabile al suo?

Clarissa aveva l'abitudine di stappare una bottiglia di champagne ogni volta che un'analisi si concludeva con successo. Usciva fuori sul terrazzo di casa e spruzzava lo champagne come un pilota di Formula 1 sul podio. Poi versava il resto della bottiglia in un calice e beveva un sorso con immenso piacere.

I tappi li conservava in un cesto di vimini. All'inizio della carriera, Clarissa trovava difficile prendere le distanze dal lavoro e non faceva che tormentarsi per i pazienti. Tentò di risolvere il problema inventandosi altri modi di passare il tempo libero, finché constatò che né lavorare all'uncinetto né l'origami riuscivano a placare la sua pena.

In ricordo di quegli esperimenti c'è ancora, in un angolo del soggiorno, l'abbozzo arricciato di un arazzo in macramè, buttato lì in un momento di rabbia. L'unico esperimento riuscito è il cesto di vimini destinato ai tappi, che nasconde un segreto: l'ho completato io. Ed è già pieno fino all'orlo.

Il mattino dopo i festeggiamenti, puntualmente, sul divano di Clarissa c'era seduto un altro paziente bisognoso di aiuto. Dovremmo chiederci come mai il nostro welfare produca file di postulanti in attesa di terapia. Nonostante sforasse continuamente l'orario di lavoro, Clarissa non avrebbe potuto sobbarcarsi tutti quelli che richiedevano la sua assistenza.

Gran parte delle persone che operano nel campo del sociale sono costrette a sgobbare con ricavi inadeguati senza che il loro lavoro sia riconosciuto. Neppure Clarissa si arricchiva, ma proprio per questo era ancor più apprezzata.

Era una specialista in materia di violenza e abusi sessuali, forse la migliore nel suo campo, tant'è che spesso i giornali la intervistavano per chiederle un parere. Ma con l'avvento del MeToo era stata sommersa dalle richieste dei media. Da allora non era trascorsa settimana senza che fosse invitata in qualche trasmissione.

Clarissa era sinceramente preoccupata per i suoi pazienti, forse un po' troppo. A casa nostra non si parlava dei loro problemi, anche perché lei era vincolata dal segreto professionale e non poteva rivelare nessuna informazione. Ma per me era importante che nel tempo libero dimenticasse le sofferenze degli altri e si concentrasse sulla sua vita.

Non ero geloso dei pazienti di mia moglie.

Credevo nel nostro matrimonio.

Mi fidavo di lei.

Ho fatto male.

Arto

La giovane artista che Irmeli doveva intervistare – che si era appena aggiudicata una mostra personale al museo d'arte contemporanea Kiasma – planò teatralmente accanto al bancone del pub e la strinse in un abbraccio.

Irmeli mi rivolse un saluto sbrigativo e si affrettò a ordinare i drink per loro due.

Decisi di cominciare subito a documentarmi per l'intervista a Clarissa Virtanen. Tanto, poiché ero sempre o sbronzo o in hangover, in un altro momento non sarei stato in condizioni migliori.

Mentre ero lì a dondolarmi sullo sgabello del pub, estrassi il computer portatile dalla borsa e mi misi a cercare notizie su Google.

Tre quarti d'ora dopo avevo letto tutto il possibile su Clarissa, ed ero giunto alla conclusione che era prodiga di interviste, ma non parlava mai della sua vita privata. L'incubo di ogni giornalista.

Clarissa Cristal Virtanen aveva cinquant'anni ed esercitava la professione di psicoterapeuta da ventuno. Nelle interviste non perdeva occasione per dispensare opinioni sia sulle questioni riguardanti i campi di cui era esperta, sia su temi indirettamente legati al suo ambito disciplinare, dal mobbing al divorzio.

Argomentava sempre in maniera chiara e analitica. Il suo pensiero era limpido e acuto. Era un'instancabile paladina dei diritti delle donne e delle bambine e non aveva paura delle reazioni che avrebbe suscitato prendendo posizioni coraggiose. A differenza della maggior parte degli esperti, non girava intorno alle cose; era diretta, a volte perfino provocatoria. Da poco, per esempio, in un saggio per una rivista scientifica aveva dichiarato che da parte delle autorità non c'era la volontà di intervenire nei casi di reati sessuali nei confronti dei bambini.

« Lo Stato finlandese dovrebbe scusarsi con tutte le vittime dei pedofili, così come si è scusato nel 2016 con coloro che sono stati abusati dopo che i servizi sociali li avevano dati in affidamento », aveva argomentato.

« La legge finlandese tutela i pedofili, non le loro vittime. Non potremo dire di essere un Paese civile o la culla del welfare finché lo Stato non si assumerà la responsabilità di ogni atto di violenza sessuale sui bambini. »

Ricordavo che il saggio aveva sollevato un acceso dibattito, ma non che a scriverlo fosse stata proprio lei.

Le mie amnesie non mi sconvolgevano più di tanto. Ricordi molto più importanti erano evaporati tra i fumi dell'alcol.

Le opinioni di Clarissa erano così estreme che si prestavano facilmente a ricavarne titoli sensazionalistici e addirittura scoop. Non c'era da meravigliarsi che conquistasse i giornalisti.

Malgrado non acconsentisse a parlare in pubblico della sua vita privata, Clarissa presenziava volentieri agli eventi mondani. Posto che si possa dar credito ai pettegolezzi dei giornali, era amica di molti personaggi pubblici, nonché ospite fissa alle prime cinematografiche e ai lanci dei libri. La si intravedeva nelle cronache mondane dei giornali femminili che spuntava dietro l'enorme cappello da sole di una *habit coach* o dietro una coppia di presentatori televisivi al taglio della torta nuziale.

Non mi stupiva la riservatezza di Clarissa sulla sfera personale. È tipico degli esperti: non vogliono dire una parola della loro vita privata. Gli intervistatori devono concentrarsi sui loro successi e le loro teorie, e citare tutti i premi, i riconoscimenti e gli onori a loro tributati.

Ma io, da vecchia volpe qual ero, sarei riuscito a stanarla.

Alcuni miei colleghi non amano intervistare psicologi e psichiatri. Forse temono di finire sul divano dell'intervistato e ricadere nell'abisso della loro infanzia. Per me erano paure ridicole.

Mi chiesi se Clarissa fosse una terapeuta talmente in gamba da riuscire a risolvere i miei problemi. Come avrebbe reagito, se le avessi raccontato di aver rovinato la relazione più importante della mia vita?

Sentii il rimpianto azzannarmi le ossa.

Era vicina a me, ma non potevo raggiungerla. E lei non poteva immaginare di essere ancora al centro dei miei pensieri.

Ira

Ho dimenticato di dire una cosa. Clarissa non è stata la mia prima psicologa. Fin dai dieci anni mi ero seduta su divani sgangherati, sgabelli di legno e poltrone flosce.

Un giorno il mio comportamento era cambiato, e i miei genitori non avevano mai capito il perché.

A dieci anni mi avevano spedita dalla psicologa infantile del comune, che alla prima seduta si era già fatta un'idea.

A suo dire, ero normale.

I miei avevano tirato un sospiro di sollievo, e la terapia era finita ancor prima di cominciare. Ciò di cui non si parla non esiste.

Il paesino dove sono cresciuta era talmente piccolo che tutti sapevano i fatti degli altri. I miei genitori temevano che qualche pettegolo mettesse in giro la voce che la luce dei loro occhi andava in terapia.

Vi ho già detto vero che il bianco mi fa venire in mente un ospedale psichiatrico? Be', sarà perché a quattordici anni ci sono finita davvero nel reparto di psichiatria infantile. Ero anoressica.

Il mio corpo scheletrico suscitava ammirazione mista a terrore ovunque andassi. « Magari fossi anch'io così magra, ma senza essere malata », mi aveva detto invidiosa una mia compagna di classe. Tutte vogliono essere magre, solo che noi anoressiche non contiamo quanti chili ci separano dalla forma perfetta per il bikini, ma quanti ci separano dalla morte.

Sapete qual è la cosa più divertente?

Le persone sono sempre convinte di aver avuto un'infanzia normale. Sempre. Indipendentemente da com'è stata.

Io avevo difeso i miei genitori con lo psichiatra dell'ospedale. Avevano fatto del loro meglio. Perché scaricare la colpa su di loro?

Le mie condizioni fisiche non erano dovute al mio passato o ai miei genitori, ma esclusivamente a me.

Anni dopo, quando ero già maggiorenne, mio padre mi aveva portato, contro la mia volontà, da uno psichiatra privato, che mi aveva consigliato la psicanalisi. In pratica, il classico divano.

Non mi interessava quel tipo di scavo mentale.

Lo psichiatra aveva ammesso apertamente che le sue competenze non sarebbero bastate a risolvere i miei problemi. Aveva formulato la frase soppesando le parole, ma io avevo capito quali erano le sue intenzioni.

Non voleva accollarsi la responsabilità del mio suicidio.

Clarissa

Rovisto nei meandri della memoria in cerca del nostro primo incontro. Avrei potuto impedire quello che è successo? Può sembrare assurdo, però ne sono sicura: appena Ira è entrata nel mio studio, il mio inconscio ha tentato di mettermi in guardia.

Ma io non l'ho ascoltato.

Ho l'abitudine di prendere appunti sulla terapia di tutti i pazienti e conservare le annotazioni e il resto della documentazione in un archivio nel mio studio, suddiviso in cartelle per ogni singolo paziente.

La cartella di Ira contiene solo due o tre fogli A4, alcuni dei quali scritti interamente, altri con appena qualche frase. Di diverse sedute non ho nulla, neppure una riga.

Quegli appunti, insomma, non sono d'aiuto. E provate voi, allora, a ricordare senza appunti gli avvenimenti più importanti della vostra vita.

Non oso pensare a come mi deriderebbe Ira se sapesse della mia pena.

Ma come potevo immaginare che dai resoconti delle sedute di una paziente si potessero ricavare testimonianze preziose utili a dimostrare... cosa, poi?

Non la mia innocenza, che non ha senso mettere in discussione.

Forse non tenterò di dimostrare niente. Piuttosto, cercherò di spiegare. Non posso chiedervi altro, se non di provare a comprendermi, ma temo che anche questo sia impossibile.

Ricorderò sempre quello sguardo. Ira mi porse la mano e

mi guardò negli occhi. Erano azzurro scuro, così scuro che alla flebile luce del mio studio appariva quasi nero. Volendo essere poetici, mi ricordavano un mare cupo, che nascondeva sul fondale misteri inimmaginabili.

Era uno sguardo sfrontato. Come se mi avesse sfidato a uno di quei giochi che si fanno da bambini: ci si guarda negli occhi e a perdere è il primo che distoglie lo sguardo.

Ira scrutò dentro di me. Per gli altri pazienti ero prima di tutto uno specchio in cui vedere ciò che volevano. Per alcuni ero la madre che non li aveva mai apprezzati e che, anzi, aveva dimostrato il suo disprezzo in ogni gesto; per altri ero il padre che li aveva abbandonati proprio quando avrebbero avuto bisogno della sua protezione. Con Ira non potevo nascondermi dietro al mio ruolo professionale.

Quando ci stringemmo la mano per la prima volta, ebbi la sensazione che in quel fuggevole istante fossero accaduti un numero incalcolabile di eventi. Si dice che in punto di morte tutta la vita ti scorra davanti agli occhi. Ecco, provai esattamente quella sensazione.

Ero pronta a sacrificare tutto. Che assurdità!

Tutto ciò deve sembrarvi ancora molto confuso. Non ho fatto altro che lambiccarmi il cervello per capire cosa sia andato storto. Ora lo so. È stato tutto un fraintendimento: le cose non stavano come credevo.

Avevo travisato tutto, fin dall'inizio. Niente era come appariva. Né quel primo sguardo, né il resto.

Ero convinta di muovere bene i fili e invece era sempre lei a condurre il gioco. Ira mi manovrava come una marionetta.

Credevo che tra di noi valessero le stesse regole che applicavo agli altri pazienti.

L'analisi è basata su un'illusione. Occorre far credere al paziente che è al comando, laddove in realtà questa responsabilità spetta al terapeuta.

Ira capovolse questo schema. Non riuscivo a liberarmi dalla sua presa.

Non mi rendevo nemmeno conto di essere sua prigioniera.

Arto

Quando ritenni d'aver rovistato abbastanza nel passato di Clarissa, ripresi a bere. Ordinai una birra e mi trattenni al bancone, nello stesso posto dove stavo bevendo fin dall'apertura del locale. Era dalla mattina che tentavo di tenere a bada la tristezza, ma alla fine mi assalì con un tale impeto che non fui in grado di arginarla.

Decisi di proseguire a casa la cerimonia in ricordo di Marja.

Feci una tappa per recuperare il bassotto che mi teneva compagnia sul divano. Cercai di convincermi di non essere tanto sbronzo, in fondo era un giorno feriale, e per dimostrarlo guardai la trasmissione culturale della sera, come ogni giornalista che si rispetti. Era una replica della puntata di Capodanno.

Sullo schermo comparve il volto di Clarissa. Da quello che riuscii a capire, l'argomento era il femminismo. A quanto pare, Clarissa era una voce autorevole anche in quel campo.

« Non si può ottenere la parità senza quote. È un dato di fatto », sentenziò.

Sembrava del tutto a suo agio in quello studio televisivo, seduta con la schiena dritta e l'espressione tranquilla. Comparire in pubblico non la turbava minimamente.

Si esprimeva con voce limpida e misurata, utilizzando un lessico preciso ma comprensibile a tutti. Non sfoderava il gergo specialistico e faceva in modo che anche lo spettatore più semplice capisse ciò che intendeva.

Avevo acceso il televisore troppo tardi. L'intervista era quasi conclusa. Il giornalista dava l'idea di essere rimasto affascinato da lei almeno quanto me, visto che cominciò a impappinarsi. Alla fine passò alla Russia e all'hobby della caccia di Putin.

Il mattino dopo mi svegliai con il mal di testa.

Ma decisi di mettermi subito al lavoro e telefonare a Clarissa per concordare un appuntamento.

Digitai il suo numero.

« Clarissa Virtanen. »

La sua voce era dolce e melodiosa. Si sarebbe forse trasformata in miele quando avrebbe saputo che volevo intervistarla?

« Buongiorno. Sono Arto Haaleajärvi, lavoro per *Il Giornale di Helsinki*. Stiamo preparando un nuovo inserto chiamato *Lifestyle* e vorremmo dedicare a lei la copertina del primo numero con una lunga intervista. »

« Ne sono lusingata! Accetto volentieri, ma a una condizione. Non parlo della mia vita privata. »

« Ho capito. Ci potremmo concentrare sui suoi traguardi più importanti, invece che sulle vicende personali. L'ho vista ieri in televisione, un interessante intervento sulla parità di genere. »

« Sì, sì! Noi donne avremmo parecchio da insegnare a voi uomini. Diamoci pure del tu. »

Ecco! Sta a vedere che mi rifila una lezione. Proprio a me, che ogni volta sono il primo a difendere la parità di genere con quelli che tirano in ballo la biologia e sostengono che gli esseri umani dovrebbero rispettare le regole imposte da Madre Natura. « Tutti gli animali hanno ruoli ben definiti: i maschi vanno a caccia di cibo, le femmine si occupano dei cuccioli. Noi non facciamo eccezione. » E i peggiori proseguono ricordando i bei tempi delle caverne, quando gli uomini andavano a caccia e le donne erano ben felici e grate di starsene dove dovrebbero tornare: a cullare i figli intorno al focolare.

« Per caso possiamo vederci già lunedì prossimo? »

« Di solito dedico il lunedì a mio marito. Non scriverlo sul giornale, ma penso che ci saremmo lasciati da un pezzo se non ci fossimo impegnati fin dall'inizio a proteggere la nostra relazione. »

Un impegno che, volendo credere a Marja, io avevo del tutto trascurato.

« Probabilmente hai ragione. »

« Ma per questa volta farò un'eccezione. Vediamoci lunedì alle sette. Che ne dici del Caffè Kahvihuone sulla Mannerheimintie? »

Non ci mettevo piede dalla morte di Marja e avevo giurato a me stesso di non tornarci più. Era il posto dove ci vedevamo agli inizi, dove tante volte ci eravamo guardati negli occhi confidandoci i nostri segreti.

Mi resi conto di essere sprofondato in un pantano di nostalgia. Arrancai per uscirne e risposi.

« Certo. A lunedì. »

Non avrei mai potuto immaginare in che razza di guaio mi ero ficcato con le mie stesse mani.

Ira

Quando suonai il campanello del suo studio, sapevo cosa mi aspettava. Sul tavolo ci sarebbe stato un pacchetto di fazzoletti, che lei mi avrebbe offerto appena i miei occhi si fossero inumiditi. O forse lo avrebbe spinto timidamente verso di me, fingendo di non notare che piangevo.

Forse avrebbe misurato i miei progressi in base al numero di fazzoletti usati. Le lacrime sono un segno di fiducia.

Accanto al pacchetto di fazzoletti mi aspettavo di vedere un orologio girato verso di lei. La seduta sarebbe durata quarantacinque minuti, non uno di più. Per importante che sia l'argomento di cui stai parlando, nella parte finale della seduta lo psicologo tiene sempre d'occhio l'orologio.

Ognuno di loro ha la sua espressione: « Il tempo che abbiamo a disposizione sta per finire », « Continuiamo la prossima volta », « Ora purtroppo dobbiamo concludere ». Poi il paziente raccoglie le sue cose, esce ed è di nuovo solo.

Così si misura la spontaneità del desiderio degli psicologi di aiutare gli altri. Ve l'avevo detto, no?

I loro studi sono tutti uguali, l'arredo non cambia mai. Forse il loro percorso di formazione include un corso base di interior design.

Su una parete c'è sempre un poster con un'opera d'arte. Non un classico del realismo finlandese come il *Combattimento dei galli cedroni* di Ferdinand von Wright. Più analitica è la formazione, più predomina la simbologia.

Gli orologi molli della *Persistenza della memoria* di Dalí ricordano allo psicoterapeuta incline al masochismo la lentezza con cui si muovono le lancette dell'orologio sul tavolo.

Se è un sessuologo o una sessuologa, ci saranno invece le calle oscene di Georgia O'Keeffe. Credo di aver reso l'idea.

Un capitolo a parte è riservato ai ringraziamenti dei pazienti. Disegni, dipinti, collage nei quali ringraziano lo specialista per averli aiutati a vedere finalmente la luce.

Spendiamo ancora due parole sul colore delle pareti. Il giallo infonde speranza: puoi farcela! Guardando i muri, cominci a credere di nuovo nel domani. Il sole splende, lì dentro, e fra poco illuminerà anche la tua vita.

Nello studio della mia nuova psicologa tutto era in regola. Alla parete *I girasoli* di Van Gogh. Sull'anta della scrivania, attaccato con il nastro adesivo, un acquarello raffigurante un arcobaleno, presumibilmente opera di un suo ex paziente.

Solo il colore delle pareti mi stupì. Azzurro chiaro. Era adatto a me, che cercavo aiuto per l'aggressività, tant'è che mi sentii subito più calma.

C'era, però, anche la speranza: il tappeto era di un giallo acceso.

Mi sedetti e la guardai negli occhi. Cosa vedeva in me? Ero solo una giovane donna devastata come tante? Un'anoressica. Una nevrotica. Una fobica.

Il mio sguardo fu attratto dai girasoli. Cercai di immaginare le donne che si erano sedute su quello stesso divano e avevano osservato il poster.

Le vidi frignare mentre facevano a pezzi i fazzoletti uno dopo l'altro. Lagnose, immature, incapaci di risolvere da sole i loro problemi, ecco cos'erano. Vittimiste abituate a farsi fare tutto da qualcun altro.

L'ultima volta che avevo pianto ero bambina.

Non provavo un briciolo di compassione per gli altri pazienti. Non avevamo niente in comune.

Io non ero indifesa.

Mi occupavo di me stessa da quando avevo dieci anni.

Gli altri pazienti erano persone baciate dalla fortuna che

non avevano idea di cosa fosse la sofferenza. Avevano bisogno di una bella scrollata o di un sonoro ceffone. Qualcuno avrebbe dovuto aprire le loro zucche vuote – spaccandole col martello – e ficcarci un po' di raziocinio. Andavano lì in cerca della soluzione ai loro problemi, come se si potesse comprare. Facevano shopping di diagnosi.

A un tratto provai una bruciante gelosia. La psicologa aveva la testa inutilmente impegnata dai problemi degli altri pazienti invece di essere concentrata esclusivamente sul mio caso.

E se il mio piano fosse fallito solo perché lei non aveva energie da dedicarmi? E se avessi fatto fuori gli altri pazienti così non le avrebbero sottratto tempo?

Dopo la seduta mi sarei appostata dietro un angolo in attesa che il paziente successivo terminasse, l'avrei assalito e trascinato per i capelli nel bosco lì accanto.

La vittima avrebbe tentato di gridare per chiedere aiuto, ma io le avrei tappato la bocca con la mano e spaccato la testa.

Un colpo. Un altro. Un altro.

Silenzio.

Al pensiero mi scappò una risata.

Dovevo accontentarmi di quarantacinque minuti ogni tanto. Troppo poco.

E se lei mi avesse proposto di assumere dei farmaci? No, era una psicologa, non un medico. Però poteva spedirmi da uno psichiatra. Ma io non ci sarei mai andata.

Tutti gli psichiatri pensano che l'individuo sia riconducibile alla chimica del suo cervello. Secondo loro i problemi si risolvono in un modo solo: con una terapia farmacologica.

Il mio cervello è vergine, e io proteggo la sua condizione naturale. Fino a quel momento mi ero sballata solo con i superalcolici e non avevo intenzione di cambiare le mie abitudini.

Un trillo mi scosse di colpo da quei pensieri confusi riportandomi alla realtà. Sulla scrivania c'era una sveglia regolata sull'orario di fine seduta. Che tatto. Niente frasi con tono contrito, niente finte scuse: solo la crudeltà impietosa di una sveglia.

Eravamo state lì sedute per tre quarti d'ora in completo silenzio. Nessuno si guadagnava da vivere in modo più facile di lei. Senza inutili commenti si alzò.

Nessuna delle due proferì parola.

Le porsi la mano.

Ci guardammo negli occhi.

La partita era cominciata.

Clarissa

Non c'era niente di eccezionale nel fatto che io e Ira non avessimo scambiato una sola parola durante la prima seduta. Alcuni vogliono studiare la situazione in silenzio, capire se sono la persona giusta; se non li lasciassi fare in tutta calma, non verrebbero da me una seconda volta.

Se un paziente non vuole parlare, non cerco di forzarlo. In tanti hanno già calpestato la sua volontà, io non voglio fare lo stesso. Confido che l'inconscio sia continuamente al lavoro anche se non verbalizziamo i nostri pensieri.

Il punto è costruire la fiducia. Soprattutto all'inizio della terapia è importante che sia il paziente a dettare il passo; in questo modo non si sente costretto a mettere subito a nudo la sua psiche.

Lo psicoterapeuta deve saper aspettare che il paziente sia pronto ad andare avanti. Secondo me, in questo sono brava. Intuisco l'umore dei pazienti e so quando un argomento è stato ormai sviscerato ed è il momento di voltare pagina. Non ho alcuna fretta.

La sola presenza di Ira saturò la stanza.

Come se non ci fosse spazio per altro, neanche per le parole.

Avrei dovuto chiederle almeno i dati essenziali: età, lavoro, occupazione dei genitori, eventuali fratelli e sorelle, diagnosi e terapia farmacologica. Farmi dire, indicativamente, perché voleva intraprendere un percorso di psicoterapia.

Ma Ira se ne stava seduta sul divano come una bambina. Come se tutta la sua esistenza fosse stata affidata a me. Tutto in lei gridava aiuto.

Intuii che tra noi sarebbe successo qualcosa di rilevante. Ma non avrei saputo dire cosa.

Stringevo nervosamente la matita e il taccuino. Feci uno scarabocchio per nascondere l'imbarazzo.

Mi venne voglia di sfogare il nervoso masticando qualcosa – un chewing-gum, le unghie, la penna – ma Ira avrebbe così colto il mio nervosismo.

Mi fissava intensamente. La sua attenzione era rivolta solo a me.

Evidentemente aveva deciso che dovessi prendere io l'iniziativa. Tentai di formulare una frase sensata, ma la mente mi girava a vuoto. Mi sforzai ma non mi venne nessuna idea.

Quasi non respiravo per non sottrarle ossigeno.

Quando mi girai a sbirciare l'orologio, erano le dieci meno un quarto. L'ultima volta che l'avevo guardato erano le nove e un quarto. Quella mezz'ora era trascorsa in una specie di trance. Non mi ricordavo niente.

Mi spaventai. Cos'era successo? Forse Ira aveva approfittato di quel mio stato e frugato nelle cartelle con i dati dei miei pazienti? Chiudevo a chiave l'archivio solo quando uscivo, perciò avrebbe potuto leggerle senza difficoltà.

Avrebbe potuto, che so, ricattarmi. O spedire i miei documenti alla redazione di un giornale e denunciare la leggerezza con cui li custodivo.

Ebbi la sensazione che la mia sopravvivenza dipendesse dalla rapidità con cui avrei fatto uscire quella donna dal mio studio. Lei, invece, non sembrava avere fretta di andarsene. Quando alla fine si mise la giacca, la guidai frettolosamente verso la porta. Indossava un vestito nero di velluto con il pizzo che era troppo grande per lei, e strascicava per terra l'orlo sdrucito con un fruscio. Chiusi la porta dietro di lei.

Avevo voglia di gridare.

Cercai di convincermi che il mio comportamento non era indice di un crollo emotivo. Una cosa simile non mi era mai successa. Il fenomeno doveva avere una spiegazione logica. È possibile che capiti a tutti gli psicologi?

Tornai con il ricordo ai racconti delle esperienze da incubo dei miei colleghi. Violenza, stalking, onorari non pagati, ma nessuno aveva mai accennato a una cosa del genere. Forse nessuno aveva il coraggio di parlare di simili fallimenti professionali – e la cosa non mi stupiva.

Corsi in bagno, ma non arrivai in tempo al water e vomitai sul pavimento. Le strisce e i riquadri color corallo che decoravano le piastrelle nere del bagno mi saltarono agli occhi.

Dovevo concentrare l'attenzione su di me. La nausea era scemata, ma mi sentivo ancora debole.

Sul bordo del lavandino c'era un capello nero. Era di Ira. Al vederlo mi prese un disgusto tale che lo buttai subito nello scarico.

Ripensai al mio archivio. Lo aveva violato?

Mi precipitai nello studio, afferrai la maniglia del primo cassetto e tirai.

Esaminai tutti i cassetti, uno per uno. Le cartelle di cartone marrone erano in perfetto ordine come sempre e i fogli erano sistemati correttamente.

Una volta tranquillizzata, pensai a Ira. Dovevo assumermi la piena responsabilità di quella paziente, dato che lei non era chiaramente in grado di farlo. Non avrei sopportato di avere la sua morte sulla coscienza: non me lo sarei mai perdonato.

Non mi ero mai perdonata neppure la morte di Riku.

Di Riku, il mio adorato Riku.

Il mio dolce ragazzo punk, con la cresta ora blu, ora verde. Che aveva infine trovato la pace.

Almeno così avrei voluto credere, anche se con il mio lavoro avevo visto di tutto e perciò non credevo più a niente.

Pekka

Clarissa aveva lo studio a casa. Fin dai primi anni vivevamo in una tipica casetta di legno risalente agli anni Cinquanta che avevo ereditato a vent'anni dalla mia madrina Mirjami. Allora io e Clarissa ci eravamo appena conosciuti, ma avevamo già cominciato a pensare di vivere insieme. L'eredità aveva solo velocizzato i programmi.

Siccome non abbiamo figli, quando Clarissa era in vacanza e non c'erano pazienti che andavano e venivano, la casa sembrava un mortorio.

Da parte mia, era inutile tentare di evitare i pazienti di mia moglie; poiché lavoravo in proprio e avevo anch'io lo studio a casa, era inevitabile che mi imbattessi in qualcuno di loro.

Sono ingegnere e mi sono specializzato nella manutenzione di vecchi database. Quando ero studente imparai per puro diletto a usare Cobol, il linguaggio con il quale a quei tempi erano gestiti i database delle compagnie assicurative. Aggiungere commenti in un linguaggio di programmazione a dir poco arcaico non interessava a nessuno, e di conseguenza avevo lavoro sicuro per un bel po'. Era un lavoro di routine, ma ben pagato.

Nei primi tempi del nostro matrimonio non sapevo come comportarmi con i pazienti. Ora capisco che sono persone normalissime.

Siamo tutti malati, chi più chi meno. Solo che alcuni di noi sanno nasconderlo meglio di altri.

Ciò nonostante, altri sono classificati come malati di mente, paranoici, malati immaginari se non addirittura pazzi; in realtà, chiunque può ammalarsi, e può accadere in qualsiasi momento.

Poiché per alcuni entrare in terapia può essere un passo molto sofferto, è importante che i pazienti si sentano subito ben accolti al loro arrivo. Clarissa aveva dipinto di una bella tonalità di azzurro sia il piccolo vano tra le due porte d'ingresso, quella esterna e quella interna, sia l'ingresso che fungeva da sala d'attesa. Al soffitto di quest'ultima aveva installato un impianto stereo che diffondeva ininterrottamente il canto delle balene. Quando l'avevo sentito la prima volta da un cd che aveva acquistato, mi ero detto che non mi sarei mai abituato a quei fastidiosi versi. Ora non ci faccio più caso.

All'attaccapanni erano appesi dei cardigan a disposizione dei pazienti durante la seduta. Aspettavano il loro turno in comode, morbide poltrone. E come se queste non bastassero a coccolare il delicato deretano dei pazienti, Clarissa le aveva rese ancora più accoglienti ricoprendole di bianche pelli di pecora. Accanto alle poltrone c'era un tavolino rococò sul quale era sempre disposto un vassoio d'argento con tè Lapsang Souchong, caffè Arabica e *brownies* biologici fatti in casa.

Per me era una questione di rispetto avere la massima discrezione con i pazienti. Di solito li guardavo negli occhi e facevo un breve cenno col capo prima di dileguarmi sul retro. Con qualcuno scambiavo un saluto imbarazzato o perfino un sorriso forzato. Non si andava mai oltre.

Ogni tanto capitava di dovermi barcamenare per non urtare la sensibilità di nessuno. In certi casi era subito evidente che i pazienti non erano in grado di stabilire un minimo contatto umano: non accennavano nemmeno a rivolgere lo sguardo verso di me. A quel punto non li mettevo in difficoltà salutando, perché sapevo che sarebbe stato motivo di ansia. Gli passavo davanti con andatura decisa, come se non mi fossi reso conto della loro presenza.

Io e Clarissa ci conoscevamo da così tanto tempo che mi

accorgevo quando una paziente la coinvolgeva particolarmente.

Tra me e me chiamavo le prescelte «principesse».

Bambine che Clarissa non aveva avuto e delle quali non era solo la psicologa, perché puntava molto più in alto. Voleva far loro da mamma.

Donne giovani, esili, pallide che evitavano il mio sguardo e scivolavano in sala d'attesa come fantasmi. Si lasciavano dietro un olezzo dolciastro e nauseabondo, da cui si intuiva che prima di iniziare la seduta avevano vomitato nel water del nostro bagno i pasticcini divorati poco prima al bar. Lo deducevo anche dai confettini rosa che galleggiavano nel water.

Quanta depressione e quanto dolore gravavano sulle loro spalle!

Erano donne adulte, ma al tempo stesso non lo erano. Si muovevano in punta di piedi come se portassero le scarpette e il tutù rosa di quando andavano a danza da piccole.

Se riuscivi a guardarle negli occhi, incontravi lo sguardo di una bambina la cui infanzia era finita ancor prima di iniziare. Erano quelle che prendevano sempre dieci, che dovevano diventare giuriste, dirigenti d'azienda, ingegnere e medici. Ma non erano diventate niente.

E non lo sarebbero mai diventate.

Quante aspettative riposte in loro svanite nel nulla. Quante porte spalancate che poi si erano viste sbattere in faccia.

Donne alle quali era stato promesso tutto, ma che non avevano avuto niente. Immaginate la rabbia. Dove l'avrebbero sfogata?

Su se stesse, ovviamente.

E non interessava a nessuno.

La loro storia era già stata scritta fino alla fine, nonostante avessero tutta la vita davanti.

Solo Clarissa aveva la forza di preoccuparsi per loro. Del

resto, era stata anche lei una di loro. Una povera, piccola disperata che non aveva altri che se stessa.

Ma mentre le altre presidiavano per tutta la vita le rovine della loro infanzia, Clarissa si era lasciata il passato alle spalle. La violenza, gli incubi, la paura, l'angoscia.

Un gioco di prestigio che a molti non riusciva.

Come faceva? Lo faceva per poter salvare le altre.

Ma non poteva più salvare se stessa.

Clarissa

Quando Ira mi strinse la mano alla fine della prima seduta, nei suoi occhi non c'erano più lacrime. Per un istante intravidi un lampo di sfida, poi tornarono a essere gli occhi di una bambina.

Solo adesso che è troppo tardi capisco il significato di quello sguardo. Allora lo interpretai male: pensai che Ira cercasse di nascondere la sensibilità con l'aggressività.

Il nostro modo di vedere gli altri dipende tutto dalla prima impressione. Ne siamo prigionieri. Sensibile. Vulnerabile. Indifesa. Così la descrissi dopo il nostro primo incontro. E su questa impressione mi basai anche in seguito, nonostante tutti gli avvenimenti successivi la contraddicessero.

Per voi sarà inconcepibile che non mi sia resa conto delle sue reali intenzioni. Sono o non sono una studiosa della psiche, una profonda conoscitrice della natura umana?

Come posso giustificarmi?

Sostengo impudentemente che nessuno sarebbe riuscito a evitare la trappola che aveva teso. I miei colleghi ci sarebbero caduti esattamente come me. Ne sono convinta. Eppure, qui è in gioco anche qualcosa di molto personale.

Tutto l'inganno era stato architettato appositamente per me.

Pekka

La vidi per la prima volta dalla finestra del mio studio. Era mattina e stavo per cominciare la mia giornata di lavoro. Clarissa era entrata a fare le pulizie la sera prima e aveva abbassato le veneziane; quando le tirai su, vidi una giovane donna che attraversava il nostro cortile diretta alla porta di casa. Una nuova paziente.

Il mio sesto senso mi diceva che sarebbe diventata una delle principesse di Clarissa.

Era vestita di nero. Si guardava intorno con diffidenza, come se le siepi di olmaria fossero state piantate nel cortile al solo scopo di nascondere un malintenzionato acquattato lì dietro per tenderle un agguato.

Riabbassai subito le veneziane per non spaventarla. Questa principessa apparteneva indubbiamente a quel genere di pazienti che non vogliono avere niente a che fare con me.

Allargai con cautela una fessura e sbirciai. Si era chinata ad allacciarsi le scarpe.

Non si era accorta di me.

Solo ora capisco di essere stato cieco. Se fossi stato un po' più sveglio, mi sarei reso conto che tutto cambiò nell'istante in cui Clarissa la accolse come sua paziente.

Mia moglie aveva avuto molte preferite prima di lei. Talora avevo l'impressione che avesse sempre un paziente più importante degli altri, una principessa che reclamava tutta la sua attenzione.

Le principesse beneficiavano di un trattamento privilegiato. Erano autorizzate a telefonarle a qualsiasi ora, anche nel cuore della notte. Potevano venire a casa quando volevano, anche senza appuntamento. Le loro sedute si protraevano oltre i tre quarti d'ora canonici; una volta una di loro si trattenne per il tempo di due sedute consecutive, la durata di una partita di calcio!

I colleghi di Clarissa avrebbero storto il naso se avessero saputo che faceva credito alle principesse, a volte curandole addirittura gratis.

Per lei non erano semplici pazienti, ci teneva davvero a loro. Ad alcune era forse fin troppo legata, ma chi ero io per criticare. Non che sia geloso, ma tutti i mariti amano pensare di essere per le mogli la persona più importante di tutte.

Per fortuna Clarissa sembrava essere consapevole che il suo rapporto con i pazienti fosse troppo stretto.

Forse occorrerebbe porre la domanda al contrario: come avrei potuto capire quello che stava succedendo tra lei e la sua nuova paziente? Non avevo alcun motivo di dubitare di Clarissa.

Esiste una consorte più sincera di una psicoterapeuta?

Arto

Il Caffè Kahvihuone era infestato da uno spettro. Quando, in preda al nervosismo, entrai, mi accorsi di cercare Marja con lo sguardo. Sbuffai alla mia stupidità. Mi diressi istintivamente al nostro tavolo, che si trovava in fondo al locale. Era vuoto. Gettai la giacca e la sciarpa sullo schienale della sedia e andai al bancone a ordinare un caffè.

All'improvviso l'attenzione di tutti fu diretta all'ingresso. Mi guardai intorno chiedendomi perché mai gli altri presenti fossero così agitati.

Era arrivata Clarissa.

Mi accorsi che era in piedi sull'uscio. La gente cercava di non guardarla, ma non riusciva a dominare la curiosità.

Con poche falcate la raggiunsi.

« Ciao! Sei Clarissa Virtanen? Arto Haaleajärvi, piacere di conoscerti. »

Le porsi la mano, ma lei mi abbracciò calorosamente.

« Ah, che bello conoscerti di persona! Devo confessare subito che ho sempre ammirato la tua scrittura pungente. Leggevo sempre i tuoi editoriali sul *Giornale di Helsinki*. Peccato che tu abbia smesso! »

Risposi borbottando qualcosa di vago. Mi umiliava essere ricordato per aver buttato nel cesso la mia carriera.

Una scia di Chanel numero cinque mi serpeggiò sotto il naso. Cercai di trattenere il respiro. Ero geloso di quel profumo, perché era il preferito di Marja. Non doveva usarlo nessun'altra. La fragranza aleggiò intorno a Clarissa inebriandomi, e non potei farci nulla.

Ci sedemmo al tavolo. La guardai negli occhi. Lei sfuggì al mio sguardo indagatore e si mise a esaminare le unghie finte rosa decorate con un brillantino dorato simile a una palla natalizia.

« Va bene se registro l'intervista? Non voglio affidarmi solo alla memoria. »

Non mi ricordavo nemmeno se qualcuno me lo avesse mai vietato. La maggior parte degli intervistati capiva che li avrei citati con maggior precisione con una registrazione. E anche chi non ci arrivava subito, cambiava idea una volta che gliel'avevo spiegato.

« Certo. I test psicologici hanno dimostrato senza ombra di dubbio che le persone non dovrebbero fidarsi della loro memoria » ribatté lei facendomi l'occhiolino.

Rovistai nella borsa alla ricerca del registratore. I miei colleghi si servivano ormai da un bel pezzo del cellulare, ma io ero della vecchia scuola anche in questo. Sistemai il registratore sul vassoio e lo accesi.

Eravamo seduti di fronte e nessuno dei due pensava ancora male dell'altro.

Ira

La notte dopo la mia prima seduta dalla psicologa mi ritrovai di nuovo davanti allo specchio del bagno senza sapere come c'ero arrivata. Lo specchio era appeso a una vite ed era solo questione di tempo perché la vite cedesse e lo specchio si schiantasse sulle piastrelle grigio topo.

Abitavo nel quartiere di Töölö, in un piccolo monolocale di un edificio costruito negli anni Venti. Non mi ero presa la briga di arredarlo; non avevo neppure un letto, ma solo un materasso, una mensola per libri, una scrivania e una sedia. Per comodino avevo la scatola nella quale avevo trasportato i miei pochi effetti personali dalla casa della mia infanzia. Non ero a corto di soldi, ma ero pigra e inconcludente.

L'ora indicata sul cellulare confermò il mio timore: ero rimasta a fissare la mia faccia allo specchio per più di mezz'ora, ma non ricordavo assolutamente niente.

Avrei preferito non pensarci, ma era impossibile. Ormai le amnesie mi capitavano spesso, ed erano sempre più lunghe.

Tornai alla nicchia dove era sistemato il materasso. L'appartamento era talmente piccolo che ci si muoveva con pochi passi.

Commisi l'errore di soffermarmi con lo sguardo sulla finestra. Le pesanti, arrugginite inferriate che vi erano comparse mi avevano imprigionata.

Cosa dovevo fare? Lasciarle lì per tutta la notte o liberarmene subito?

Optai per la seconda. Non sopportavo un minuto di più il fetore disgustoso della ruggine sul ferro, che puzzava come un assorbente usato rimasto in fondo al cestino dei rifiuti.

Arrivai alla finestra trattenendo i conati. Il tanfo era insopportabile. Afferrai saldamente le inferriate con entrambe le mani; le sbarre cominciarono a fondersi come se le mie mani fossero talmente bollenti da scioglierle.

Strinsi più forte che potevo. La ruggine cadde sul pavimento. Spinsi le mani attraverso le sbarre fino alla vetrata; l'inferriata prese a vacillare nel mio campo visivo, finché scomparve.

Restai ancora un attimo alla finestra a osservare il vecchio pino che ondeggiava al vento in cortile per assicurarmi che le sbarre non tornassero.

Speravo di liberarmi delle allucinazioni, prima o poi.

Ma non ero convinta che sarei riuscita a tenerle a bada. Al contrario, il contatto con la realtà mi sfuggiva ogni giorno di più.

Tentai di riprendere le redini della mia vita con sfide pericolose. Mi imposi il digiuno per un giorno, poi due e così via. Non potendo decidere altro, quanto meno avrei scelto cosa e quando mangiare. Pensavo di controllare il dolore e l'angoscia torturandomi, ma la fame non fece che peggiorare le mie condizioni.

Oppure mi tagliavo la pelle, anche se il dolore fisico non poteva sedare quello mentale.

Cominciai per la prima volta a capire perché le persone desiderano parlare dei fatti propri con gli altri. Prima mi era parso inconcepibile. Come fa a capirti un'altra persona?

Parlare era sempre stato fuori dal mio mondo. Provai un improvviso accenno di empatia nei confronti dei normali. Immaginai come fosse fustigarsi per cose insignificanti come il tradimento o il divorzio. Se però io commettessi l'errore di spifferare qualcosa della mia vita a qualcuno, avrei subito la polizia addosso.

Ma per parlare era proprio necessaria un'altra persona?

Non sarebbe stato uguale se avessi parlato al muro? Avrei ottenuto identico ascolto, la stessa compassione.

Tanto comunque facevo tutto da sola. Avevo bisogno di un'altra persona solo per una cosa.

Per uccidere.

Clarissa

Fin dal nostro primo incontro, con Arto Haaleajärvi non mi sentii sicura di me. Ci eravamo appena seduti sulle scomode sedie del Caffè Kahvihuone e già lui si affrettava a dirmi quanto mi ammirasse e apprezzasse il mio impegno a favore delle donne e delle bambine vittime di violenza sessuale.

Era un femminista.

Nel corso della mia vita ho conosciuto molti uomini che si professavano difensori di un nobile ideale al solo scopo di finire nel mio letto.

Arto non portava la fede, ma nel suo caso non significava che non fosse sposato. Sembrava uno che preferisce lasciar intendere d'essere scapolo.

Era il tipico esempio di uomo che non va d'accordo con le donne più intelligenti di lui.

Non mi ispirava fiducia neanche il suo aspetto. La sua diagnosi era chiara come il sole: l'alcolismo era a uno stadio così avanzato che non mi sarei meravigliata se gli fosse scoppiato il fegato durante l'intervista, costringendomi a chiamare un'ambulanza. Aveva un colorito cadaverico, le guance penzolanti come bargigli di gallina e la fronte imperlata del sudore freddo tipico del doposbornia.

Sembrava un caso disperato, uno di quelli che a malapena riesce a svolgere il proprio lavoro. Eppure, avevo la sensazione che il suo sguardo superasse le mie difese, che quell'uomo sarebbe stato capace di rivelare ai lettori tutti i miei segreti.

Era uno con un sacco di esperienza alle spalle.

Perché mi ero fatta coinvolgere in quel gioco? A cosa mi sarebbe servito?

Forse temevo di essere io a volergli rivelare tutti i miei peccati. Di essere sopraffatta da un improvviso e incontenibile slancio di sincerità.

Più grande è il segreto che custodisci, più bruci dal desiderio di rivelarlo.

In preparazione all'intervista, per non tralasciare i temi più importanti, avevo annotato su un taccuino qualche idea. Per il resto, potevo parlare a braccio per ore.

Quando arrivammo al dunque, tirai fuori il taccuino rivestito di pelle viola dalla mia borsetta rosa di Chanel e mi scappò un sorriso: Pekka ci aveva di nuovo attaccato un post-it con la scritta « FAGLI VEDERE CHI SEI! » In pratica, m'incoraggiava a mettere Arto al tappeto. Mio marito sapeva che, per quanto dessi sempre l'impressione di essere una persona calma e imperturbabile, ogni intervista mi metteva ansia. Averne concesse decine, forse centinaia, non allentava la tensione.

Noi donne non possiamo mai godere appieno dei nostri traguardi: temiamo sempre che il successo ci sfugga via, come se non lo meritassimo.

Ripetei tra me l'incitazione di Pekka: « Fagli vedere chi sei! Fagli vedere chi sei! Fagli vedere chi sei! »

Arto Haaleajärvi, sta' in guardia!

Ira

Mentre stavo andando alla seconda seduta, mi chiedevo se avessi scelto la psicologa adatta al mio scopo. Clarissa Virtanen era abbastanza manipolabile e stupida da fornirmi la carta « Esci di prigione »?

Mi augurai che fosse piena di sensi di colpa. Le persone che hanno sensi di colpa sono facili da manipolare. Che la loro colpa sia vera o meno, tentano disperatamente di farsi perdonare agli occhi del mondo il solo fatto di esistere.

Ma è inutile essere duri con loro. Con la condiscendenza si ottiene molto di più.

Le avrei detto di essere l'unica persona al mondo pronta a perdonare ogni sua azione.

Tutto sarebbe dipeso da lei, che doveva salvarmi. Se ci fosse riuscita, avrebbe dimostrato a se stessa di essere una brava persona.

E se non avesse accettato di fornire il parere che mi serviva?

Non avevo mai ucciso una donna.

Non ancora.

Arto

Appena sbrigate le solite rogne mattutine, e dopo un goccetto di whisky, decisi di telefonare a Irmeli per dirle che avevo già intervistato Clarissa.

Non vedevo l'ora di dirglielo e ancor prima di vestirmi mi sedetti sul bordo del letto con i boxer bucati e cercai Irmeli nella rubrica del cellulare. Stavolta l'avrei sbalordita! Avevo dimenticato come ci si sente a essere orgogliosi del proprio lavoro.

Irmeli fu entusiasta e perplessa allo stesso tempo.

«Arto, ti sento bello carico! Che meraviglia! Ma ricordati che l'inserto non esce prima dell'estate, quindi hai tutto il tempo di limare il pezzo. Mandamelo solo quando è rifinito e perfetto.»

Forse credeva nelle mie capacità ma fino a un certo punto. Una cosa era certa: non potevo permettermi di tradire ancora una volta la sua fiducia.

Chiusi la telefonata, estrassi il registratore dalla tasca laterale della borsa, premetti il tasto PLAY e mi misi ad ascoltare.

Un'ora dopo meditai seriamente di seppellirmi nel mio appartamento fino alla fine dei miei giorni. L'intervista era puro fumo negli occhi. E io che mi ero illuso di essere riuscito a farla parlare di sé. Per fortuna non mi ero vantato con Irmeli, perché la registrazione fu una doccia fredda.

All'inizio l'intervista era andata alla grande, questo finché gli argomenti erano la carriera e i successi di Clarissa, con lei che raccontava fatti e aneddoti interessanti. Ma quando poi ero passato alle questioni private, lei era riuscita a eludere tutte le domande. Un vero disastro, ma il peggio doveva ancora venire.

A un tratto il registratore ha riprodotto solo la mia voce. Avevo raccontato un episodio che non sapevo nemmeno di ricordare.

« Quand'ero al liceo, partecipai a una seduta spiritica organizzata da un gruppo di amici. »

Trascinavo le « s », come succedeva sempre quando per non star male riprendevo a bere appena sveglio dopo una serata alcolica.

Non credevo alle mie orecchie. Riavvolsi il nastro varie volte. Una seduta spiritica? Non ricordavo nessuna seduta spiritica. E invece la mia voce la descriveva con dovizia di particolari.

E poi all'improvviso nel mio appartamento si sprigionò un profumo di lavanda.

La mia mente tornò a decine d'anni prima.

Lari, un mio compagno di classe, aveva portato con sé, come ricordo del programma di scambio a New Orleans, una tavola Ouija. Puzzava di muffa, come se fosse stata conservata in una cantina malconcia. L'illustrazione era infantile, persino involontariamente comica. Ricordo che la prima volta che Lari me l'aveva mostrata avevamo riso entrambi per le immagini ridicole che la decoravano. Forse per questo mi erano rimaste impresse nella memoria.

Nell'angolo in alto a destra era raffigurata una maga con la palla di cristallo; aveva il naso bitorzoluto, sembrava la regina di Biancaneve nel film d'animazione della Disney, quella che si era trasformata in vecchietta per tendere una trappola a Biancaneve e farle mangiare la mela avvelenata. Nell'angolo in basso a sinistra, un mago con un mantello con lo strascico agitava la bacchetta magica.

Era evidente che quella tavola non era fatta per esercitare arti magiche né tantomeno magia nera. Era solo un innocente gioco.

Ma si doveva pur provare.

Lari era entusiasta della seduta e l'aveva preparata con tutti i crismi. Aveva voluto che la organizzassimo a casa mia, dal momento che i miei genitori sarebbero andati alla casetta in campagna per il fine settimana. La camera da letto dei miei era piccola e avrebbe perciò creato l'atmosfera giusta.

A scuola si era sparsa la voce della nostra seduta spiritica. Durante gli intervalli, i nostri coetanei di altre classi, che noi non conoscevamo, ci avevano avvicinato per chiederci di partecipare, e perfino qualche ragazza si era mostrata interessata. Lari, però, aveva riservato l'esperimento ai suoi migliori amici, io e altri che conosceva fin dall'infanzia. Eravamo, a quanto ricordo, in sei.

Il fine settimana si era annunciato piovoso, e temevo che i miei restassero a casa. Per fortuna rischiarò fin da colazione. Mamma mi aveva fatto promettere di comportarmi bene.

« Non fare festini, e se inviti amici, non distruggetemi la casa. »

Lari era arrivato intorno alle sei di sera. Era talmente agitato che a stento biascicava due parole. In una mano aveva una busta della spesa, con l'altra si stringeva al petto la tavola Ouija e l'accarezzava come Gollum col suo anello.

Era andato difilato nella camera dei miei a preparare tutto. Si era chiuso dentro: evidentemente nessuno doveva sapere in anticipo cosa aveva in mente.

Dopo di lui erano arrivati gli altri. Quando il gruppetto si era riunito, Lari ci aveva aperto la porta esibendo un sorriso misterioso. Eravamo entrati, e lui aveva richiuso la porta con gesti solenni da maestro di cerimonie.

Conoscevo i miei amici, e sapevo che nessuno di loro prendeva sul serio le sedute spiritiche, neanche Lari.

Era solo un gioco, per tutti.

Io ero corso alla finestra e avevo tirato le tende. La stanza piombò nella penombra e le nostre facce si fecero serie.

Ci eravamo seduti, un po' stretti, sul letto dei miei.

Lari aveva estratto dalla busta di plastica una candela viola alla lavanda, l'aveva posata sul comodino e accesa. Era stato l'unico particolare della nostra seduta che faceva pensare, per quanto lontanamente, alla magia nera.

L'atmosfera era tesa. Lari aveva portato solo una birra per ciascuno, ma per fortuna gli altri avevano il rifornimento negli zaini. Avevamo cercato di mascherare l'agitazione snocciolando battute pesanti, ma il ritmo con cui tracannavamo la birra tradiva quello che provavamo veramente.

A quei tempi non si andava per il sottile; non si andava alla ricerca della birra artigianale, e non si faceva caso se era calda o sgasata. Adesso anche un sorso di birra tiepida mi provoca il voltastomaco. Per fortuna al mondo di bevande alcoliche ce ne sono a volontà.

Eravamo già alticci e non eravamo ancora andati al dunque. Nessuno di noi aveva il coraggio di prendere l'iniziativa. Finché Lari, stufo di perdere tempo, aveva provato a mettersi in contatto con l'aldilà.

I miei ricordi a questo punto sono un po' sfocati. So solo che, dopo che tutti gli altri ebbero fatto il loro tentativo, toccò a me.

Avevo afferrato la tavola. Non ricordo la domanda che avevo rivolto allo spirito, ma la risposta era stata immediata.

Una folata di vento freddo aveva attraversato la stanza e la candela si era spenta.

I miei amici si erano guardati sbalorditi. Io non ero riuscito a trattenermi, ed ero scoppiato a ridere.

Quella sera avevamo ricostruito più volte l'accaduto nel tentativo di trovare una spiegazione logica. Io insistevo con le ipotesi perché non volevo che scoprissero il mio trucco: avevo lasciato la finestra della camera da letto aperta quel tanto che bastava perché il vento la spalancasse. Quando avevo udito i primi cigolii, avevo preso la tavola e formulato la domanda.

Il lunedì avevo deciso di sollevare i miei amici dai dubbi. Grazie al loro senso dell'umorismo l'avevano mandata giù, anche se non erano contenti di esserci cascati.

Anni dopo, da adulto, avevo dimenticato quell'episodio. Marja era in ospedale e sapevo che la morte era vicina. Era già così stremata che riusciva a star sveglia pochissimo, ma non credo fosse del tutto cosciente.

Una sera, tornato da lei dopo un salto al supermercato, mi ero seduto sul bordo del letto. Le avevo scostato una ciocca di capelli che le ricadeva sulla guancia e di punto in bianco avevo avvertito un profumo dolciastro di lavanda e l'odore di uno stoppino che bruciava.

Mi ero girato per vedere da dove provenisse. Sul davanzale si era materializzata una tremenda candela viola. Mi ero alzato per spegnerla, ma in quel mentre dalla finestra spalancata era entrato un lungo alito di vento freddo che l'aveva spenta.

Non credo nel sovrannaturale, ma non posso fare a meno di pensare al mio stupido scherzo durante la seduta spiritica e concludere che gli spiriti abbiano avuto l'ultima parola.

Clarissa

Un'ora prima del secondo appuntamento con Ira ero già in cortile ad aspettarla. Avevo bisogno di un piccolo incoraggiamento. Ricorrere all'alcol era contrario alla mia etica professionale, ma immaginai di trangugiare un sorso di vino rosso dalla bottiglia e mi sembrò di sentirlo accarezzarmi la gola.

Cancellai dalla mente quell'idea e cercai di rilassarmi osservando la statua che troneggiava accanto alla nostra porta d'ingresso.

Era una riproduzione della statua della sirenetta di Edvard Eriksen, quella del porto di Copenaghen. Pekka l'aveva scolpita per me con la sega a motore, come regalo di nozze.

Ovviamente con la sega non si ottiene lo stesso risultato dello scalpello, ma l'opera di Pekka aveva una sua attrattiva.

Il volto della sirenetta era solo abbozzato, ma comunque bello. Alcuni miei pazienti, atterriti, facevano il giro largo per entrare, come se la scultura potesse prendere vita, agguantarli per il polso e tirarli inesorabilmente a sé.

La storia della sirenetta è tragica: sacrifica la sua felicità per quella del principe.

Il mio compito era di scrivere un lieto fine alla storia della vita dei miei pazienti. Ero responsabile di tutti loro. Ma cosa sarebbe successo se stavolta avessi fallito, se avessi tradito la fiducia di Ira e non fossi stata in grado di aiutarla? Sapevo bene che c'era questa eventualità: avevo già fallito una volta.

Ed era stato fatale.

Non dovevo pensare al fallimento, altrimenti avrei ricominciato a pensare a Riku. E se mi fossi messa a pensare a lui, sarebbero riemersi i sentimenti che mi ero imposta di scacciare: vergogna, senso di colpa e rimorso.

Non avevo alternativa: dovevo convincermi che sarei riuscita a salvare Ira.

Avevo assolutamente bisogno di fumare. Data l'agitazione, una sola sigaretta non bastò. Ce ne vollero tre, una dietro l'altra. Ne avrei fumata anche un'altra, ma mi girava già la testa.

Raccolsi le cicche da terra, entrai in casa e le gettai nel water. Pekka disapprovava categoricamente le donne fumatrici, perciò cercavo di nascondergli il mio vizio, anche se distrattamente. Lui non mi aveva mai fatto notare niente, forse gli bastava la mia recita.

Del resto, ogni coppia senza rendersene conto attua un sadico gioco di potere, non è così?

Siccome per l'agitazione non riuscivo a stare ferma, continuavo a girare intorno al tappeto del mio studio. L'ipnotica fantasia a rombi mi scorreva davanti agli occhi, preludio a un'emicrania. Ero in ansia perché temevo che vedendo Ira mi sarei di nuovo bloccata.

Alla fine, il campanello suonò.

Andai ad aprire la porta di casa e la invitai a precedermi nel mio studio. Aveva un aspetto così fragile che l'avrei accompagnata per mano, nel timore che si sbriciolasse in mille pezzi.

Decisi invece di rispettare la distanza opportuna nel rapporto tra terapeuta e paziente. A essere sincera, temevo di non riuscire a staccare la mano dalla sua. Così mi accontentai di tenerla a un paio di centimetri dalla sua schiena.

Probabilmente non si accorse del mio gesto.

Presi subito in mano la situazione. Iniziai mentre si stava ancora togliendo l'impermeabile per poggiarlo sul divano.

« Per cominciare, raccontami della tua famiglia. Hai fratelli o sorelle? Che rapporto hai con i tuoi genitori? »

Erano domande che avrei dovuto rivolgerle durante il nostro primo incontro. Ero ancora infuriata con me stessa perché non ero riuscita a gestire la seduta.

« Non ho fratelli né sorelle. I miei genitori... il nostro rapporto... è difficile... non voglio parlare di loro, perché... no, non nc parlo... »

Mi scappò un profondo sospiro.

Mi augurai che la volta successiva fosse più loquace. La psicoterapia è faticosa se devi tirare fuori di bocca le risposte con le pinze. È uno degli aspetti negativi del mio lavoro, mi ci sono dovuta abituare.

Ma quella chiusura a riccio cominciava a infastidirmi. Sono brava ad analizzarmi, io stessa sono stata in analisi per un bel po'. L'irritazione era dovuta alla delusione: perché non si lasciava aiutare?

Sentivo che in quella seduta non avrei cavato un ragno dal buco.

Accompagnai Ira alla porta. Quando la chiusi dietro di lei, imprecai a bassa voce.

Tornai nello studio e mi accorsi che i cuscini del divano erano in disordine. Pure questo!

Non amavo la gente disordinata. Era già troppo dover star dietro al mio adorato marito e raccattare i panni sporchi che seminava per terra: una volta un paio di boxer, un'altra i calzini.

Mentre risistemavo, notai sotto un cuscino un foglio di carta piegato molte volte. Lo aprii e lisciai. C'era un disegno a carboncino. Il cuore mi sobbalzò nel petto.

Ira

Durante la prima seduta lei mi era sembrata persa nella nebbia, nella seconda è partita in quarta.

Mi porse la mano per salutarmi ancor prima che entrassi. Si avvicinò troppo e mi alitò in faccia una nuvola di fumo. Aveva le dita ingiallite dalla nicotina; toccarle mi faceva schifo, avevo paura che la puzza di fumo si attaccasse anche alle mie. Quando le strinsi la mano al volo, i miei bracciali tintinnarono.

Mi seguì nel suo studio tenendomi una mano quasi attaccata alla schiena, come una madre orgogliosa dei primi passi del figlio. Non si accorse di quanto mi infastidiva starle così vicina.

E dire che avrebbe dovuto sapere, se non altro per il suo lavoro, che ognuno di noi ha uno spazio vitale intorno al proprio corpo, uno spazio che non va violato.

Mi scrutò con espressione impaziente mentre sull'uscio dello studio mi toglievo gli anfibi per indossare le pantofole contenute nel cesto con la scritta SI PREGA DI INDOSSARE LE PANTOFOLE.

Stavo piegando l'impermeabile quando aprì il fuoco e mi scaricò addosso una raffica di domande. Io ostentai irritazione piegando e ripiegando l'impermeabile zuppo con una lentezza e una precisione esasperanti e appoggiandolo con cura accanto a me sul divano. Solo allora risposi alle sue domande.

Per tutta la seduta, lessi nel suo volto cosa pensava del mio impermeabile bagnato sul suo divano. Tuttavia, non fece commenti.

Avrei potuto scrivere le risposte alle sue domande a casa e poi consegnarle il foglio. Ogni volta la stessa solfa: con gli psicologi bisogna sempre iniziare dal punto di partenza. Sempre le stesse, eterne domande. Genitori, fratelli, diagnosi, farmaci? Soffocai uno sbadiglio.

Mi trattenni proprio quando stavo per dare il via alle bugie. La verità è noiosa, specialmente se la racconti mille volte. Ma dovevo essere sincera su tutto ciò che si poteva verificare da fonti ufficiali. Per consolarmi, mi dissi che l'opportunità di sparare le mie panzane si sarebbe comunque presentata presto.

Lei sembrò soddisfatta di avermi scucito qualche informazione, anche se non dissi una parola sui miei genitori. Si leccò le labbra come una gatta con la panna sui baffi.

Mi pareva quasi di sentire gli ingranaggi del suo cervello che elaboravano il quadro della mia patologia.

La sua faccia prometteva compassione.

Tutto stava andando come previsto.

A quel punto dovevo inventare una spiegazione credibile del perché avessi deciso di andare in analisi. Fortuna che ci avevo già pensato.

Cercai di intercettare il suo sguardo, ma lei sembrava tutta presa dal passero grigio che becchettava i semi sul davanzale.

« Credo di non aver superato la mia infanzia. È come se ancora determinasse la mia identità. Vorrei lasciarmela alle spalle, e per la prima volta mi sembra di essere pronta. Però senza aiuto non posso riuscirci. In realtà non sono sicura che ce la farò neanche con la psicoterapia. »

Lei annuiva con un accenno di sorriso sulle labbra. Quanto invidio le doti attoriali dei professionisti come lei!

« La psicoterapia è una scelta coraggiosa. Pochissimi hanno il coraggio di assumersi la responsabilità della loro vita, di solito si preferisce scaricarla addosso ai propri genitori: la mia vita è così e non posso farci niente », rispose seria.

Non mi piaceva. Di chi era la responsabilità, allora, se non della mia infanzia e dei miei genitori? Certo non mia!

Cosa pretendeva, che mi assumessi anche la responsabilità dei miei crimini? No, non mi piaceva per niente!

Decisi di scoprire per vie traverse come la pensasse.

« Non sempre una persona può fare qualcosa per la sua situazione. »

Sulla sua fronte comparve una ruga tristemente profonda.

« Qualcosa si può sempre fare. Sempre. »

Senti che ipocrita! La rabbia mi ribollì nel petto. Sarei stata costretta a ucciderla.

Non sopportavo quella falsità. Non è narcisismo pensare che i tuoi pazienti guariranno da ogni trauma? Che presunzione, che arroganza!

Immaginai le mie dita che stringevano il suo collo. L'avrei strangolata.

Allontanai l'idea e mi sforzai di concentrarmi sul presente.

« Vuol dire che lei può guarirmi? »

Lei rispose girando intorno alla domanda.

« Trovo sbagliato che la gente parli di cose come il giardinaggio – tanto per dirne una – come terapia. La terapia è un lavoro, non un passatempo. Sarai tu a doverlo fare, da sola; io sarò solo un sostegno. Il lato positivo è che potrai attribuire a te stessa tutto il merito della guarigione. »

Sembrava sincera. Non potevo credere che qualcuno facesse un lavoro di merda come quello senza nemmeno pretendere un po' di gloria.

Clarissa

Dopo la seconda seduta ero agitata. I miei pensieri avevano bisogno d'aria. Il disegno di Ira mi aveva fatto accapponare la pelle, e volevo scacciare quell'immagine cupa dalla mente.

Non potevo permettermi di avere pensieri negativi, altrimenti Riku si sarebbe impadronito della mia mente.

Avevo tentato di relegare il suo ricordo nell'angolo più remoto della mia coscienza, ma lui resisteva e si faceva largo come uno stalker che non lascia in pace la vittima neanche se ha ricevuto un ordine restrittivo.

Decisi di fare una passeggiata fino alla baia di Töölö, così telefonai a Harri e gli chiesi di farmi compagnia.

Harri Kuikkasuo, professore emerito di psichiatria nonché psicanalista, mi aveva fatto da mentore per cinque anni. Ci eravamo conosciuti quando avevo partecipato a una sua lezione sull'abuso sessuale.

Dopo la lezione ero andata a parlargli. Ci eravamo così infervorati che avevamo finito per passare tutta la sera in un ristorante lì vicino. Forse era stato colpito dalla mia passione per la psicoterapia, perché poi ero diventata la sua pupilla.

Avevamo l'abitudine di discutere dei nostri problemi professionali passeggiando. Da tempo ormai mi dispensava consigli da buon mentore.

Ci accordammo per vederci davanti all'ingresso della biblioteca Oodi.

Mentre lo aspettavo, mi meravigliai della lunga fila di ragazze adolescenti che attendevano sotto la neve davanti all'ingresso.

Riku non mi aveva mai detto se aveva una fidanzata, e io non gliel'avevo chiesto. Quelle ragazze in fila sarebbero certamente state il suo tipo. Lo immaginai passare davanti ai loro sguardi ammirati: Riku era bellissimo.

Chissà cos'era rimasto del suo corpo.

Da dove veniva quell'idea macabra? Dovevo smetterla di rimuginare.

Mi imposi di non pensare a lui.

Harri interruppe le mie elucubrazioni. Mi fece segno da lontano, e quando mi fu vicino, mi abbracciò. Ci avviammo lungo la baia.

« Hai visto? Sei una star! » Harri mi prendeva in giro perché avevo preso il suo posto agli occhi del pubblico. Quando si accorgeva che le persone che incrociavamo mi riconoscevano, mi dava una gomitata affettuosa.

« La prossima intervista? » non poté fare a meno di chiedermi.

« Mi hanno appena intervistata per *Il Giornale di Helsinki*. In realtà non in veste di esperta, ma di personaggio pubblico. »

Harri alzò le sopracciglia, ma non commentò.

« Naturalmente non ho parlato di questioni personali! »

Avevamo discusso tante volte di come uno psicoterapeuta deve apparire sui media. Lui era sempre stato categorico.

« Clarissa, ficcatelo in testa: per una donna, posare sulla copertina di una rivista femminile vuol dire perdere credibilità come professionista. Nel caso di un uomo, invece, lo fa sembrare più alla mano. »

Tornammo nel cortile della biblioteca. Salutai Harri e mi diressi verso l'ingresso, per prendere in prestito un romanzo leggero e immergermi in un mondo di finzione.

Tirai il battente. Dal bar dell'androne si sentiva ridere. Mi fermai, impietrita, e fui percorsa da un brivido. Mi sforzai di proseguire e mi avvicinai al locale allungando le falcate fino a dove me lo consentiva l'orlo della gonna.

Guardai dappertutto, ma Riku non si vedeva da nessuna parte.

Ira

Chiusi la porta dello studio dietro di me. Tutto si era svolto secondo copione – almeno fino a quel punto. Avevo pianto di gratitudine quando lei mi aveva promesso che sarei guarita; mi aveva allungato un fazzoletto e assicurato che era già un buon inizio. Ammettere il problema è il primo passo verso la sua risoluzione.

Mi augurai di non dovermi sorbire ancora stupide ovvietà. Per quello potevo benissimo andare in biblioteca e prendere in prestito i libri di Paulo Coelho.

La sua determinazione prometteva bene.

Sorrisi soddisfatta per essermi ricordata di mettere in pratica il mio piano: avevo lasciato sul divano un disegno, come se mi fosse caduto di tasca per sbaglio.

Avevo programmato di lasciare un ricordino a ogni seduta, per farle capire che non era finito lì per caso e che poteva interpretarlo come un tentativo di comunicare con lei perché non riuscivo a farlo a parole.

Gli psicologi, in genere, sono convinti che i disegni siano un canale più diretto con l'inconscio di quanto lo sia la parola.

Quando arrivai a casa, tirai fuori da sotto il letto una scatola da scarpe.

Conteneva una bambolina di legno delle dimensioni del mio dito medio.

La accarezzai con il pollice. Era rifinita con tale cura che la superficie era liscia come la plastica.

Indossava un vestito grigio e una cravatta nera a pois bianchi, dipinti con precisione con un pennello a punta fine.

Era perfetta.

O quasi.

Qualcuno le aveva staccato la testa.

Dopo averla osservata per un po', la misi in piedi in un angolo della scrivania. Poi tornai alla scatola.

Era piena di disegni raffiguranti la gabbia e lo Stronzo. Li avevo fatti quando avevo dieci anni, nel tentativo di dimostrare a me stessa che il rapimento non era frutto dell'immaginazione. Trenta disegni. Uno per ogni giorno del mese successivo al rapimento. Odio, angoscia, rabbia. Poi ci avevo rinunciato.

I disegni erano incredibilmente dettagliati. Come avevo fatto, a quell'età, a riprodurre l'essenziale?

La figura dello Stronzo era rappresentata così bene che forse era ancora riconoscibile dopo tutti quegli anni. Avevo ritratto non solo il suo aspetto esteriore, ma anche il suo carattere. Chiunque avesse visto quel sorriso sadico e quegli occhi diabolici non li avrebbe dimenticati.

Non sapevo l'effetto che mi avrebbe fatto guardare quei disegni dieci anni dopo. I ricordi mi travolsero con una forza scioccante.

I flashback sono uno dei sintomi del disturbo post-traumatico da stress. Mentre ero in coda alla cassa, seduta in autobus o in qualsiasi situazione ordinaria, quotidiana, protetta, mi capitava di ricordare qualcosa che avevo vissuto nella gabbia. I flashback sembravano talmente reali che il più delle volte mi veniva un attacco di panico ingestibile.

Improvvisamente fui sopraffatta da un conato tanto violento che non feci in tempo ad arrivare in bagno e vomitai sul primo disegno dello Stronzo. Per fortuna ne avevo altri.

Perché disegnarlo ancora? Le immagini che avevo realizzato da piccola erano autentiche e avrebbero supportato la mia storia molto meglio.

Nei vecchi disegni le mie sensazioni erano ancora vive, come una ferita appena aperta sulla pelle. Non avrei saputo imitare il terrore che avevo provato da bambina. Gli adulti non sanno esprimere i sentimenti dei bambini.

Nessun altro, oltre alla psicologa, aveva mai visto quei disegni.

Quella sera, rigirandomi inutilmente nel letto per prender sonno, mi venne in mente la porta di casa sua e lo sgargiante post-it fucsia che c'era attaccato. C'era scritto, in bella grafia: « Sei in viaggio verso il tuo io più intimo ».

Non conoscevo destinazione peggiore.

Arto

Con tanto tempo a disposizione, avevo prolungato la stesura dell'articolo su Clarissa per settimane prima di decidermi a chiuderlo.

Lo inviai subito a Irmeli, anche se il destinatario giusto sarebbe stato il cestino.

Dopo neanche un quarto d'ora, mi rispose con un messaggio a dir poco scortese.

« Vieni subito qui. »

Arrivai in redazione mezz'ora dopo. Irmeli mi aspettava nell'atrio e mi fece segno di andare nel suo ufficio.

Era visibilmente delusa. Se chiedessi alle donne della mia vita quale sentimento abbiano provato più spesso nei miei confronti, la risposta sarebbe, senza alcun dubbio, la delusione.

« Arto, ma che roba è? »

Irmeli si rigirò tra le mani due fogli A4 e sospirò esasperata. Esasperata da me. Nei giorni no mi chiamava Arto, con tono volutamente formale. Sempre più di rado mi chiamava con il più familiare Artsi.

« Boh, forse mi ha ipnotizzato? »

Le labbra sempre più tirate di Irmeli mi suggerirono di evitare battute.

Avevo fatto del mio meglio con l'intervista: sulle questioni private quella donna era una tomba. Irmeli non riusciva a credere che avessi sprecato il mio tempo alle prese con un testo completamente inutile. Può succedere a un principiante, non a una vecchia gloria malandata come me.

« Arto, una cosa voglio dirtela. »

A un esordio come quello non seguiva mai niente di buono. Me lo aspettavo che prima o poi avrebbe stracciato il mio contratto di consulente, e ora stava per farlo.

« Quando ti ho licenziato, avevi toccato il fondo. Nessuno avrebbe preso come consulente la stessa persona che era stata appena cacciata per alcolismo. E io invece l'ho fatto, ma non per compassione. Ero convinta che se tu avessi avuto un'altra possibilità non mi avresti delusa. »

Sulla compassione mentiva.

La compassione era l'unico motivo per il quale mi aveva proposto un contratto dopo avermi licenziato.

Perché le facevo compassione? Per una ragione molto semplice: ero il vedovo della sua migliore amica Marja.

Irmeli non aveva ancora finito.

« Scolati pure tutte le bottiglie di whisky del mondo, tanto sul fondo non ci trovi Marja. »

Come se non lo sapessi. E comunque, saperlo non mi impediva di provarci.

« Facciamo così: ti vedi con Clarissa un'altra volta e le spremi fuori tutto un resoconto della sua vita privata, a costo di torcerla come uno straccio. »

Il tono della sua voce s'indurì.

« E ora smettila di bere. Hai sentito? Smettila subito! »

Più chiaro di così. L'intervista di Clarissa Virtanen era la mia ultima possibilità.

Mi liquidò come avrebbe fatto una preside con uno scolaro impertinente dopo avergli dato una bella strigliata. Mi venne in mente una frase: « Non tutti i mali vengono per nuocere ». Ecco una banalità che l'intervistata aveva dispensato ai nostri lettori.

Come avrei fatto a convincere Clarissa a concedermi un'altra intervista dopo quel fiasco?

Intervistare una psicologa aveva fatto riemergere i miei traumi.

Dimenticai Irmeli e Clarissa e pensai di nuovo a lei. E a chi se no?

Sicuramente non mi degnava di un pensiero. Era certa che neanch'io pensassi più a lei – e ne era sollevata.

Ma sbagliava.

Non si sarebbe liberata di me.

Né ora né mai.

Ira

Seduta in autobus, diretta alla terza seduta, mi chiedevo cosa avrebbe detto la psicologa del disegno che avevo nascosto fra i cuscini del suo divano.

Quella donna non era priva di sensibilità. Ero certa che il disegno avesse smosso le sue emozioni. Avete presente *L'urlo* di Munch? La stessa angoscia e lo stesso terrore agghiacciante moltiplicati per cento. O magari per mille.

Chissà, forse durante il processo si poteva utilizzare quel disegno come prova della mia seminfermità mentale?

Sprofondata sul suo divano, non stavo più nella pelle. *Adesso mi parla del disegno!* E invece niente. Si mise a blaterare di cose insignificanti. Mi contorcevo impaziente, mi mangiavo le unghie nell'attesa che portasse il discorso su quel cazzo di disegno.

Quando la seduta si avviò alla fine e capii che non aveva la benché minima intenzione di parlarne, cominciò a montarmi la rabbia.

Cos'era, un gioco di potere?

Anch'io sono capace di giocare!

Anche se non aveva abboccato alla prima esca, non avrebbe potuto ignorare i miei disegni della gabbia e dello Stronzo. Poco ma sicuro. Le stavo servendo i segreti più reconditi della mia mente su un piatto d'argento!

Cosa ne avrà fatto dei miei disegni?

Non lo so, ma ogni tanto la immagino mentre li guarda e mi pensa.

Non con pensieri molto lusinghieri, ma mi pensa.

Clarissa

Fu difficile starmene seduta di fronte a Ira e fare finta di niente. Come se i suoi disegni non fossero esistiti o io non li avessi mai visti.

Non ne parlammo mai, neppure un accenno. E ciò nonostante Ira continuò a portarne uno a ogni seduta, pensando forse di prendermi per sfinimento.

Concedetemi la possibilità di difendermi. All'inizio il mio silenzio sui disegni fu solo un caso.

Dopo essermi ripresa dallo shock iniziale, avevo deciso seriamente che al nostro terzo incontro avremmo parlato solo del disegno. Lo avremmo esaminato insieme e avremmo cercato di capire cosa raccontasse di lei.

Poiché Ira dava l'impressione di avere un carattere molto particolare, avevo pensato di ricorrere a metodi più creativi rispetto a quelli tradizionali. Mi ero detta che il fatto di non essere in possesso della specializzazione in arteterapia non mi impediva di sfruttare le sue opere: qualora fossi riuscita a stabilire un primo contatto con Ira tramite i disegni, potevo sperare che il legame si rafforzasse fino a permettermi di tornare a metodi per me più congeniali, come l'analisi dei sogni.

Avevo perfino buttato giù una serie di domande da usare come spunti sui quali riflettere insieme. Il disegno si riferiva all'infanzia o alla sua vita attuale? A cosa pensava mentre lo faceva? Le ricordava una situazione in particolare? Se quel disegno avesse avuto la parola, cosa avrebbe detto? Cosa vedeva in quell'immagine? Sua madre aveva cercato di soffocarla? Aveva raffigurato la propria morte?

Quando però era arrivato il momento, non ero riuscita a

mettere in pratica le mie intenzioni. Come posso spiegarlo? A posteriori tutto sembra privo di senso.

La verità è che provavo compassione per lei.

Il disegno era così violento e atroce che non mi parve il caso di tirarlo fuori. Volevo che quella ragazza avesse almeno un luogo al mondo dove sentirsi al sicuro, forse per la prima volta nella sua vita. Non meritiamo tutti un posto così?

Volevo chiudere fuori dallo studio tutto il male contenuto nel disegno. Non ridete, vi prego, ma pensai a quella stanza come a un utero. Come se il male potesse rimanere sotto controllo solo se lo avessi tenuto fuori dalla porta.

Come sapete, fu Ira a farlo entrare. Perché lo portava con sé.

Secondo il mio filosofo preferito, Ludwig Wittgenstein, ciò di cui non si può parlare va taciuto. Ho avuto modo di constatare che ciò di cui non si può parlare si insedia con prepotenza nella mente. Tutto quello che io e Ira ci dicevamo si riferiva, in un modo o nell'altro, al non detto.

Tutte le nostre conversazioni erano dense di riferimenti legati a quell'elemento taciuto, e questo caricava le nostre sedute di tensione: nessuno oltre a noi avrebbe compreso il vero significato delle nostre parole.

Tutti i riferimenti, i simboli, le annotazioni... avevo davvero capito quel che significavano? Forse facevano anche quelli parte del suo piano?

E se Ira con quei disegni mi avesse manipolata? La mia attenzione si focalizzò sui disegni, distogliendomi da ciò su cui mi sarei dovuta concentrare.

Erano una delle sue strategie per gettarmi fumo negli occhi? Avrei capito tutto al volo, se non fossi stata catturata da quei disegni? Ira mi immerse volutamente in un intreccio di simboli sapendo bene che mi sarei compiaciuta ad analizzarli.

Mi scervellavo sul significato del disegno ma la verità era altrove.

Ira

Dopo la terza seduta si scatenò in me una furia omicida. Il fatto che lei non avesse dedicato neppure un pensiero al mio disegno mi fece imbestialire.

Salii in autobus imprecando a mezza voce. Un uomo che era salito dopo di me stava per sedermisi accanto, ma quando udì le mie maledizioni mi guardò comprensivo e passò oltre.

Avevo già deciso quale oggetto le avrei rubato per ricordo se fossi stata costretta a ucciderla. Portava al collo una collana d'argento con il suo nome in oro. Il puntino della i aveva un piccolo diamante; lo immaginai sfavillare alla luce della lampada sul comodino mentre avrei ripensato alle nostre conversazioni distesa a letto.

Ero così agitata che non mi resi conto di essere scesa dall'autobus e di essermi diretta al centro commerciale di Kamppi. Di solito ci giravo alla larga, perciò appena capii dove mi trovavo, mi sentii peggio di prima.

Detestavo i centri commerciali. Mi nauseava pensare che tutte le persone che incrociavo provavano, in quel preciso istante, dei sentimenti. Tutto quell'odio, quell'amore, quell'insicurezza, quella paura, quella felicità, quell'invidia, quell'ansia compressi in uno spazio angusto. E io dovevo guadare quel pantano come una formica caduta nel barattolo di marmellata, come se non avessi già abbastanza sentimenti di mio.

Il peggio era che nessuno mostrava davvero ciò che provava, e io non avevo strumenti per interpretare ciò che vedevo. L'aria indifferente di un'adolescente poteva esprimere passione ma anche sofferenza.

Nei corridoi rimbombava il ronzio prodotto dai cervelli, che era ancor più assordante della musica diffusa negli ascensori. Anche se nessuno avesse parlato, mi sarei sentita comunque la testa scoppiare. Troppi sogni, troppe speranze, troppi progetti. L'idea egocentrica che *io* significhi qualcosa, che la *mia* vita abbia un senso, che tutto il mondo ruoti attorno *a me.*

I pensieri insignificanti della gente che mi veniva incontro in quel centro commerciale mi irrompevano nel cervello attraversando il cranio e urlando in coro. Centinaia, migliaia di sentimenti mi penetravano nella pelle tentando di distinguersi nel brusio caotico.

I sentimenti di gente sconosciuta incrociavano i miei e mi lampeggiavano nella coscienza come se mi appartenessero. Non avevo una personalità così forte da sopportare un attacco di quella portata. Era come se il mio io cominciasse a evaporare.

Presa dal panico, mi misi a correre. Per fortuna nel bagno delle donne non c'era fila. Mi abbassai i pantaloni e le mutandine e mi sedetti sul water per fare pipì. Nel frattempo tentavo di calmarmi respirando profondamente, pur sapendo che non sarebbe servito a niente.

Mi alzai e mi rivestii. Mi girai. Era come se nel water fosse stato macellato un animale. Tirai la corda, ma l'acqua cominciò a traboccare: il pavimento stava per cospargersi del mio sangue mestruale. Chiusi il coperchio e mi precipitai fuori.

All'esterno dei bagni si era già formata la fila. Le donne mi guardarono stranite quando mi catapultai fuori dalla porta urtando la prima.

Non mi fermai neppure a lavarmi le mani, corsi nel corridoio e accelerai ancora voltando l'angolo in direzione delle scale mobili.

Dovevo uscire da quel posto immediatamente, altrimenti non avrei più saputo chi ero.

Incrociai una bambina con una farfalla rosa disegnata sulla

maglietta. All'improvviso la farfalla si staccò dalla maglietta, spiccò il volo e venne a sbattere le ali davanti alla mia faccia come per accertarsi che l'avessi notata. Poi si diresse alle porte del centro commerciale, per guidarmi verso la salvezza.

Cercai di passare tra la folla senza urtare nessuno, ma era impossibile in quella ressa. Sulle scale mobili stavo per cadere, ma all'ultimo momento riuscii ad afferrare il corrimano.

La gente mi fissava. Quegli sguardi stupiti aumentavano il mio panico; il sudore m'incollava i capelli alle tempie e mi colava lungo la schiena.

Mentre correvo, mi morsi inavvertitamente la lingua, e il sapore del sangue mi scatenò le allucinazioni. Vidi le sbarre della gabbia apparire davanti a me e impedirmi il passaggio. Dovevo aggirarle. Scartai a sinistra, mentre la gente mi guardava incredula evitare un ostacolo che non c'era.

Sentivo in bocca le scaglie di ruggine della gabbia invece del sangue, e non potei fare a meno di sputare per terra. Due guardie più attente delle altre se ne accorsero e fecero per avvicinarsi a me, ma ero già quasi all'uscita. Capirono che stavo andando via e mi lasciarono stare.

Una volta fuori, feci qualche altro passo di corsa, finché ebbi il coraggio di fermarmi. Ci volle un po' prima che il respiro tornasse normale. Nel cortile del centro commerciale scrollai dalla mente i sentimenti e i pensieri che vi avevano fatto irruzione.

Ripresi contatto con la realtà. Il sangue che mi gocciolava in bocca non aveva più il sapore della ruggine.

Il Giornale di Helsinki

Ritrovato morto ex ministro delle Finanze scomparso un mese fa

È stato trovato morto l'ex ministro delle Finanze Uolevi Mäkisarja, scomparso un mese fa dalla sua abitazione di Kerava. Il cadavere è stato rinvenuto nella zona di Savio, in uno stagno vicino a una vecchia fabbrica di gomma.

A trovarlo è stata una donna che portava in giro il cane.

« Terribile! Ho votato per lui più di una volta. Sono così scioccata che non porterò mai più il cane intorno a quello stagno », ha affermato la donna, che preferisce non rendere pubblica la sua identità.

La polizia non ha rivelato nulla sull'indagine, ma Jaana Taivaskivi, commissaria della sezione omicidi del distretto, ha rilasciato una breve dichiarazione: « Da questo momento la morte di Uolevi Mäkisarja sarà oggetto di un'indagine per omicidio ».

Arto

Rincasai avvilito. Durante il tragitto tentai disperatamente di arrampicarmi sugli specchi alla ricerca di scuse da rifilare a Clarissa per vederci di nuovo.

Optai per la sincerità. Era una psicologa, avrebbe smascherato subito il mio bluff. Tirai un profondo sospiro e mi attaccai al telefono.

« Ciao, Arto! Grazie ancora della simpatica serata! »

Che cazzo diceva? La simpatica serata? Si era divertita a fare da spettatrice mentre io mi rendevo ridicolo a quel modo?

« Grazie a te! Senti, la mia direttrice dice che all'intervista manca ancora un quid che la renda perfetta. Possiamo vederci di nuovo, così posso farti qualche altra domanda? »

Mi accorsi di recitare tra me e me lo stesso mantra di quando ero piccolo e desideravo ardentemente qualcosa: « Ti prego, ti prego, ti prego! »

Funzionò: Clarissa accettò.

« Certo! Ci siamo così divertiti! Se non sbaglio, l'intervista uscirà d'estate, vero? »

E continuò, senza aspettare la risposta.

« In questi giorni ho parecchi impegni. Ti chiamo quando trovo un attimo di tempo. »

Acconsentii sbalordito. Missione compiuta. O almeno per metà. L'avevo convinta a concedermi un'altra intervista, ma il difficile doveva ancora venire: come avrei fatto a farmi rivelare i suoi segreti più intimi? Sempre che ne avesse avuti. Il mio armadio era pieno di scheletri, ma la cosa non valeva necessariamente anche per gli altri.

L'atteggiamento bizzarro di Clarissa mi dava sui nervi. La immaginavo mentre rideva alle mie spalle, come se il mio problema con l'alcol la divertisse. Come poteva essere così insensibile, proprio lei che era una psicologa?

Riuscii a calmarmi solo in un modo – che, oltre a essere proibito, era anche illegittimo. Indossai la giacca, annodai la sciarpa intorno al collo, agguantai la borsa e l'ombrello dall'appendiabiti e uscii di nuovo.

Erano settimane che mi trattenevo dal farlo. Quattro, per la precisione.

Mi sentivo come un alcolizzato che festeggia un mese senza bere con una bella sbronza. La immaginai come sempre seduta alla finestra del suo monolocale, ignara, intenta a guardare fuori con quegli occhi colmi di tristezza.

Di giorno osservava i bambini che giocavano in cortile, di sera la gente che portava a spasso il cane. Le tende erano aperte anche di notte, e anche allora era alla finestra. Che osservasse le stelle?

Di me non si era mai accorta, mai. Potevo guardarla in tutta tranquillità. Non osavo neanche sperare di più.

Andai alla fermata dell'autobus a passo lentissimo, quasi per darmi il tempo di ripensarci, pur sapendo che nulla al mondo mi avrebbe fatto desistere. Ogni passo mi avvicinava a lei, che mi attirava a sé come una bottiglia di whisky intonsa.

Provai a convincere me stesso a fare marcia indietro perfino mentre ero alla fermata e agitavo il braccio verso il conducente per farlo fermare. Inutile. Salii sull'autobus, mi trovai un posto accanto al finestrino e mi sedetti.

Il conducente informò i passeggeri che avrebbe percorso un tragitto diverso dal solito per via di una maratona che interessava anche il primo tratto della grande arteria centrale, la Mannerheimintie.

Guardai il buio dal finestrino. Quand'era l'ultima volta che avevo visto la luce? Un gregge di persone pelle e ossa superò l'autobus senza gioia. Uno dei maratoneti succhiava l'acqua dalla cannuccia della sua bottiglia.

Fossero stati nel Medioevo, quei masochisti si sarebbero flagellati.

Quando l'autobus finalmente raggiunse la fermata giusta, ne fui contento: non volevo seguire quei maratoneti un metro di più.

Accanto all'edificio dove abitava c'era un parco. Mi sistemai sulla mia solita panchina, dalla quale potevo osservare il suo appartamento con la coda dell'occhio.

Non mi deluse. Era lì alla finestra, nella posizione di sempre. Con la mano destra reggeva una tazza e ogni tanto prendeva dei piccoli sorsi, come un passerotto. Osservava i bambini che giocavano nel parco e io osservavo lei.

Non doveva andare così.

Cominciò a scendere un leggero nevischio e cercai di non farci caso; ero rimasto su quella panchina in situazioni peggiori, una volta perfino sotto i chicchi di grandine che mi picchiavano sul viso come se qualcuno mi stesse lanciando addosso dei sassi; quando si scioglievano l'acqua mi s'infilava nel colletto. Mi bastava vederla, mi ero quasi convinto che tutto il resto non avesse importanza: né la grandine né il fatto che non avrei più potuto toccarla.

Ora però lo schienale scomodo della panchina iniziava a darmi fastidio. Mi sistemai meglio.

Per ripararmi dal nevischio aprii l'ombrello e lo appoggiai al mio fianco, poi tirai fuori *Il Giornale di Helsinki* dalla borsa e finsi di concentrarmi nella lettura. Invece seguivo ogni suo movimento.

A cosa pensava? E se avesse pensato a me, malgrado tutto, almeno qualche volta?

O era riuscita a dimenticarmi?

Avevo influito tanto sulla sua vita, non poteva negarlo.

Avevamo vissuto qualcosa di impossibile da dimenticare.

Tutto quel tempo in cantina, noi due.

Io e lei.

PARTE II

IL TEST DI BECK SULLA DEPRESSIONE

Clarissa

L'errore più clamoroso è stato temere che Ira si suicidasse. A dire il vero, qualunque professionista che l'avesse avuta in cura lo avrebbe commesso. C'erano tutti i segnali; il disturbo alimentare e l'autolesionismo erano solo gli esempi più lampanti del fatto che rivolgeva contro se stessa, e non all'esterno, l'aggressività provocata dai suoi traumi.

Una situazione abbastanza tipica. E non avevo motivo di sospettare altro. Il rischio suicidario di Ira era eclatante, non potei fare a meno di rilevarlo.

L'errore è stato tralasciare tutto il resto.

I suoi sintomi, d'altra parte, non erano finti. Sono tuttora convinta che richiedessero attenzione. Temo che non mi crediate più, che siate già giunti alla conclusione che non ci si possa fidare del mio parere professionale. Eppure, ho le prove.

Al nostro quarto incontro, sottoposi a Ira il *Beck Depression Inventory*, ossia il test di Beck sulla depressione. È un questionario a risposta multipla che consente di diagnosticare la depressione e misurare l'intensità dei sintomi.

Ci sono ventuno domande sui sintomi più tipici della depressione come la perdita d'appetito o il calo del desiderio sessuale. Per ciascuna domanda sono previste quattro risposte, che corrispondono ad altrettanti livelli, dal più lieve al più grave.

I risultati del test erano allarmanti: rivelavano che Ira soffriva di una grave depressione. Vi riporto alcune delle risposte che indicò: « Non ho affatto appetito », « Mi sento un totale fallimento come persona » e, il più preoccupante, « Alla prima occasione mi ammazzo ».

Ora penserete che stia tirando l'acqua al mio mulino. Ma

perché dovrei farlo? Non riavrò certo quello che ho perso. Ho dovuto accettarlo da un pezzo.

Vi ricordo che l'etica professionale impone a noi psicoterapeuti di proteggere i pazienti. Pur non essendo legalmente responsabili delle loro azioni, siamo responsabili della loro vita. Del resto, anche un passante è tenuto a rispondere per aver ignorato un ubriaco tramortito nella neve senza chiamare aiuto. Sulle nostre spalle pesa una responsabilità maggiore. Io sapevo delle tendenze suicide di Ira. Il mio compito era fare in modo che non le mettesse in atto.

Perché non la feci ricoverare in un ospedale psichiatrico? Una forma di depressione grave sarebbe bastata per richiederlo. Ed eccoci di nuovo in quella zona nebulosa nella quale non riusciamo a vedere con chiarezza – io, e nemmeno voi.

Non aspetterò che qualcuno scagli la prima pietra. Sarò onesta con voi.

Ero gelosa di Ira.

Sono sincera quando dico che niente per me era più importante della sua guarigione. Ma dovevo riuscire a guarirla io e nessun altro.

Rispose alle domande del questionario così velocemente che pensai si fosse esercitata.

Notai che concentrava tutta l'attenzione sulle proprie dita. Aveva un modo irritante di smangiucchiarsi le cuticole. Le dilaniava al punto che mi veniva voglia di urlarle di smetterla.

Sono la sola, o anche i miei colleghi colgono nei pazienti un gesto sgradevole e nevrotico che è inutile tentare di fermare? Quel gesto mi disgustava. A volte un sigaro è solo un sigaro, ma smangiucchiarsi le dita è segno di gravi problemi nella fase orale.

Quando vidi il test, dissi a Ira che ero molto preoccupata per lei.

Di farmaci non si parlò, perché a mio parere non ne avrebbe tratto beneficio. Avrebbe dovuto ricorrere a un pesante cocktail di antidepressivi, ansiolitici e sedativi che l'avrebbero stordita, riducendola a uno zombie, e la psicoterapia sarebbe andata a farsi benedire.

Da psicologa non avevo le competenze per fare una valutazione completa. Ma nonostante ciò non consultai il mio psichiatra di fiducia, Harri.

Non voglio neanche provare a giustificarmi.

Di solito il risultato del test di Beck sconvolge chi lo fa. È un test difficile, che mette i pazienti di fronte a questioni che non vogliono ammettere a se stessi.

Un paziente lievemente depresso spesso non è consapevole del fatto che i suoi sintomi sono correlati alla depressione, pensa di essere stanco e stressato. Un paziente gravemente depresso può minimizzare i suoi sintomi. Il risultato può indurlo a prendere coscienza della gravità delle proprie condizioni psicologiche.

Non glielo chiesi, ma intuii dalla sua reazione che conosceva il test. Non fu necessario spiegarle cosa si deduceva dalle sue risposte. A Ira interessavano solo i punti che aveva totalizzato. « Cazzo! » mormorò con un fil di voce. Si accorse che sussultai all'imprecazione, e chiese scusa con un'espressione sinceramente contrita.

Era la prima volta che la sentivo usare il turpiloquio. Sconcertata com'ero, non diedi il giusto peso al cambiamento avvenuto in lei. Solo in seguito mi sarei accorta che, quando cambiava, diventava un'altra persona, aggressiva e crudele.

Dopo un po', ebbi un assaggio del suo sarcasmo. Quando mi congratulai dei passi avanti che avevamo fatto con la terapia sperando di incoraggiarla, Ira mi riportò con i piedi per terra commentando, con un mezzo sorrisetto: « Sembri quasi una psicologa ».

La collera fa uscire le persone dalla loro corazza. Alcuni sanno frenare l'aggressività meglio di altri. Ira si trasformava, come il dottor Jekyll con Mister Hyde. La brava ragazza scompariva e al suo posto prendeva forma il suo doppio crudele.

Solo adesso so con certezza quale delle due era la sua vera natura.

Ira

Ho la soluzione a tutti i vostri problemi relazionali.

Lo so. Il rapporto tra vittima e omicida non è considerato una relazione umana. Di altre relazioni, però, non ne ho avute. Eccetto durante la psicoterapia. Ma quest'ultima le racchiude tutte, dall'infanzia al presente; il terapeuta è a turno padre, madre e compagno di vita.

Vi conviene prendere sul serio il mio consiglio: la chiave di tutto è l'ascolto.

Non intendo gli sproloqui psicologici. Intendo il fatto che le persone rivelano la verità su se stesse fin dall'inizio della relazione, ma nessuno è disposto ad ascoltare.

Infedeltà, paura dei legami e via dicendo. Niente fa prevedere con esattezza i comportamenti futuri di un individuo come i suoi comportamenti passati.

Al primo appuntamento, un uomo racconta che le sue relazioni amorose non durano più di due settimane. Cosa ti fa credere che tu sarai un'eccezione? All'inizio di una storia, uno magari un po' sbronzo ammette di aver tradito tutte le sue fidanzate. Cosa ti fa pensare che non farà la stessa cosa con te? E quando ti sussurra all'orecchio che non ti farebbe mai del male, vuol dire che già sta pensando di fartelo.

Quando vi ho detto di essere una bugiarda cronica, avreste fatto meglio a credermi.

Questo non esclude che qualche volta potrei dire la verità, se mi è più utile di una bugia.

Mi hanno fatto fare test psicologici di tutti i tipi, a partire dal test di Rorschach. Me lo aspettavo che anche lei mi sottoponesse ai test, e avevo indovinato che il primo sarebbe stato quello di Beck. Lo conoscevo bene, l'avevo fatto la prima volta da adolescente, nell'ospedale psichiatrico.

Ora avevo un obiettivo ben preciso. Il risultato doveva essere utile se fossi stata costretta a rispondere delle mie azioni davanti a un giudice. Dovevo risultare depressa, molto depressa: solo così il test avrebbe giocato a mio favore.

Chi è gravemente depresso non ha la forza di alzarsi dal letto, figuriamoci di uccidere. Perché dunque non sottrarmi del tutto alle mie responsabilità, facendo credere di essere innocente? Avrei evitato anche il manicomio.

Purtroppo non era così semplice. Se dal test fosse emersa una depressione molto grave, lei mi avrebbe spedita da uno psichiatra a farmi prescrivere dei farmaci. E gli antidepressivi hanno un effetto collaterale molto spiacevole: prima di arrivare al risultato desiderato, alleviano le condizioni del paziente abbastanza da fargli ritrovare un po' di spirito di iniziativa. Giusto quel che basta per suicidarsi. O, nel mio caso, per far fuori il primo che capita.

Sarei finita in ogni caso sul banco degli imputati.

Insomma, quando lei mi consegnò il test, avevo avuto il tempo di meditare sul dilemma: depressa, molto depressa, non troppo depressa?

Quasi tutti apprezzano la verità. Avrete già notato che io non rientro nella media. La sincerità è una forma di pigrizia mentale: niente palesa la completa mancanza d'immaginazione e di creatività come la sincerità. La menzogna è invece un chiaro indice di impegno. Per principio, mentivo ogni volta che era possibile.

Questa volta, però, dovete credermi. Risposi al test senza mentire. Non c'era nemmeno una virgola da cambiare.

La verità era fin troppo cruda.

Pekka

Avevo un motivo valido per andare nella zona proibita, la più sacra di tutte. Clarissa era a Kuopio per un seminario e le avevo promesso che avrei spostato il mobile con il suo archivio in modo da infilarci sotto l'angolo del tappeto. Un paio di giorni prima ci era inciampata e si era fatta male urtando il gomito sull'angolo della scrivania.

Aprii la porta del suo studio. Regina s'intrufolò e mi girò intorno alle gambe come una trottola. Quella gatta era insopportabile!

Avrei detto a Clarissa di istruirla come si deve. Avevo avuto modo di constatare che, più quella si comportava male, più mia moglie era tenera e comprensiva. Come se il felino potesse avere dei traumi che riaffioravano sotto forma di capricci.

Non volevo ficcanasare. Tanto è vero che scorsi una cartella lasciata per distrazione sul mobile dell'archivio e non mi passò neanche per l'anticamera del cervello di sbirciare il contenuto.

Voglio però sottolineare la gravità della cosa.

Io non posso essere accusato di niente. Clarissa, invece, sarebbe finita nei guai se fosse emerso che non aveva custodito i documenti dei suoi pazienti come doveva, tenendoli fuori dalla portata degli estranei.

Se si venisse a sapere che ho letto i documenti dei suoi pazienti, mia moglie potrebbe dire addio alla professione.

Decisi di poggiare la cartella sulla scrivania per non farla cadere spostando il mobile. La presi. Era della Principessa.

Clarissa aveva l'abitudine di disegnare a matita il ritratto del paziente su ciascuna cartella. Pur avendola vista solo da lontano, la riconobbi all'istante; l'immagine sottolineava i tratti che avevano attirato anche la mia attenzione. La ragazza dal volto emaciato mi guardava dalla copertina.

Avevo intuito la sua tragica storia ancor prima di aprire la cartella. Da bambina era stata vittima di un abuso sessuale.

C'era da aspettarselo.

Povera bambina.

Non avevo la minima idea del gioco che stava portando avanti con mia moglie.

Ira

La prima volta me la ricordo meglio. Avevo quattordici anni. Avevo tutte le ragioni per uccidermi. Ed erano completamente razionali. Odiavo me stessa. Non era un caso se ero diventata la vittima dello Stronzo. Aveva scelto me. Era successo tutto perché io ero io, altrimenti sarebbe toccato a un'altra. Tutto era solo ed esclusivamente colpa mia, e di nessun altro; meritavo tutto il male che mi aveva fatto, c'era poco da discutere.

Non mi accontentai di un solo modo per morire: decisi di ingerire tutte le compresse di Valium di papà per poi tagliarmi anche i polsi.

Papà non rimase a fare gli straordinari come suo solito e tornò a casa dove mi trovò semincosciente in un lago di sangue, in preda alla disperazione per non aver scritto un biglietto d'addio. Il giorno dopo mi svegliai nel reparto di psichiatria infantile dell'ospedale, con un motivo in più per sentirmi un fallimento.

Papà era seduto accanto al mio letto e parlava con uno psichiatra. Gli chiese quanto tempo ci sarebbe voluto perché le mie ferite guarissero e se si potevano togliere le bende prima che andassi a scuola. Per mio padre era importante che i miei compagni di classe non sapessero quello che avevo fatto. « Certo », rispose il medico. Sarei rimasta in ospedale per parecchio tempo, perché, oltre alla tendenza autolesionistica, avevo bisogno di cure urgenti per l'anoressia.

Cominciai ad aver pena di mio padre, e decisi di mettercela tutta per lui, per evitare che si addossasse la colpa della mia morte.

La forza di volontà però non è bastata, e ci ho provato una

seconda volta. Mi vergogno ancora del casino che ho combinato; sono sicuramente l'unica persona nella storia che non è riuscita a impiccarsi. Per giunta ero ormai maggiorenne, non posso neanche accampare la scusa dell'età.

Tutto era andato bene finché non fu il momento di scalciare via la sedia che mi sorreggeva. Le dita del piede restarono impigliate nello schienale decorato della sedia e non riuscii a farla cadere. Mi dimenai come una pazza, ma le dita non si staccarono. Sentendomi una perfetta idiota, appoggiai l'altro piede sulla sedia e con uno strattone mi tolsi la corda dal collo.

Di lì a poco ci provai la terza volta. Ero stata un'intera giornata in coma dopo aver mischiato pasticche e superalcolici. Lo avevo fatto nel bosco, come un animale malato, pensando che perlomeno là mi avrebbero trovata troppo tardi. E invece. Un'indefessa raccoglitrice di mirtilli allontanandosi dal sentiero mi vide distesa sotto un abete.

Quella volta accanto al mio letto d'ospedale non c'era nessuno.

Mentre ero lì, mi convinsi che la mia sopravvivenza doveva avere un senso. Forse era tutto un equivoco; la mia esistenza doveva avere uno scopo più grande. Altra gente era morta per molto meno, io ero sopravvissuta per ben tre volte. Dedussi che il mio obiettivo non era uccidermi.

Tutto l'odio che avevo rivolto verso me stessa avrebbe dovuto devastarmi – eppure, non ero morta. E se lo avessi rivolto all'esterno? Avrei vendicato tutti i torti che avevo subito. Avrei scaraventato fuori tutto l'odio che avevo dentro, l'avrei vomitato addosso agli altri. E l'avrei fatto in modo da non dovermi più vergognare.

Lasciando in giro corpi altrui.

Pekka

Ero da solo nello studio di Clarissa, in piedi, con la cartella della Principessa in mano. Giuro che non avevo mai letto le carte di mia moglie prima di allora.

Non avevo avuto motivo di farlo. Le sue questioni professionali non m'interessavano; anzi, ero stanco dell'intrusione forzata del suo lavoro nella mia vita. L'atmosfera a casa nostra era sempre cupa, come se l'angoscia dei pazienti aleggiasse nelle stanze anche quando se n'erano andati.

Dalla copertina, la Principessa mi rivolgeva uno sguardo accusatorio.

Non so cosa mi spinse ad aprire quella cartella. Un impulso improvviso s'impadronì di me e non fui in grado di opporre resistenza.

Una voce mi gridava forte che non dovevo toccarla, un'altra urlava ancora più forte: « Nessuno lo saprà! » Esatto. Clarissa non si sarebbe accorta di nulla. Di certo non si sarebbe messa a cercare impronte.

E ciò che non sai non può ferirti.

Mi tremavano le mani. Si sentono così i malfattori quando agiscono? E se mi avessero visto? Lanciai un'occhiata fuori dalla finestra. Non c'era anima viva.

Non vidi i nostri vicini né la loro Citroën 2CV arancione parcheggiata al solito posto davanti al garage, quindi forse non erano in casa; ciò nonostante, corsi alla finestra e tirai le tende. Come se ai vicini importasse qualcosa di vedermi a casa mia con una cartellina in mano.

Aprii la cartella. Era vuota.

Ammisi la sconfitta.

Prima di uscire dallo studio, mi venne in mente di fare

una sorpresa a Clarissa passando l'aspirapolvere. Niente la metteva di buon umore come vedermi fare pulizie. Sbirciai sotto il divano per controllare, ma non c'era neanche un granello di polvere. Evidentemente aveva provveduto lei.

Il mio sguardo si soffermò su delle carte nascoste sotto il divano. Clarissa non era tipo da buttare qualcosa lì sotto e poi dimenticarselo. Un nascondiglio, ecco cos'era. Mia moglie era talmente fissata con la pulizia che bastava una graffetta finita sotto un cuscino per farmi la predica.

Raccolsi i fogli con circospezione. Regina mi guardò con i suoi occhi gelidi e cominciò a miagolare. Forse Clarissa le aveva affidato il compito di spiarmi durante la sua assenza e poi farle rapporto.

L'agguantai, la mollai sul tappeto d'ingresso e le chiusi la porta su quel muso indagatore. Lei si mise a grattare l'uscio miagolando. Io non la degnai di attenzioni e mi dedicai alle carte.

Sul primo foglio c'era un disegno a carboncino un po' pasticciato. Me lo rigirai in mano chiedendomi cosa raffigurasse, osservandolo da tutti i lati senza riuscire a interpretarlo.

Sembrava l'opera di un bambino. Certo non di un bambino normale, ma di un bambino molto disturbato.

Un'infanzia finita molto bruscamente.

Passai al secondo foglio. Era a carboncino anche quello, ma il soggetto si distingueva meglio del primo.

Era una figura tetra. Un uomo che indossava un completo, con un sorriso sadico in volto.

L'espressione del viso mi sconvolse: emanava malvagità. Non avrei mai voluto incontrarlo in un vicolo buio.

Aveva una faccia che sembrava godere della sofferenza altrui.

Non saprei descrivere quelle immagini se non come « contorte » e « malate ». Non sono un esperto d'arte, ma quegli scarabocchi mi ricordarono le tetre opere di Hugo Simberg, in particolare *Il giardino della morte*. Il dipinto, di cui esistono diverse versioni, rappresenta degli scheletri vestiti di nero che curano un giardino. In confronto all'autore di quei carboncini, Simberg pareva un artista solare.

Ero confuso. Non avevo di meglio da fare che scrutare dei disegni di cui non avrei dovuto neanche interessarmi? Che diamine mi prendeva?

Con un forte senso di frustrazione, infilai di nuovo le carte sotto il divano, quasi a dimostrare a me stesso di non voler averci più niente a che fare.

Fui colto da un'ansia strana, che mi avvolse lo stomaco. Sentii un groppo in gola, faticai a respirare.

Come se quei disegni avessero tentato di dire qualcosa a me.

Proprio a me.

Arto

Arrivai al Caffè Kahvihuone in anticipo, ma stavolta Clarissa mi aveva preceduto. Mi salutò allegramente dal tavolo che occupavo sempre con Marja e mi abbracciò di nuovo come se fossimo cari amici. Ero preparato allo Chanel n. 5 e durante l'abbraccio cercai di trattenere il fiato. Lei parve aver letto nei miei pensieri e averne tenuto conto, infatti stavolta si era spruzzata Opium di Yves Saint Laurent. Lo riconobbi subito perché l'avevo comprato a Marja sul traghetto per la Svezia; non le era piaciuto, e il flaconcino era rimasto sul suo comodino a impolverarsi.

Il comodino di Marja era come un altare. Tutti gli oggetti personali erano ancora lì come li aveva lasciati. Avevo pensato di tenerne solo alcuni per ricordo e buttare via gli altri, ma mi sembrava troppo definitivo. Mi sembrava che quel gesto mi avrebbe impedito anche solo di sognare che Marja fosse ancora viva.

Andai a ordinare due caffè.

Quando mi sedetti di fronte a lei, il suo sorriso amichevole si tramutò in un'espressione preoccupata.

« Arto, cos'hai? »

Cominciavo a stufarmi: le donne erano tutte preoccupate per me. E lei non era la mia psicologa.

« Insomma, non so neanche da dove cominciare. Il lavoro va uno schifo e anche tutto il resto, perciò potrei riassumere così: sto uno schifo. »

Clarissa mi guardò come se stesse valutando se avevo bisogno di una stanza con le pareti imbottite o solo di una camicia di forza.

« Arto, l'aiuto si ottiene solo chiedendolo. »

Quello che volevo da Clarissa era qualche gustosa confessione del tipo: « Non potrò mai perdonarmi di non aver avuto figli », « Mio marito è invidioso del mio successo » o addirittura « Gli ho perdonato un tradimento ». Insomma, roba da scoop.

Scorsi nel suo sguardo qualcosa di autentico, che non si può fingere. Lo stesso calore che si percepiva nella voce di Irmeli quando cercava di rimettermi in carreggiata. Quello che c'era anche negli occhi di Marja prima che il nostro rapporto si incrinasse.

« Se questa intervista non è da copertina, il *Giornale* mi fa fuori definitivamente. E perché sia da copertina mi serve qualche accenno alla tua vita privata. Mi dispiace. »

Tutte le mie carte erano sul tavolo davanti a lei, e non avevo neanche un cinque nella manica, figuriamoci un asso.

Temevo che uscisse dal bar indignata senza neanche salutarmi. E infatti si alzò e si mise la giacca in tutta fretta.

« Ti preoccupi sempre di tutto, Arto. Vedrai che lo facciamo, il tuo scoop. Ma a una condizione. Ora andiamo nel mio locale preferito e ci beviamo un bicchiere di rosso! »

Non riuscii a spiccicare parola. Il suo modo di fare era a dir poco sopra le righe; dov'era l'esperta fredda e analitica che rilasciava interviste strettamente professionali?

Si chinò a prendere la borsa da terra e intuii la risposta. Clarissa barcollò, si aggrappò al tavolo e inzuppò l'orlo della manica nella tazza di caffè, urtandola e facendola cadere a terra. Poi ridacchiò e si mise a calciare i cocci sotto il tavolo.

Era ubriaca. Di lunedì pomeriggio alle 17.10.

Senza nemmeno cercarla, avevo trovato una persona uguale a me.

Pekka

Disteso sotto la coperta, nel mio letto, contavo le rose sulla carta da parati scelta da mia moglie. Non riuscivo a togliermi dalla mente i disegni che avevo trovato sotto il divano del suo studio.

Quando diedi uno sguardo all'orologio e scoprii di aver trascorso mezz'ora a meditare se contare anche i boccioli o solo le rose già aperte, decisi di passare il tempo in maniera più sensata e concentrarmi sul mistero dei disegni.

Tentai di immaginare come li avrebbero interpretati Clarissa o un altro suo collega. Dal canto mio, non capivo nemmeno se ci fosse qualcosa da analizzare o si trattasse solo di innocenti scarabocchi. E se qualcuno, per puro diletto, avesse preso un carboncino e riprodotto le proprie allucinazioni? Forse quei disegni avevano uno scopo?

Ero sempre più convinto che nascondessero un messaggio indirizzato proprio a me. Lo capivo anch'io che era assurdo, ma l'intuizione soffocava la ragione.

Da dove bisognava cominciare per risolvere il mistero? Non ne avevo idea. Non mi veniva in mente nessun appiglio.

Sembra assurdo, ma mi misi ad analizzare la questione come se fosse un problema logico da scomporre in parti e risolvere razionalmente. Creai un foglio Excel nel quale annotai tutto ciò che sapevo dei disegni.

Nella prima cella inserii la data in cui li avevo trovati. Nella seconda il loro numero. Erano due: un pasticcio nero che non riuscivo a interpretare e un uomo con un completo e un sorriso sadico.

Dopo aver riflettuto a lungo, non trovai nient'altro da registrare. Era comunque un inizio. E tutte le storie hanno un inizio.

In realtà non avevo alcuna fretta di risolvere il mistero.

Non potevo sapere che in gioco ci fosse la mia vita.

Arto

« Scusa, Arto! Mi dispiace. »

La telefonata di Clarissa mi risvegliò dal coma. Dalla sua voce traspariva un gran senso di colpa. Si scusava. E di che?

Il nostro incontro del giorno prima mi tornò subito in mente, malgrado non volessi pensarci. Eravamo usciti dal caffè in fretta e furia, come se Clarissa avesse urgente bisogno di un bicchiere di vino. Secondo me era già bella piena, ma chi ero io per giudicare?

Al Kyläkaivo riuscii a stento a mascherare lo stupore. Non ricordavo di aver mai messo piede in una bettola simile. Non mi spiegavo come una persona colta come Clarissa potesse frequentare un simile postaccio.

Mi ero seduto al bancone e avevo ordinato un whisky per me e un bicchiere di vino rosso per lei, che nel frattempo era andata alla toilette. Nel tragitto verso il bancone aveva arraffato un elenco dei brani del karaoke e me lo sventolava allegramente davanti alla faccia come se fosse stato un biglietto del lotto e lei avesse appena vinto un jackpot enorme.

« Arto, io e te saremmo un duo formidabile! »

Eh no, eh! avevo pensato. *Devi passare sul mio cadavere.* Invece, appena mezz'ora dopo, mi ero ritrovato sul palco traballante del locale a cantare insieme a lei un orribile classico, *She's a Lady* di Tom Jones.

Inorridivo al pensiero che qualche simpaticone tra i presenti avesse registrato con il cellulare il degrado a cui eravamo arrivati e ci avesse sbattuti su YouTube.

« Mi perdoni? » mi supplicò per telefono.

Era la prima volta che assolvevo dal peccato una donna pentita di aver bevuto. Ricordavo le volte in cui avevo chiesto scusa a Irmeli e prima ancora a Marja per i miei casini da ubriaco. Sapevo quanto fosse terribile annaspare nel senso di colpa, e perciò avevo voluto liberarla subito dal male e amen.

« Clarissa, per favore, calmati! Dimentichiamoci di ieri! »

« Ma tu non... »

Sembrava stesse per scoppiare a piangere. Non sopportavo le lacrime delle donne, mi facevano sentire impotente.

« Non lo scrivi, vero? La mia reputazione... »

Ebbe un sussulto, la immaginai estrarre di tasca un fazzoletto. Dovevo bloccarla prima che scoppiasse a piangere.

« Senti, chiariamo subito una cosa. Di ieri non scriverò niente. »

Dicevo sul serio. Noi alcolisti dobbiamo essere solidali. Forse avrei attratto un buon karma. Magari Clarissa o qualcun altro mi avrebbe salvato la pelle alla prossima cazzata clamorosa che avrei combinato.

« Grazie. Ti devo un favore. Vediamoci un'altra volta e inventiamo uno scoop per te. Potrei chiedere a Pekka, mio marito, di darmi il permesso di rivelare qualcosa di noi. »

« Sarebbe ottimo! »

« Io... n... non sono un'alcolista... »

Neanch'io.

« Non c'è bisogno di dirlo. »

« È che ho una brutta situazione al lavoro. Una mia paziente è una giovane traumatizzata che soffre di un grave disturbo alimentare. Credo che da piccola abbia subito abusi... »

Non volevo ascoltare una parola di più. Mi sentii montare il mal di testa, e non era solo per la sbornia.

« Pensavo che fossi vincolata alla riservatezza. »

Non volevo fare del sarcasmo, ma l'effetto fu quello.

« Controllo sull'agenda e ti mando un messaggio. »

La voce di Clarissa era di colpo diventata di ghiaccio. Probabilmente potevo dire addio alla rivelazione piccante che desideravo.

Clarissa

Morivo di vergogna. La voce di Arto al telefono tradiva una certa disapprovazione. Cercai di calmarmi: qualche eccesso capita a tutti, non a caso dicono che il vino sia la bevanda dei saggi, cioè di chi sa goderne con morigeratezza. Non è stato il mio caso. Ero ancora piena di vergogna.

Se solo Arto l'avesse voluto, tutto il Paese avrebbe saputo della mia imbecillità. Mi aveva promesso di non scrivere niente, ma ci si può fidare dei giornalisti? Un buono scoop passa davanti a tutto.

Avrei evitato volentieri di tornarci su, ma dovevo per forza affrontare il problema prima di ritrovarmelo nell'articolo di Arto.

La mia memoria era un colabrodo. Ricordavo una breve sosta al Caffè Kahvihuone, ma non cosa fosse successo. L'unico ricordo era una tazza che scivolava a terra e andava in pezzi. Chi l'aveva fatta cadere? Arto? O io?

Nel ricordo successivo c'erano il palco del Kyläkaivo e il karaoke. Come eravamo arrivati fin lì?

Sprofondavo a tal punto dalla vergogna che avrei scavato una fossa in cortile e mi ci sarei buttata dentro. Stando alla mia memoria, dal karaoke eravamo finiti al bancone del bar. Di cosa avevamo parlato?

Nel corso della serata, avevo scoperto che Arto era vedovo. Aveva snocciolato una serie di luoghi comuni triti e ritriti.

Mia moglie non mi capiva.

Pian piano ci siamo allontanati.

Non avevamo più niente in comune.

La stessa solfa che avevo sentito mille volte dai miei pazienti.

A un tratto mi erano passate per la testa le scappatelle di Pekka. Lui non mi aveva mai detto niente e io non avevo fatto domande. Eppure ero certa che all'inizio mi avesse tradita. Se non fosse vecchio e pigro, pensai con una risata amara, mi tradirebbe ancora. Chissà, forse anche il mio adorato Pekka aveva attirato le sue amanti con le stesse frasi fatte?

Mi riecheggiò nelle orecchie la voce di mia madre: « Degli uomini non ci si può fidare ». Aveva ragione, quanto meno su mio padre. E su Pekka.

Ma com'era finita la serata? Eravamo usciti sulle nostre gambe? O avevano dovuto portarci fuori di peso?

Sì, mi era successo anche quello. Avrei voluto dimenticare, ma il ricordo mi perseguitava.

Avevo deciso di trascorrere un venerdì sera rilassante sorseggiando un paio di bicchieri di rosso, ma poi uno aveva tirato l'altro e alla fine il buttafuori aveva dovuto trascinarmi fino sul taxi perché mi rifiutavo di andar via.

Ripensai alla serata con Arto e qualcosa mi riaffiorò alla memoria. Ero seduta al bancone da sola. Arto era uscito ore prima. Quando e perché?

Non ne avevo la più pallida idea.

Ira

All'inizio mi sforzai di lottare contro il mio desiderio omicida. Avete presente quando si cerca di provare compassione per gli ubriachi e per i tossici? Sono esseri umani anche loro. Sono figli di qualcuno; hanno dei genitori, magari fratelli e sorelle, parenti, amici. Qualcuno li ama o li ha amati. Se morissero, a qualcuno mancherebbero.

Insomma, cercavo di individuare dei tratti umani negli uomini che indossavano un completo, di individuare delle caratteristiche che potessero accomunarci: se ci tagliamo ci facciamo male, se sentiamo un botto improvviso ci spaventiamo.

Feci del mio meglio, ma quegli sforzi mi lasciavano impassibile. Anche lo Stronzo era stato bambino, ma non era un motivo valido per non odiarlo.

Non so come ho fatto ad avere quei pensieri per tanto tempo senza metterli in pratica.

La fase di latenza durò settimane, addirittura mesi.

Presi ad annotare le mie fantasie. Riempii interi quaderni descrivendo vari metodi per uccidere. Sono contenta di averli conservati, perché poi mi sono serviti da spunto.

Se qualcuno li avesse trovati, avrei addotto la scusa che scrivevo thriller. Agatha Christie nei suoi romanzi aveva ucciso indisturbata centinaia di persone.

Le mie letture preferite erano i libri di *true crime*, ma ben presto mi annoiarono. Possibile che la gente non avesse un briciolo d'immaginazione? Sempre coltelli e pistole, fin dalla notte dei tempi: un vero strazio. Una palla mortale che rovinava la reputazione della categoria.

Mi veniva voglia di scrivere agli ergastolani per suggerire

nuove idee. In quella fase, ero ancora convinta che sarei riuscita a limitarmi a fantasticare senza passare all'azione. Inconsciamente intuivo che non sarebbe stato così, perché non rivelavo a nessuno le mie fantasie.

Escogitai sistemi sempre più sadici per uccidere i miei simili. Ma non ne traevo alcun piacere; mi inondavano la mente e trovavo naturale fissarli sulla carta.

A essere precisi, non si dovrebbe parlare di fantasie, ma di visioni. Mi assalivano così, all'improvviso, mentre ero al supermercato, per esempio. Una volta mi appariva un'ascia insanguinata, un'altra colpivo alla testa con un martello un uomo in completo.

Spesso vedevo solo sangue.

Pozze di sangue sul pavimento della cucina, macchie lungo i corridoi del supermercato, spruzzi su una pista di atletica – sangue, sangue e ancora sangue.

Ma il mio marchio di fabbrica è un certo distacco. Le visioni non mi hanno mai entusiasmata. Se le avessi attuate, lo avrei fatto senza inutili spargimenti di sangue.

Mi crogiolai nelle fantasie finché a un certo punto capii che non mi soddisfacevano. Dovevo passare all'azione. Tirare fuori martelli, forbici e seghe.

Perché inorridite? I film dell'orrore li guardate, no?

Non vi è mai venuto in mente che qualcuno ha scritto la sceneggiatura?

Qualcuno che vuole vedere le donne torturate e uccise con metodi raccapriccianti.

Una, due, tante volte.

Clarissa

Una volta che mi fui ripresa dalla telefonata con Arto, ancora con i postumi della sbronza, fumai una sigaretta in piedi sulla veranda di casa, anche se in teoria avevo smesso. Quante volte nella mia vita avevo spento una sigaretta per l'ultima volta solo per ricominciare qualche ora dopo!

Schiacciai il mozzicone sulla balaustra, come fosse una blatta.

Scendeva un nevischio così denso che non vedevo neanche la nostra siepe di biancospino, e men che meno la casa dei vicini. Mi riparai all'interno. Ero irrequieta. Decisi di aspettare che smettesse di nevicare per andare a fare un po' di shopping.

Secondo le previsioni si trattava solo di una spolverata. Dopo un'ora, appurai che erano giuste. La neve si era ridotta a piccoli fiocchi che a terra si scioglievano subito. Mi vestii, presi la borsetta e mi avviai alla fermata del tram.

Mentre aspettavo riflettei che il tempo cambia da un momento all'altro, come l'umore delle persone. Dalla tristezza all'odio, dall'odio alla vergogna, dalla vergogna al senso di colpa. Il bianco dei fiocchi mi evocava l'innocenza, e soprattutto quanto fosse facile distruggerla.

Mi venne in mente il volto di Riku, cadaverico come l'ultima volta che l'avevo visto. Lungo la guancia destra gli colava una goccia di sangue.

Rinchiusi quel pensiero in un cassetto della mente e mi concentrai sulla danza dei fiocchi di neve.

Il tram era piuttosto affollato. Scovai un posto in fondo, accanto al finestrino. Una coppia di tossici seduti in ultima fila si catapultò a raccogliere qualcosa da terra. Mi voltai per vedere cosa fosse, ma i due, in piedi di spalle, ostruivano la vista.

Tutti i passeggeri udirono la donna urlare:

« C'è una pasticca! »

« Cos'è? » replicò lui, contento.

« Temazepam! »

Infilai la mano nella tasca della pelliccia di visone. La confezione di Temazepam mi era caduta quando avevo tirato fuori l'abbonamento. Prendo calmanti solo di tanto in tanto, quando accumulo stress lavorativo, perché non voglio sviluppare una dipendenza. Danno assuefazione in breve tempo, e uscirne non è facile. Certo, nella confezione da dieci era rimasta solo una compressa, ma le avevo consumate in quasi un anno. Era il momento di chiedere a Harri una nuova ricetta.

I due tossici scesero alla fermata successiva. Li osservai meditando sul destino di quella donna.

Quanto tempo era trascorso da quando raccogliere un farmaco caduto per terra a qualcun altro era stato per lei un gesto impensabile e sgradevole come lo era per gli altri? Era finita nel tunnel da adolescente? Il corso della sua vita era segnato già dall'infanzia?

Trasalii come se mi fossi addormentata sul sedile e qualcuno mi avesse scrollata. Quell'uomo era il padre di Riku? No, aveva una trentina d'anni, il padre di Riku ne aveva di più. C'era da augurarsi che fosse già morto, come anche la madre tossica.

Se lo sarebbero meritato.

Il tram raggiunse la fermata del Palazzo di vetro, scesi e mi diressi verso il centro commerciale di Kamppi. Tornai con il pensiero a Ira.

Non avevo ancora idea del motivo che l'aveva spinta a venire in terapia. Non mi piace imbeccare i miei pazienti, preferisco che mi raccontino loro come stanno le cose. Ma Ira era in grado di farlo?

Se si finiva in un vicolo cieco, di solito li indirizzavo da altri colleghi. È così che si fa nel nostro settore. Anche i colleghi mi hanno consigliata a pazienti che reputavano più adatti a me.

Ma non era questo il caso.

Ira si era rivolta di proposito a me.

Ero responsabile della sua vita.

E della sua morte.

Arto

Clarissa chiuse la conversazione bruscamente lasciandomi al mio doposbornia. Mentre mi autocommiseravo, mi balenò di nuovo lo stesso pensiero: avevo un'unica ragione di vita.

Alcuni anni prima godevo dei guai degli altri alcolisti. Mi dicevo che, se qualcuno era messo peggio di me, non avevo motivo di preoccuparmi. A quei tempi avrei considerato il comportamento di Clarissa la prova che io ero a posto. Se anche lei si scolava una bottiglia in un giorno feriale, pur avendo un lavoro di grande responsabilità, perché io dovevo farmi problemi?

Adesso invece mi ero arreso ai dati di fatto. Ero un alcolista e c'erano altissime probabilità che il mio vizio mi avrebbe portato alla tomba.

Aprii l'album sulla scrivania. Era pieno di foto che avevo fatto dalla panchina, con lei in piedi davanti alla finestra con una tazza in mano. Erano prese di lato, perché se mi fossi avvicinato troppo mi avrebbe beccato.

Le foto non erano un granché. Dietro al vetro non si distinguevano i tratti del viso, si vedeva solo una sagoma indefinita, spettrale. Era quello il suo aspetto anche in condizioni normali: sembrava un alito di vento, come se qualcuno l'avesse cancellata con una gomma lasciando solo i bordi.

Mi sentivo soffocare al pensiero che eravamo stati nella stessa stanza. Non mi sarebbe stato mai più permesso, lo sapevo. Potevo solo guardarla da lontano. E comunque non potevo tenerla prigioniera. Avevo dovuto lasciarla andare.

Sapeva che l'avevo osservata per tutti quegli anni? Che la seguivo come un'ombra?

Pensavo che la mia presenza l'avrebbe protetta da tutti i mali, e invece l'unico ad aver bisogno di protezione ero io.

Clarissa

La settimana seguente si trascinò in una lunga attesa. Ero lì seduta nel mio studio, ma solo fisicamente. Chissà come mai nessuno dei miei pazienti mi fece notare che ero assente. Forse la routine era talmente consolidata che ero in grado di recitare la parte anche se la mia mente era altrove.

I pazienti mi esponevano i loro problemi, ma io, per quanto mi sforzassi di seguire il filo dei discorsi, non riuscivo a restare adeguatamente concentrata su di loro. Ero distratta.

Senza falsa modestia, posso affermare di essere molto competente nel mio lavoro.

Cito ovviamente i miei pazienti senza renderli riconoscibili. Ma avevo curato con successo decine di persone anoressiche, bulimiche, alcoliste, nevrotiche. Avevo aiutato quelle affette da schizofrenia e disturbo bipolare. Avevo sostenuto donne demoralizzate dal divorzio. Vittime di abusi sul posto di lavoro. Vittime di stupro.

Malgrado tutto, continuo ad attribuire la colpa a me stessa. Non avrei dovuto fallire.

Nonostante fosse un compito impossibile.

Non immaginavo che, confessandomi a voi, avrei aperto un vaso di Pandora. Una confessione, sì, ecco come definisco questo resoconto.

Odiavo i pazienti che rivelavano in nome della sincerità il tradimento al proprio partner, e pure con tutti i particolari. Cosa, dove, con chi e addirittura in quale posizione. Quelle confessioni non avevano niente a che fare con la sincerità e men che meno con il pentimento. I traditori volevano solo scaricare le loro colpe sul partner e così facendo sbarazzarsene. I più sadici godevano del dolore che provocavano con quello slancio di trasparenza e si dicevano: avrò anche tradito, ma sono stato onesto.

Lo trovavo ripugnante. Ora mi rendo conto di comportarmi allo stesso modo: scarico tutto su di voi, come se questo cancellasse ogni mio errore.

Ma non preoccupatevi. Confessare non mi fa sentire meglio. Anzi, è come riaprire una ferita a malapena rimarginata.

So dei vostri sguardi accusatori e dell'enorme biasimo che provate nei miei confronti, anche se non ci incontreremo mai. Voi non potreste mai finire nella situazione in cui sono finita io.

O no?

Vi ricordate quando ho consultato i miei appunti per raccontare la prima seduta? Non avrei dovuto farlo. Da allora li ho letti e riletti continuamente.

Ho piegato gli angoli dei fogli, ho riempito di domande i margini. Quando non avevo più spazio per scrivere, li ho ricoperti di post-it con le mie osservazioni. Ho sottolineato una parola sì e una no. E ogni volta che apro quegli appunti spero con tutta me stessa di trovarci qualcosa di nuovo.

Cosa sto cercando? La chiave di questo mistero.

No, ho promesso di essere sincera.

Un dettaglio, un segno, una cosa qualsiasi che dimostri che sono innocente.

Immagino che dalle mie carte cada a terra un foglio dimenticato come l'ultima foglia d'acero secca; un foglio con qualcosa che non ricordo di aver scritto. Il pezzo mancante che modifica tutto il puzzle.

Vi vien da ridere, me ne rendo conto.

A me invece vien da piangere. Com'è inutile cercare la Verità con la « v » maiuscola. Tanto più sapendo che gli appunti degli psicoterapeuti non sono documenti ufficiali che rivelano la verità sulla vita del paziente. Sono invece una doppia interpretazione, l'interpretazione di un'interpretazione. Prima il terapeuta accoglie il racconto del paziente, cioè la sua interpretazione della propria vita. Cosa vuole rivelare? Cosa vuole celare? E cosa non ricorda? Poi lo psicoterapeuta dà la propria interpretazione, che riporta negli appunti. Cosa ritiene degno di essere annotato? Ha capito cosa intende il paziente? Vuole capirlo? O fraintende tutto di proposito? Come per tutte le relazioni umane, il rapporto tra psicoterapeuta e paziente è fatto di emozioni. E non è detto che il terapeuta trovi simpatici tutti i pazienti, seppure il più delle volte riesca bene a nascondere la sua antipatia. Ma tutta l'avversione, l'odio, l'aggressività, trapelano nella stesura degli appunti, che forniranno un quadro alterato del soggetto.

Il segreto professionale è un vincolo che ci portiamo nella tomba, ma una cosa posso dirvela: in Finlandia i divetti e le starlette che avrebbero retto senza il mio aiuto si contano sulle dita di una mano.

Come avrete capito, la mia caduta è stata rovinosa.

Ero arrivata all'apice del successo nel mio Paese. Fossi stata negli Usa avrei avuto un programma televisivo come *Dr. Phil.* E ora non ho più niente.

Proprio il successo mi è stato fatale. D'altra parte, trovatemi uno psicologo che non sia orgoglioso di avere tra i suoi pazienti un primo ministro (ovviamente non posso dire quale). Ero diventata tracotante. Incauta. Ed ecco il risultato. *Sic transit gloria mundi.*

Un tempo l'obiettivo della mia vita era far capire a un giocatore di hockey della NHL americana che sua moglie avrebbe potuto desiderare altro nella vita, oltre a una cucina nuova.

Ora non ho più uno scopo.

Ho solo un'ossessione.

Far luce su questa vicenda in tutti i suoi dettagli più nascosti.

Dopo alcune sedute con Ira cominciai a capire in quale guaio mi ero cacciata. Il timore di non essere all'altezza mi balenò nella mente, ma lo trovai subito ridicolo. Man mano però i miei dubbi aumentarono. E se non ce l'avessi fatta, quali sarebbero state le conseguenze? Non riuscivo neanche a pensarci. Sarebbero state catastrofiche. Per Ira, per me, per tutti.

Tentai di minimizzare. Esageravo, ecco tutto.

Ora sappiamo che le mie paure erano fondate.

A un certo punto fu evidente che non avevo più il controllo degli eventi. Cercavo disperatamente di spegnere qualche fuoco qua e là. Avrei dovuto chiedere aiuto. Un breve ricovero ospedaliero avrebbe potuto calmare le acque. Avrei potuto chiedere consiglio a Harri.

L'aiuto sarebbe sicuramente arrivato. Ma in quel caso l'avrei perduta.

Ero determinata a non cederla a nessuno. Le restai avvinghiata fino all'ultimo, senza curarmi delle conseguenze. Finché non fu possibile fare altro che guardarla scivolare nel baratro che si era scavata.

E in quel baratro trascinò anche me.

In testa mi frullavano scenari orrendi: e se non l'avessi mai più vista? E se avesse chiamato all'improvviso per dirmi che stava per suicidarsi, sbattendomi il telefono in faccia prima che potessi intervenire? E se avessi appreso della sua morte dai giornali?

E se avessi ricevuto il suo messaggio d'addio?

Ira

Certo che avevo paura che mi spedisse in un ospedale psichiatrico, dopo il test di Beck. Averle detto che progettavo il suicidio bastava a farmi rinchiudere. Ma c'è anche da dire che i tagli alla sanità pubblica erano stati ingenti; può darsi pure che non ti ricoverino se non hai già tentato il suicidio. E poi, a quanto avevo capito di lei, sapevo che non mi avrebbe sbattuta lì dentro.

Sono molto brava a inquadrare le persone. Uccidere ti rivela la natura umana come nient'altro, meglio della relazione più stretta.

Quando chiede pietà, l'essere umano passa in rassegna tutta la gamma dei sentimenti, dall'orrore alla rabbia, alla tristezza e all'umiliazione. Non avevo visto la mia terapeuta molte volte, ma ne avevo già tracciato un profilo psicologico preciso.

Aveva subito una grande perdita di cui si sentiva colpevole.

Non sapevo che perdita fosse, ma era evidente che non l'aveva superata. La persona che amava l'aveva respinta? O era morta?

La perdita le aveva lasciato un vuoto che voleva riempire con qualsiasi mezzo. Tentava di compensare buttandosi a capofitto sui suoi pazienti. A motivarla era il desiderio narcisistico di dimostrare al mondo la sua bontà. D'altro canto, la sua eccessiva dedizione materna appariva sincera.

Potevo star certa che non avrebbe rinunciato a me. Era pronta a rischiare la mia vita pur di tenermi tutta per sé.

Sì, avrebbe lasciato che mi suicidassi piuttosto che affidarmi a qualcun altro.

Ma in questa situazione c'era un problema di cui mi resi conto solo dopo. Come avevo potuto essere così stupida?

La psicologa commise un grave errore professionale non costringendomi al ricovero forzato. Se finissi sul banco degli imputati, il suo parere non avrebbe più valore, perché lei sarebbe ritenuta inaffidabile. Forse non potrebbe neanche più testimoniare a un processo. La sua negligenza è stata così grave da perdere l'abilitazione alla professione.

Se me ne fossi accorta in tempo, le avrei detto senza mezzi termini che volevo a tutti i costi essere ricoverata.

Quello che mi manda più in bestia è che sarei rimasta dentro un giorno, al massimo due. Oggi i pazienti se li tolgono di torno il prima possibile.

Mi sono tormentata su questo e l'ho maledetta: che marcisse all'inferno! È andato tutto a puttane perché quell'idiota voleva fare la martire. Quella cazzo di perfettina mi fa schifo!

Volete sentirne una bella?

E se avesse programmato tutto?

E se avessi scampato il ricovero forzato non perché non voleva affidarmi a nessuno, ma perché le sue mosse erano parte di un piano concepito fin dall'inizio?

Allora non ci volevo credere, ma ora non posso far altro.

Arto

Io e Clarissa eravamo di nuovo seduti l'uno di fronte all'altra al Caffè Kahvihuone. Al nostro tavolo c'era anche il fantasma di Marja. Seriamente parlando, Marja non mi aveva mai fatto visita dall'oltretomba. Chissà se l'avrei accolta a braccia aperte, anche se fosse stata un fantasma. Sicuramente sì.

Ero talmente solo che avevo nostalgia pure di una donna che da viva odiavo.

Cercai di scacciare l'immagine e mi rivolsi a Clarissa.

« Cosa ha detto tuo marito? Posso farti qualche domanda su di voi? »

« Ha accettato di malavoglia, ma non mi ha autorizzata a fare grandi rivelazioni. »

L'atteggiamento del marito non mi stupiva.

« Ho riflettuto un po' sul titolo. Cosa ne pensi di *Ho abbandonato l'alcol grazie a mio marito*? »

Abbandonato un cazzo!

Morivo dalla voglia di sentire come ingannava se stessa.

« Non male! Vai avanti. »

Clarissa diede il via a uno sproloquio; girava in tondo senza mai arrivare al dunque. Si soffermò con particolare trasporto sul suo aspetto e sul suo abbigliamento.

« Un esperto si accorgerebbe del mio recupero da come mi vesto. Pensa un po', prima mi vestivo di blu! Il blu non è il mio colore, si vede subito! »

Quel parlare a ruota libera aveva una sola spiegazione: era di nuovo sbronza. In pieno giorno e a metà settimana.

« Ero talmente bloccata dentro che il mio malessere si riversava sull'abbigliamento. Blu e jeans, che orrore! »

Ma cosa diavolo c'entrava con la sua dipendenza, il suo recupero e l'aiuto che Pekka le aveva dato?

« Secondo l'armocromia, la mia stagione è l'estate, quindi mi stanno bene le tonalità del rosa... »

Sembrava che credesse nell'armocromia tanto quanto credeva nella psicanalisi.

« Un tempo le cose mi andavano male. Detto francamente, ero sempre ubriaca. »

Secondo me, la frase sarebbe stata più corretta col verbo al presente.

« Ho avuto un'infanzia infelice, ma grazie all'amore disinteressato di Pekka l'ho superata. »

Mi sarei salvato la pelle solo se fossi riuscito a cavare da quel flusso di coscienza una storia con un inizio, uno svolgimento e una fine. Preferibilmente in quest'ordine.

Irmeli sarebbe stata entusiasta se fossi stato il primo giornalista ad aver fatto sbottonare Clarissa sulla sua vita privata.

È vero, erano tutte cazzate, ma questo per me era irrilevante. Il giornalista investigativo che era in me non voleva ancora sganciare la preda dall'amo: voleva vederla dimenarsi.

« Da quanto non bevi? »

« Da oltre vent'anni, da quando mi sono sposata. »

« E quando ci siamo visti l'ultima volta? Non ti sei comportata come una che non beve. »

Clarissa era sempre molto truccata, ma si vedeva comunque che stava arrossendo.

« Arto, lo sai, no, che il recupero è come una danza: due passi avanti e uno indietro. Non è il caso di dannarsi per qualche piccola *défaillance*! »

Potessi prendere i miei fallimenti con la stessa leggerezza, invece di fustigarmi ancora a distanza di anni.

Immaginai di trovarmi sulla solita panchina. Lei, alla finestra, che mi guardava negli occhi.

Uno sguardo accusatore che m'inceneriva.

Me lo meritavo.

Ero colpevole di tutto ciò di cui mi accusava.

Clarissa

Io mi voglio suicidare. È inevitabile, tu non puoi impedirmelo. Avevo avuto un altro incubo sul suicidio di Ira. Stavolta si era sparata, io avevo cercato di strapparle la pistola di mano e ci eravamo azzuffate sul pavimento dello studio. Riuscivo a sottrarle l'arma dalla mano destra ma lei subito me la riprendeva via con la sinistra. Mentre mi allungavo di nuovo verso la pistola, lei se la portava alla tempia e premeva il grilletto.

I suoi occhi mi fissavano immobili mentre il suo corpo si raffreddava.

Mi svegliai in un bagno di sudore. Il colpo continuò a rimbombarmi nelle orecchie anche quando mi misi a tavola per fare colazione. Mi sforzai di mandar giù il porridge, ma l'incubo mi aveva tolto l'appetito.

Ero dilaniata dal dubbio che Ira non si fidasse abbastanza di me da fare un percorso di analisi serio. Perciò volevo sapere quanto era stata sincera nel rispondere al test di Beck.

E soprattutto: se mentiva, imbrogliava me o se stessa?

Prima del test mi ero convinta che le scene terrificanti partorite dalla mia mente sul suo suicidio fossero inverosimili. Dopo aver visto l'esito del test, fui costretta a guardare in faccia la realtà: Ira poteva davvero suicidarsi da un momento all'altro.

Tutto dipendeva da me. Non c'era tempo da perdere.

Ogni nostro incontro poteva essere l'ultimo.

Dopo essermi sistemata, restai in sala d'aspetto ad attendere che arrivasse. Era la prima paziente della giornata.

Il campanello suonò e andai ad aprire. In fila indiana, entrammo nello studio.

« Come stai? » le chiesi, pentendomi all'istante; che era messa male lo sapevamo entrambe.

Ira non rispose, si limitò ad aggrottare le sopracciglia come se non avesse capito la domanda né le interessasse. Il suo sguardo era attratto dalla finestra.

Decisi di smetterla con gli inutili convenevoli e andare al sodo.

« Hai deciso di suicidarti » dichiarai seria, per poi restare in attesa della sua reazione. Al che, distolse lo sguardo dalla finestra, dall'intensa nevicata che sferzava i vetri e dalle fronde delle betulle che si piegavano al vento, e si voltò verso di me.

« Sì, ho sempre saputo che sarei morta per mano mia. Non ce la faccio a vivere tanto da morire di morte naturale. »

Mi raccontò di aver pensato al suicidio per anni. Ero certa che avesse anche cercato più volte di passare dall'intenzione all'atto. Secondo le stime, i tentativi di suicidio sono dieci volte più frequenti dei suicidi effettivi.

Per un attimo mi prese lo sconforto. Un altro paziente suicidario da salvare.

Perché non avevo scelto di fare la fiorista o la pasticciera? Un lavoro dove hai a che fare solo con la bellezza, fiori e pasticcini. Io solo tenebre.

Fissavo i fiocchi di neve che si scioglievano, si trasformavano in gocce d'acqua e colavano lentamente lungo il vetro della finestra. Mi sforzai di distogliere lo sguardo e proseguii con l'interrogatorio.

« Ci hai mai provato? »

Ira si lasciò sfuggire un sorriso, quasi a sottolineare che era una domanda stupida, ma non mi guardò. Cercava qualcos'altro su cui puntare lo sguardo.

« Tre volte. La prossima volta ci riesco di sicuro », rispose. La sua voce era fredda, priva di emozione. Come se stesse recitando a memoria la lista della spesa.

Fui investita con tale violenza da un pensiero, che per poco non lo pronunciai ad alta voce: *Non ce la faccio più!* Ma dovevo farcela.

« Hai già un piano? Come intendi fare? »

Fu una domanda cruda, ma per me essenziale. Che una persona abbia impulsi autodistruttivi è indubbiamente grave, ma, se ha già elaborato un piano per realizzare i suoi intenti suicidi, c'è pochissimo tempo per salvarla.

E chi altro doveva salvarla, se non io?

E se non avessi avuto la forza?

Ira rispose subito. Sì, un piano ce l'aveva. Riferì di aver tentato il suicidio ogni volta con un metodo diverso. Anche stavolta ne aveva in mente uno, e me lo espose fin nei particolari. Sembrò contenta di poterne parlare a qualcuno.

Non vi rivelerò quale fosse il suo piano. Il suicidio è una malattia contagiosa: ogni volta che alla televisione si dà notizia di un suicidio e si rendono noti i dettagli, c'è chi si toglie la vita con lo stesso sistema.

Avevo una fretta tremenda.

Dovevo salvarla.

Io. Non. Ce la faccio. Più.

L'unica possibilità era guadagnare tempo per trovare una via di uscita. Dovevo improvvisare. Mi venne un'idea folle. Dio mi aiuti se i miei colleghi dovessero mai venire a sapere della proposta che le feci.

« Sei venuta da me perché volevi essere aiutata. Se ti uccidi, non posso aiutarti. E i tuoi problemi non si risolvono in una manciata di sedute. Facciamo un patto? Tu rimandi il suicidio di sei mesi; se per allora non sarò stata in grado di aiutarti, il nostro accordo decade. Io, da parte mia, prometto di fare tutto ciò che posso per guarirti. »

Sembrava che lei si fosse estraniata nel suo mondo al punto da non aver udito le mie parole. Stavo per ripetere tutto quando sollevò lo sguardo su di me e mi rispose, con un sussurro appena percepibile:

«Affare fatto».

Avevo sei mesi di tempo.

Che sollievo indescrivibile.

Ira

L'avevo in pugno. Si era legata a me per sei mesi.

Avevo cercato su Google informazioni sulla carta « Esci di prigione ». Se avevo ben capito, sei mesi di terapia erano un periodo sufficientemente lungo perché lo specialista potesse fornire una perizia valida in tribunale. Non dovetti fingere di sorridere quando ci stringemmo la mano per suggellare l'accordo.

Nonostante quella conquista, una cosa non mi quadrava: lei aveva un'aria allarmata. Come se avesse davvero a cuore il mio destino. Come se la mia sorte – la vita o la morte – non le fosse indifferente. Di persone con malattie mentali ne muoiono ogni giorno, non poteva mica disperarsi per tutte.

La sua apprensione mi commuoveva. Ci si sente così, quando si è importanti per qualcuno? Provai un moto di affetto, ma lo scacciai subito.

Non ci si può fidare di nessuno. Di nessuno.

Non avevo mai raccontato niente ai miei genitori dello Stronzo e della gabbia perché erano troppo distanti. Come se, da un momento all'altro, potessero andarsene per la loro strada e lasciarmi sola.

A volte mi spingevano ad andare a giocare fuori, e, al contrario, non mi richiamavano mai in casa quando ero in cortile, come se sperassero di allontanarmi da loro una volta per tutte.

I miei genitori non mi dimostravano affetto neanche fisicamente, a meno che non contino gli abbracci frettolosi che mi davano controvoglia, solo per dovere.

L'unico gesto tenero che ricordo della mia infanzia è quello di mio padre, che aveva l'abitudine di darmi qualche buffetto in testa, per poi pulirsi la mano sui pantaloni, come se avesse toccato un cane bagnato.

Non voglio ricordare la mia infanzia, preferisco ricordare la voce della mia psicologa, che si era proprio sforzata di usare un tono rassicurante.

« Cosa ne pensi di mettere per iscritto il nostro patto? » aveva proposto allungando la mano verso carta e penna.

Se è vero, come dicono, che la confusione sulla scrivania è indice di confusione mentale, la testa della mia psicologa doveva essere fin troppo in ordine, cioè quasi vuota: sulla sua scrivania non c'era mai niente se non un quaderno, una penna e una matita.

Si concentrò a scrivere il testo e poi me lo sottopose. Leggendolo capii che era perfetto per i miei scopi. La psicologa non poteva infrangere il patto a suo piacimento: se avesse provato a interrompere la terapia, avrei potuto appellarmi al documento che lei stessa aveva scritto. Se necessario, avrei minacciato di rivolgermi alla commissione di controllo – ce ne sarà stata una anche per gli psicologi, no? Mi ricordavo di aver letto che si poteva presentare reclamo all'Autorità nazionale di vigilanza per il welfare e la salute anche per gli psicologi. Dovevo verificare.

« La prossima volta scriverai una lettera d'addio. »

Una lettera d'addio? Che storia era quella? Le aveva dato di volta il cervello?

Stavo per chiedere cosa volesse dire quando il paziente successivo suonò il campanello. Per l'intera seduta, non avevamo fatto altro che dedicarci a quell'accordo.

« Spero che rispetterai il patto », mi disse a fine seduta. Gongolai pensando che non aveva idea di cosa avesse firmato.

Era in trappola.

Stava a me decidere quando liberarla.

Ma voi già sapete che, in realtà, c'era poco da esultare.

Clarissa

Ero in piedi vicino alla finestra della sala d'attesa e aspettavo che Ira si togliesse le pantofole, s'infilasse le scarpe e uscisse.

Fuori continuava a nevicare.

Rekku, il labrador di Mimmeli e Terho, i vicini, era di nuovo uscito dal loro giardino e stava alzando la zampa accanto alla nostra siepe di ribes nero. Scrollai la testa, seccata.

Finalmente Ira riapparve nel mio campo visivo. Ci eravamo viste solo poche volte, ma pensavo di conoscerla meglio. Camminava con le spalle curve, avvilita. Le avevo promesso troppo? Sarei riuscita a smontare i pezzi e a rimetterli insieme al posto giusto?

Non aveva né impermeabile né ombrello. Si tirò su il cappuccio e la testa si ritirò dentro come quella di una tartaruga nel carapace. Svoltò verso la fermata dell'autobus e d'improvviso Rekku si lanciò verso di lei scodinzolando. Ira si spaventò e fece qualche passo di corsa. Il labrador allungò il muso verso di lei, perse interesse e tornò alla mia siepe.

Mi concentrai di nuovo su Ira. Era in piedi alla fermata e si scrollava via l'acqua dal cappuccio. Appariva ansiosa.

La malattia professionale di ogni psicologo è il delirio di onnipotenza. Pensiamo di poter riuscire in missioni impossibili. Noi salviamo e guariamo i nostri pazienti, qualunque sia il loro problema.

Non c'è spazio per la resa. Avevo tenacemente affrontato ostacoli insormontabili con diversi pazienti. L'impresa più difficile era curare chi aveva tentato il suicidio; una parte di loro ci provava di nuovo finché ci riusciva. Era successo anche ad alcuni dei miei pazienti.

Come si supera un evento del genere? Solo ingannando se

stessi. Occorre convincersi di non essere minimamente responsabili della morte del paziente.

Ammettere la colpa equivarrebbe a non essere più in grado di esercitare la professione: se è successo una volta, può succedere ancora.

A me era successo tre volte. Eppure sono andata avanti, a forza di bugie. Potrei fare più di un esempio.

Per prima cosa, tenete presente che non sono un caso isolato: tutti gli psicologi hanno i loro scheletri, è inevitabile. I nostri pazienti sono affetti da disturbi psichici o quanto meno affrontano un periodo di crisi. L'alternativa quale sarebbe? Che i pazienti non chiedano aiuto e si uccidano alla prima difficoltà?

Le vite delle decine di persone che sono riuscita a salvare non pesano forse più di quelle delle tre che si sono uccise?

Oltretutto, nessuno dei familiari dei miei pazienti che si sono suicidati mi ha mai accusata di niente. Due volte su tre mi hanno perfino invitata al funerale.

La colpa non era mia. Potevo senza timore assumermi la responsabilità di altre vite umane.

Ovviamente, non esternavo i miei ragionamenti ai familiari. Non ho dato mai la possibilità di dubitare di me o di accusarmi di alcunché. Gli dicevo che prima o poi il loro caro avrebbe compiuto quel gesto estremo. Nessuno avrebbe potuto impedirlo.

Per uno psicologo il suicidio è un fallimento di cui vergognarsi. Non se ne parla, anche se è un'esperienza che accomuna tutta la categoria.

Di tanto in tanto, in occasione delle serate tra colleghi, ci capitava di bere un bicchiere in più. A quel punto al nostro tavolo comparivano i morti. E quante giustificazioni! « Suo padre era un mostro! » « La moglie era castrante. » « La madre anaffettiva. » « Rifiutava i farmaci. » « Non era motivato a guarire. »

Noi terapeuti non eravamo responsabili di niente. Perché allora covavamo quei tremendi sensi di colpa?

E poi era arrivata Ira. E io avevo avuto l'occasione di rimediare. Il timore che Ira seguisse le orme degli altri tre suicidi era una spina nel fianco, mi dava tregua solo quando lei era seduta di fronte a me sul divano dello studio e la tenevo d'occhio. Ogni volta che non era con me, mi chiedevo cosa stesse facendo.

Che fosse già morta?

La notte era peggio del giorno. Un continuo susseguirsi di incubi.

Tornavo a casa e accendevo la luce: lei penzolava dal soffitto, impiccata.

Andavo in bagno e la trovavo nella vasca con i polsi tagliati.

La trovavo in camera da letto, morta. A terra un barattolo di pillole vuoto.

Ero in attesa sul binario della metro e i poliziotti mi consegnavano il suo corpo dilaniato. Le gambe mi cedevano, cadevo in ginocchio e l'eco del mio urlo rimbombava sulle pareti del tunnel.

Pekka

Quando ebbi di nuovo occasione di tirar fuori i disegni nascosti sotto il divano dello studio di Clarissa, mi aspettava una sorpresa. Ne erano comparsi altri.

Mi sedetti sul divano e presi a sfogliarli. Mi posi due domande: cosa volevano dire quei disegni e perché la paziente li aveva portati a Clarissa?

Avevo la stessa sensazione di quando tentavo di ricordare un sogno notturno. Il sogno era lì, alla mia portata, lo sfioravo con le dita, ma non riuscivo ad afferrarlo.

Mi prese di nuovo un'emozione spiacevole, che mi serrava le viscere.

Nei disegni c'era qualcosa di familiare, ma non riuscivo a capire cosa. Ero così esasperato che avrei infilato tutte quelle scartoffie nel camino del soggiorno e acceso il fuoco.

Che diamine avevo a che fare io con quegli scarabocchi?

Ne avevo già esaminati due quando li avevo scoperti per la prima volta. Li osservai un'altra volta. Il primo era pura arte moderna: ci vedevo solo sbavature di carboncino in cui non si riconosceva né una forma né una figura. Linee senza senso. Uno sgorbio. Il secondo raffigurava un uomo con un completo e un sorriso così sadico da farmi venire i brividi solo a vederlo. Aveva qualcosa di familiare. Ma perché?

Dove l'avevo già visto?

A un tratto ebbi l'inquietante sensazione di essere osservato.

Avevo tirato le tende. In due passi fui alla finestra e le scostai.

Il cortile era già in penombra.

In mezzo al prato comparve una sagoma.

Uno scoiattolo si girò e si arrampicò sul tronco di un abete fino alle fronde.

Sospirai per la mia paranoia e tornai ai disegni.

Passai a quelli nuovi. Il soggetto era sempre lo stesso. Raffiguravano una cantina completamente sgombra con una gabbia al centro e una piccola vasca in un angolo.

La gabbia era vuota. Se le proporzioni del disegno erano giuste, era piccola, ci sarebbe entrato giusto un animale tipo un cane. Non era certo da trasporto bestiame. Anzi, se la memoria non mi tradiva, la legge per la protezione degli animali vietava di tenere i cani in una trappola come quella.

In uno dei disegni c'era solo la vasca da bagno. Un rottame arrugginito che di igienico sembrava avere ben poco.

Sul bordo c'erano due nastri rosa.

Di quelli che usano le madri per legare le trecce delle bambine.

Ira

I familiari di Uolevi Mäkisarja non si erano ancora ripresi dalla morte del loro caro che io ero già passata alla vittima successiva.

La scomparsa di Ripa Raasteenlahti era la notizia del giorno. Il nome della sua azienda, la Game Off, era sulla bocca di tutti perché aveva da poco annunciato il lancio del suo primo gioco destinato alle donne.

Raasteenlahti mi fissava minaccioso dal chiosco dei giornali, eppure, alla fine, aveva frignato come un bambino.

« Il manager Ripa Raasteenlahti è scomparso », titolava un giornale sensazionalistico.

Scomparso. Non ucciso. Non si cercava un omicida.

Non ancora.

Mi portai istintivamente le dita alla gola. Accarezzai la sottile catena d'oro che avevo sotto la maglia. Era semplice, senza pendente.

La chiusura era talmente piccola che avevo faticato per aprirla e sfilare la catenina dal collo sudato della vittima.

Comprai un pacchetto di sigarette al chiosco e corsi a casa. Temevo che Raasteenlahti si mettesse a gridare dalla prima pagina che la colpevole ero io. Cercai di non pensare più a lui e focalizzare l'attenzione sugli altri pazienti della mia psicologa.

Come ci si sente a rivelarle i propri problemi in tutta sincerità, senza nascondere niente? A essere confortati dalla sua compassione? E a cominciare a poco a poco a credere che la propria situazione può cambiare. Che i problemi sono temporanei. Che la vita non è un pozzo con le pareti ricoperte di muschio viscido da cui è inutile provare a risalire.

L'invidia mi colpiva così nel profondo da provocarmi un dolore fisico.

Avevo capito da tempo che non dovevo fare paragoni con gli altri. Era come mettere a confronto i cocci di una tazza rotta con un piatto intero. Però certe volte lo trovavo schifosamente ingiusto. La vita degli altri andava avanti, mentre la mia si era bloccata quando avevo dieci anni. Come potrei spiegarlo? Ero un'ombra? No, non c'erano parole per il vuoto che avevo dentro.

In un certo senso, mi ero rassegnata: era così e basta. Ma la cosa terribile era che non potevo farci niente. Nessuno mi aveva chiesto se volevo essere rinchiusa nella gabbia.

Perché era capitato proprio a me?

E a quel punto cominciavo ad arrovellarmi con i se e con i ma, pur sapendo che mi sarei sentita peggio.

Qual è stato il momento in cui potevo ancora salvarmi? E se quel giorno non fossi andata al luna park? E se avessi avuto l'influenza e non fossi riuscita ad alzarmi dal letto per tutto il giorno? E se i miei genitori avessero scoperto la mia bugia, cioè che ci andavo da sola e non con la mia amica Ella? Me lo avrebbero impedito? E se lo Stronzo, all'ingresso del luna park, mi avesse offerto i confetti alla frutta invece delle mie caramelle preferite? Avrei resistito alla tentazione?

E la domanda più terribile di tutte: e se lo Stronzo avesse scelto un'altra?

Io avrei vissuto una vita normale. Lui avrebbe distrutto l'innocenza di un'altra bambina.

E io non ne avrei mai saputo niente.

Il Giornale di Helsinki

Dirigente d'azienda scomparso a Helsinki

Ripa Raasteenlahti, amministratore delegato dell'azienda produttrice di giochi Game Off, è scomparso da casa sua, nel quartiere di Hakaniemi, domenica mattina. È stato visto l'ultima volta sabato sera.

L'uomo ha quarantadue anni, è alto un metro e settantanove e ha un fisico robusto. Ha gli occhi verdi, i capelli biondi ricci e la barba. Secondo l'ultimo avvistamento, al momento della scomparsa indossava un completo marrone e una cravatta nera.

La polizia di Helsinki invita chiunque l'abbia visto a contattarla per telefono o email.

Pekka

Quand'è stato che un'innocente curiosità si è trasformata in un'ossessione divorante? Quando ho perso il controllo e sono diventato schiavo della mia ossessione? Di certo lo ero già quando mi precipitavo nello studio di Clarissa a esaminare i disegni ogni volta che lei non c'era.

Come se non bastasse il mistero dei disegni, mi misi a riflettere anche sul rapporto tra Clarissa e la Principessa. La terapia andava avanti da un po', ma l'interesse per la nuova paziente non sembrava affievolirsi. Con nessuna delle altre Clarissa era arrivata a quel punto; si stava allontanando da me, sempre di più.

Di giorno faceva di tutto per evitarmi. La porta del suo studio era perennemente chiusa, tranne quando era in viaggio o usciva. Vedevo forse di più i suoi pazienti che lei.

Trascorreva le notti sul divano dello studio. La mia compagnia non le andava a genio.

Ci rimasi male, certo, ma decisi di non darlo a vedere. Il mio orgoglio mi impediva di ammettere davanti a lei quanto mi facesse soffrire essere ignorato.

Insomma, feci come se niente fosse. Chiamiamola tattica; volevo prenderla per sfinimento. Pensavo che, se non avessi detto e fatto nulla, le cose si sarebbero messe a posto da sole. Clarissa era una persona adulta, responsabile delle proprie azioni.

Io non potevo proteggerla da se stessa.

Solo in seguito avrei capito che Clarissa non aveva più intenzione di proteggere la nostra relazione. Per lei la Principessa era più importante del nostro matrimonio.

Clarissa

Sulla tomba oscillava la fiammella di un'unica candela, che era stata sistemata sulla pietra accanto a un piccolo angelo di plastica appoggiato sul gomito sinistro, come nel dipinto di Raffaello. Qualcuno aveva rimosso il portacandele in alluminio, quindi la cera colava sulla pietra macchiando il marmo bianco ricoperto di muschio. Il calore della fiamma aveva sciolto parte del volto dell'angelo, trasfigurandolo in una smorfia grottesca.

La notte prima aveva nevicato. I nastri delle composizioni floreali si erano impregnati d'acqua al punto che l'inchiostro si era sciolto e non si leggevano più i versi della Bibbia.

Ne presi uno e lessi ciò che vi era stampato. « Ora solo pena, solo malinconia. » Il nastro mi cadde dalle mani e atterrò sul tumulo.

Il nome del defunto non diceva nulla a nessuno dei due.

Mi girai e tornai sul sentiero del camposanto. Mentre tentavo di schivare una pozzanghera melmosa, il tacco dello stivale cedette e persi l'equilibrio. La praticità non era tra i pregi degli stivali di Gucci. Stavo per cadere, ma all'ultimo momento Harri, da vero gentiluomo, mi prese per mano e mi aiutò a superare la pozzanghera.

« È la prossima », mi disse. Estrasse dalla tasca un fazzoletto di carta e mi indicò una tomba vicina, anche se sapevo benissimo dov'era. Ci eravamo andati insieme tante volte nel corso degli anni.

Kaarina.

La prima suicida di Harri.

Era successo all'inizio della sua carriera. Una trentaseienne il cui umore oscillava tra fase maniacale e fase depressiva.

Oggi la diagnosi sarebbe stata immediata: disturbo bipolare. Il quadro clinico è il seguente. Prima comincia la mania. Il paziente è sovraeccitato. Alcuni fanno acquisti fino a prosciugare il conto, altri si ubriacano fin quasi a uccidersi.

Nel caso di Kaarina, la patologia si manifestava con un comportamento sessuale incontrollato. Nelle fasi maniacali dimenticava suo marito e aveva rapporti sessuali con partner occasionali.

La mania è seguita da una profonda depressione. Kaarina si pentiva e covava sensi di colpa. Il marito era pronto a perdonarla, ma lei non perdonava se stessa.

Oggi il disturbo bipolare si tratta con una terapia farmacologica. Di solito si prescrive un farmaco a base di litio, che stabilizza l'umore. In tal modo, la fase di euforia non raggiunge livelli maniacali e si evitano picchi di depressione. La maggior parte dei pazienti riesce a vivere una vita normale, purché segua la terapia.

Ma negli anni Settanta, Harri non aveva mezzi per curarla.

Ed ecco il risultato.

Ci fermammo alla tomba di Kaarina. Era vuota, senza una candela, un fiore, una pianta. Tutti l'avevano dimenticata, tranne Harri. Non avrebbe mai potuto dimenticarla.

Sfilò una rosa rossa dal mazzo di fiori che teneva in mano, si chinò e la depose sulla tomba.

Conoscevamo il cimitero di Malmi come le nostre tasche. Facevamo il giro dei pazienti che avevamo perso in quel modo ogni Natale e Ognissanti. Quel giorno, avevo pregato Harri di accompagnarmi, anche se a Natale mancavano diversi mesi.

Avevo la mente colma di pensieri negativi e speravo di trovar pace al cimitero.

Dopo Kaarina, passammo a Pirjo.

Era la seconda dei miei pazienti a essersi tolta la vita.

Per gli altri due, con il senno di poi, posso fare una diagnosi postuma. Pirjo per me è ancora un enigma.

Forse non l'avrei mai risolto.

Scelsi dal mazzo di Harri una rosa bianca. Erano già passati dieci anni. Mi trattenni un attimo davanti alla sua tomba, in attesa che mi sussurrasse il suo ultimo segreto.

Ma la tomba restò muta.

Proseguimmo oltre. Mi accorsi che Harri zoppicava di nuovo con la gamba destra. Aveva sempre forti dolori alle anche, ed era in lista d'attesa per l'intervento, ma aveva eroicamente accettato di accompagnarmi lo stesso.

Proseguimmo lungo il sentiero invaso dal muschio verso la tomba del mio ultimo paziente.

Non c'era giorno in cui il suicidio di Riku non fosse nei miei pensieri. Al momento del decesso aveva quindici anni.

Qualcuno aveva portato sulla sua tomba una pianta di erica in un orribile vaso di plastica rossa. L'erica blu mi era sempre sembrata innaturale; era evidente che i fiori fossero colorati artificialmente. L'effetto sulla tomba era di cattivo gusto.

Avrei preso la pianta e buttata in un cestino, ma non osavo farlo in presenza di Harri.

Sfilai dal suo bouquet una calla con lo stelo lungo e la sistemai accanto all'erica.

Dopo un attimo di raccoglimento proseguimmo.

Ann-Marie era l'ultima di Harri.

« Non supererò mai la morte di Ann-Marie » disse, deponendo una rosa bianca sulla lapide.

Erano cinque anni che Harri si rammaricava di essere andato in pensione e non aver portato a termine la terapia di Ann-Marie. Secondo me, aveva sistemato tutto a dovere, affidando la sua paziente a un valido collega, Leo Maastola.

Dopo una sola seduta, però, lei aveva rinunciato. Harri aveva saputo del suicidio durante la festa di pensionamento. Non dimenticherò mai quando il medico dell'ospedale gli comunicò la notizia. Harri era sbiancato e si era dovuto appoggiare al muro per non cadere. Nella tasca della vittima c'era una lettera indirizzata a lui. Ann-Marie non aveva nessuno.

Harri si era dovuto rivolgere a uno specialista in terapia dei traumi. Al funerale c'era la bara aperta, e si poteva perciò vederla un'ultima volta. Harri ne era rimasto scioccato, e aveva cominciato a vedere ovunque il volto senza vita di Ann-Marie. Tutte le donne che incrociava per strada le assomigliavano.

Avevo cercato di convincerlo a farsi aiutare, ma lui non aveva voluto. Harri riteneva che, considerata la sua professione, dovesse uscirne da solo e che fosse ridicolo farsi aiutare.

Un giorno, però, aprendo il congelatore a pozzetto aveva visto il cadavere di Ann-Marie, nudo, ricoperto di ghiaccio, e si era deciso a ricorrere a uno specialista.

Eravamo ancora in piedi davanti alla sua tomba. Mi turbava vedere Harri così fragile; quando ero in crisi mi appoggiavo sempre a lui, e non volevo capovolgere i ruoli. Mi toccava essere sempre forte, solo insieme a lui e a Pekka potevo mostrare l'altra faccia.

Ripensai all'erica blu. Quale dei suoi parenti poteva aver portato a Riku dei fiori così brutti?

Questa cosa mi mandava in bestia. E sapevo il perché. Se dal mio lavoro avevo imparato una cosa, era analizzare nelle minime sfumature i miei sentimenti, non solo quelli degli altri.

Stavo proiettando la mia rabbia sul parente di Riku e sul suo pessimo gusto invece che su me stessa.

Perché non ero riuscita a salvarlo?

Harri fece una smorfia di dolore e si toccò l'anca destra. Siccome lo conoscevo così bene da sapere che sarebbe andato fino in fondo, fosse stata l'ultima cosa che faceva, decisi di liberarlo io dall'incombenza.

« Harri, ti dispiace se per oggi finiamo qui? Ho un'emicrania terribile. »

« No, no, andiamo. »

Ci dirigemmo insieme verso il parcheggio accanto alle cappelle, dove lasciavamo sempre le macchine. Ci salutammo con un abbraccio e salimmo ciascuno sulla propria auto. Harri mise in moto e andò via.

Aspettai che scomparisse dietro l'angolo e scesi.

Tornai a passo deciso verso il cimitero. Harri non immaginava che dopo il nostro giro ci tornavo sempre senza di lui.

Avevo bisogno di parlare con i morti da sola.

Pekka

Non avevo mai dato peso ai sogni. Non mi ero mai soffermato a ricostruire un sogno della notte prima. A dirla tutta, di solito i sogni non me li ricordavo neppure.

Era uno dei paradossi del mio matrimonio: Clarissa era felicissima di analizzare i sogni dei suoi pazienti. Che cazzata! È assurdo pensare che i sogni rivelino qualcosa di chi li fa. Per non parlare dei simboli freudiani. La candela sarebbe l'uccello. Ma figuriamoci! Allucinazioni da cocaina, ecco cosa sono. Non le bastava interpretare quello che dicevano i pazienti da svegli?

Avevo sempre temuto che prima o poi Clarissa mi interrogasse sui miei sogni. Che cosa avevo sognato e cosa significava quel sogno per me?

Il solo pensiero mi irritava. In una coppia non è necessario sapere tutto del partner.

C'erano aspetti di me che non intendevo rivelare a Clarissa.

Era il segreto del nostro lungo matrimonio.

I sogni sono troppo privati per essere condivisi. Mi avrebbe molto imbarazzato raccontarle i miei incubi. All'inizio della nostra storia mi ero premunito; le avrei detto che non facevo sogni. Poi mi ero ricordato di aver sentito che solo gli psicopatici non sognano. Allora mi ero preparato alle sue eventuali domande inventando un sogno che offrisse di me un'immagine il più possibile normale. Non mi ricordo quale fosse, ma probabilmente riguardava il sesso. In realtà, non ricordo di aver mai fatto sogni erotici, neanche da adolescente.

Dopo il matrimonio non mi ero più scervellato a inventare sogni per compiacere Clarissa, ma neanche intendevo svelarle quelli veri.

Per fortuna non me lo ha mai chiesto.

Forse non ha avuto il coraggio. Il rischio era di rivelarle inavvertitamente tramite il sogno che il suo caro marito era matto da legare.

Tornando a noi, non facevo proprio caso ai miei sogni. Anche i peggiori incubi svanivano il mattino dopo appena mi lavavo i denti o mi radevo. Quindi mi sembrò strano quando iniziai a sognare quei disegni.

O meglio, quando i miei sogni cominciarono a trasformarsi in allucinazioni.

Lo stesso sogno ricorreva tutte le notti, con dettagli diversi. Ero in piedi in una cantina che puzzava di muffa. Con me c'era l'uomo in completo con il viso ricoperto di fuliggine, come se avesse la faccia disegnata con il carboncino. L'uomo non diceva una parola, faceva come se io non esistessi.

Al mattino, quando mi svegliavo, gli incubi continuavano a girarmi per la testa. E, proprio quando credevo di essermene liberato, tornavano ad affollarmi la mente.

Mentre svolgevo banali lavori domestici come passare l'aspirapolvere o lavare i piatti, succedeva che nella stanza si diffondesse all'improvviso un tanfo di muffa. A volte mi pareva che il soffitto fosse diventato basso come quello della cantina e allora istintivamente mi accovacciavo per proteggermi la testa.

Avevo le allucinazioni.

Sì, erano sintomi psicotici.

Sentivo odori che non c'erano.

Eppure, avevo l'angosciosa sensazione che quelle allucinazioni avessero un fondamento di realtà, che quelle cose esistessero davvero.

Presi in considerazione di chiedere aiuto a Clarissa. Ma, come avrete dedotto, non potevo condividere i sogni con lei, altrimenti sarebbe venuta a sapere che avevo rovistato nel suo studio e trovato i disegni.

Gli incubi cominciarono a perseguitarmi ogni notte. Una

volta mi svegliai di colpo nel bel mezzo di un sogno agghiacciante. Ero nella cantina accanto all'uomo con il completo. Non ero più adulto, ero un bambino. Ero io a dieci anni. Di punto in bianco, l'uomo mi notava per la prima volta e si avvicinava da un angolo guardandomi negli occhi. Poi si chinava, raccoglieva da terra un frammento di specchio affilato e mi colpiva al petto, dritto al cuore.

Mi misi a sedere sul bordo del letto e premetti la mano sul petto, a sinistra. Il cuore mi batteva furiosamente, come se cercasse di inviarmi un messaggio urgente in codice Morse. Fui assalito dal presentimento che stesse per succedere qualcosa di orribile.

Ero sconvolto. Non riuscivo a sgombrare la mente dal ghigno di quell'essere. Mi veniva da sbirciare sotto il letto per accertarmi che non mi avesse seguito nel mondo reale e si fosse nascosto per tendermi un agguato.

Controllai quel ridicolo impulso, ma non me la sentii di tentare di riaddormentarmi.

Decisi di bere una birra e poi tornare a letto. Mi trascinai in cucina mezzo addormentato e accesi la luce. Aprii il frigorifero e agguantai una bottiglia. Me la scolai tutta d'un fiato, tant'è che mi venne il singhiozzo.

Ero ancora agitato: la birra non mi aveva rilassato. Andai in cortile a prendere un po' d'aria e uscii nella notte invernale. Non ero solo: Regina era acquattata in un angolo buio, la sua ombra si allungava su tutta la veranda come se fosse non un gatto ma un leone.

Mi accorsi che giocava con qualcosa. Lei mi vide e mi portò orgogliosa la sua preda; lasciò cadere ai miei piedi un toporagno con le interiora che penzolavano dalla pancia squarciata. Diedi un calcio alla carcassa e la gettai sul prato.

Sul pavimento bianco rimase una sottile striscia di sangue.

Regina si allontanò di corsa prima che tirassi un calcio anche a lei.

Mi sedetti sulle scale, in attesa che il singhiozzo passasse. La pace e il silenzio della notte alla fine mi calmarono.

Quando mi girai, per lo shock feci cadere le chiavi di casa, che s'infilarono tra le assi della veranda e finirono di sotto, dove tenevo il tagliaerba e gli altri arnesi da giardino. Le gambe mi tremavano dalla paura, e dovetti appoggiarmi al montante dell'uscio.

Sulla nostra porta d'ingresso era comparso un murale molto dettagliato. Raffigurava un uomo col completo.

Lo fissai sconvolto. Chi l'aveva fatto? Quando? E perché?

Non so quanto tempo rimasi lì impalato. Tentai invano di trovare una spiegazione logica. Sentivo la mia vita sgretolarsi senza che potessi fare altro che stare a guardare.

Improvvisamente la paura si trasformò in rabbia. Dovevo assolutamente scoprirlo! Ero furente, d'istinto feci per serrare i pugni ma non ci riuscii: in mano avevo una bomboletta di vernice spray.

Ero stato io.

E non ne avevo il minimo ricordo.

Clarissa

Appena tornata dal cimitero di Malmi, decisi di entrare in contatto con Riku in un altro modo. Si era ucciso due mesi prima buttandosi sotto la metropolitana alla fermata della Stazione Centrale. Da allora non ero più stata in grado di metterci piede.

Non so da dove venisse quell'impulso di andare sul luogo della tragedia. Forse era ormai tempo di affrontare gli spettri del passato.

Riuscii miracolosamente a trovare parcheggio e mi avviai all'ingresso principale.

Era davvero una buona idea?

Mi imposi di andare fino in fondo. Magari mi sarei liberata dall'angoscia che provavo se l'avessi affrontata a viso aperto.

All'ingresso mi fermai. Non ebbi modo di tornare sui miei passi, però, perché un ragazzo che si destreggiava su uno skateboard mi aprì cortesemente la porta ma perse il controllo della tavola, sbandò, cercò di aggrapparsi a me per non cadere e cadde lo stesso, scaraventandomi senza volerlo all'interno della stazione. Lo interpretai come un segno di incoraggiamento.

Non potendo più fare dietrofront, m'incamminai verso la scala mobile che portava alla metro.

La stazione era affollata; io non vedevo che bambini.

Una tenera bimbetta – avrà avuto cinque o sei anni – con i capelli biondi e lo sguardo inchiodato al cellulare, la cui risata argentina mi fece sorridere.

Un neonato senza capelli che gridava con quanto fiato

aveva in gola mentre la madre tentava disperatamente di farlo smettere infilandogli in bocca il ciuccio.

Un'adolescente strizzata in un top minuscolo e un paio di jeans strettissimi che succhiava un lecca-lecca rosso e portava un paio di occhiali da sole sempre rossi a forma di cuore.

Si accorse che la osservavo e mi fece l'occhiolino. Imbarazzata, distolsi lo sguardo.

La più grande tragedia della mia vita è non aver potuto avere figli. Li avrei tanto voluti, ma era impossibile. Quel dolore non mi abbandona mai. Come fa una persona a rimpiangere quello che non ha mai avuto?

A volte però ho la sensazione di cavarmela molto più facilmente di chi li ha: non devo temere per i miei figli.

Capisco benissimo perché i miei colleghi sono iperprotettivi. Se aiuti tutti i giorni vittime di pedofili, alla fine è ovvio che hai paura a mandare i tuoi figli a giocare dai vicini. L'anormale diventa normale se hai a che fare di più con l'anormalità che con la normalità. I miei figli non sarebbero riusciti a vivere la loro vita, perché io li avrei protetti da tutti i pericoli. Veri o immaginari che fossero.

La rabbia mi afferrò la gola, non riuscivo a respirare. Perché non avevo avuto la possibilità di avere figli? Sarei stata una madre impeccabile.

E fu allora che s'insinuò nella mia coscienza il tarlo che cercavo di respingere fin dalla morte di Riku.

A uccidere Riku erano stati i suoi genitori.

Non erano genitori.

Sarei riuscita a salvarlo se solo avessi potuto essere sua madre.

Salii sulle scale mobili e mi prese un capogiro. L'ultima volta era stato così forte che mi ero dovuta sedere sui gradini, che con la loro solita sporcizia avevano macchiato l'orlo del mio trench Escada; quando le scale mi avevano scaricata sul binario, avevo fatto dietrofront ed ero tornata verso l'ingresso della stazione.

Cercai di canalizzare l'attenzione sui poster pubblicitari che tappezzavano i muri. Mi sorridevano persone belle e contente, che non avevano mai avuto problemi; a loro bastava bere tisane di funghi *chaga*, mangiare cioccolata proteica o ottenere un prestito immediato online che li avrebbe indebitati per tutta la vita.

Non stavano andando nel posto dov'era morto il loro adorato figlio, come me.

No. Dovetti correggermi: è il mio paziente, non mio figlio.

Una volta avevo letto da qualche parte che la fermata della metropolitana della Stazione Centrale è la più affollata di Helsinki: vi transitano circa 53.000 passeggeri al giorno. Ero tentata di telefonare all'Istituto di statistica per sapere quanti di quei 53.000 si fossero suicidati lì.

La gente mi passava accanto frettolosa e impaziente, alcuni lanciati come furie, incuranti del fatto che con uno spintone potevano farmi cadere. Nonostante mi tremassero le gambe, riuscii a restare in piedi.

Finalmente arrivai a destinazione. Senza rendermene conto, per tutto il tempo mi ero aggrappata al corrimano. Avevo le nocche bianche e l'unghia finta rosa del pollice si era quasi staccata. Tentai delicatamente di salvarla, ma precipitò nella fessura tra il corrimano e i gradini.

E se fosse stato questo il vero segno premonitore, invece del ragazzo che mi aveva scaraventato dentro alla stazione? Stavo commettendo un errore? Perché farsi del male così? Però la morte di Riku non mi dava pace.

Avanzai a passo tremante sul binario. Mentre ero sulle scale mobili non avevo fatto caso alla gente che aspettava sulla banchina. Ora notai un adolescente alto.

Mi si bloccò il respiro.

Era identico a Riku.

Aveva una cresta blu pettinata verso destra e un orecchino a forma di teschio. Sfoggiava un trucco pesantissimo: rossetto fucsia sgargiante e ombretto nero intorno agli occhi, come una bambina che si è impossessata del beauty-case della mamma. A occhio e croce, aveva la stessa età di Riku quando era morto.

Il ragazzo si accorse che lo guardavo e si girò a calciare una piccola confezione di succo buttata a terra. Uno schizzo di liquido gli macchiò le sneakers fucsia; lasciò perdere la confezione e s'incamminò verso il fondo del binario, il più lontano possibile da me.

Mi imposi di spostare lo sguardo verso le rotaie e lasciarlo in pace. Non era Riku.

Riku era morto.

Il treno uscì dalla galleria e mi si fermò davanti. Al ragazzo che assomigliava a Riku si unì una sua coetanea, che mi urtò correndo. Io persi l'equilibrio e per poco non finii contro il vagone. Se il treno non fosse stato lì, forse sarei caduta sulle rotaie.

Riku.

Mio figlio.

No, non era mio figlio.

Quando era morto, la polizia non era riuscita subito a contattare i genitori. Probabilmente erano a casa, troppo impegnati a farsi di eroina per rispondere al telefono.

Non avrei mai potuto affrontarli.

Non sarei riuscita a trattenere la rabbia e li avrei accusati della morte di Riku.

Arto

Avevo fatto le ore piccole scrivendo di getto una nuova versione dell'intervista a Clarissa e l'avevo inviata a Irmeli di primo mattino. Dopo poco squillò il telefono.

«Arto, sei un genio! Che siero della verità le hai fatto bere?»

Gongolai soddisfatto. L'articolo era una bomba, lo sapevo anch'io.

«Ho un'idea. Potresti chiedere a Clarissa di parlare ai lettori del suo guardaroba. Così aggiungiamo al servizio un paio di pagine di moda con il titolo *L'interpretazione dei colori.*»

«La chiamo subito e le chiedo se le va.»

Clarissa era consapevole del fascino che esercitava, non mi sarei stupito se avesse accettato di posare davanti alla sua cabina armadio. Molti la trovavano bella e intelligente. Quando avevo sposato Marja, credevo di aver scelto la bellezza. Che amarezza scoprire quanto mi sbagliavo.

Aspettavo con ansia di chiudere la faccenda e liberarmi di Clarissa.

Meglio la conoscevo e più la trovavo sgradevole. Era difficile immaginare che potesse risolvere i problemi dei suoi pazienti, se non sapeva minimamente gestire il suo rapporto con l'alcol.

Ma a essere sincero la sua compagnia mi infastidiva per altri motivi. Quando mi aveva rifilato la lezione sul legame tra la violenza sessuale e i disturbi alimentari, avevo iniziato a sudare freddo.

Rigirandomi sulla sedia, avevo fatto di tutto per cambiare argomento. Avevo provato a non ascoltarla e a seguire la conversazione di due donne al tavolo vicino.

Avevo temuto che Clarissa cogliesse nelle mie espressioni e nei gesti ciò che pensavo davvero. Sarebbe inorridita se avesse saputo la verità su di me.

Il senso di colpa e la tensione accumulata mi facevano scoppiare la testa.

Clarissa

Vi domanderete perché avevo chiesto a Ira di scrivere una lettera d'addio. La spiegazione è del tutto razionale. Avevo ideato un metodo che mi era servito a salvare la vita di diversi pazienti.

Non è molto convenzionale, lo ammetto, ma funziona. Lo applicavo da anni e i risultati erano ottimi.

Il metodo è questo: durante la seduta, il paziente scrive una lettera d'addio. Me la legge ad alta voce. Poi la brucia in un secchiello di latta che gli faccio trovare nello studio. Infine, chiedo al soggetto come si è sentito quando ha scritto, letto e bruciato la lettera.

Non ho potuto ricreare condizioni da laboratorio in cui simulare un suicidio senza morire. Ma grazie al mio metodo, il soggetto sperimenta, in totale sicurezza, una delle fasi cruciali del suicidio come la stesura della lettera d'addio.

La mia idea è che se il paziente scrive una vera lettera ha modo di provare gli stessi sentimenti che proverebbe se la scrivesse prima di suicidarsi davvero. Scrivere la lettera è un'azione catartica. E analizzare insieme quello che si prova scrivendola e leggendola è ancor più liberatorio.

Dar fuoco infine alla lettera può apparire un po' teatrale. Ma l'atto è fortemente simbolico: insieme alla lettera si riducono in cenere anche gli intenti suicidi del paziente.

Alla seduta successiva, aspettavo Ira con l'occorrente per scrivere.

« Ti ricordi cosa facciamo oggi? »

Annuì impaziente.

Buttò la giacca sul divano, si sedette e afferrò la penna e il blocco che le porsi.

« Scrivi una lettera d'addio. Innanzitutto, chiediti a chi vorresti indirizzarla. Rifletti con calma su chi possa essere questa persona. I tuoi genitori? »

« E a chi se no? Di certo non la scriverei a te. »

Aveva deciso. Le chiesi di scrivere una lettera il più schietta possibile.

« La lettera dev'essere sincera, più sincera che puoi. Scrivi tutto quello che vorresti dire davvero nella tua lettera d'addio. Non censurarti e non tentare di edulcorare le cose, sii spietata. Sentimenti veri, pensieri veri. Più sei sincera, più trarrai beneficio da questo esperimento. »

Ira parve impegnarsi sul serio. Guardava la finestra, ma dal suo sguardo assente conclusi che non vedeva il cortile, bensì il frutto della sua immaginazione. Da lì avrebbe tratto tutto il dolore e l'angoscia che l'avevano tormentata al punto da non farle più vedere alcuna via d'uscita.

Dopo aver osservato il paesaggio della sua mente, Ira si chinò a scrivere, poi tornò a guardare la finestra, finché le venne un'altra idea e si chinò nuovamente sul foglio.

Era la fase più importante. La lasciai scrivere in pace e tirai fuori dalla borsa un articolo che Harri voleva pubblicare nel numero successivo di *Psicologia*, la rivista scientifica alla quale ancora collaborava pur essendo in pensione. Anch'io avevo pubblicato qualche articolo sui temi di mia competenza. Io e Harri ci mandavamo sempre gli articoli prima della consegna per avere un parere.

Presi una penna rossa e iniziai a leggere.

L'articolo era sulle menzogne nel rapporto psicoterapeuta-paziente. Era un argomento affascinante, mi rammaricai di non averci pensato io.

Di esperienza ne avevo parecchia.

A volte avevo l'impressione che il mio studio traboccasse di bugie.

Harri citava l'esempio del suo paziente X – che dopo poche righe riconobbi: era Aila – che aveva seguito negli anni Settanta. L'articolo era molto personale, tanto che il coraggio di Harri mi lasciò basita.

Aila mentiva con tale abilità che Harri non sapeva ancora cosa fosse vero e cosa no. Era sposata? Aveva figli? Qual era il suo lavoro? E perché mentiva su tutto?

Presa dal rapporto tra Harri e Aila, all'inizio non feci caso al colpetto di tosse. Solo al secondo sollevai la testa.

« Hai finito? »

Ira annuì.

« Sei sicura? »

Annuì di nuovo.

« Bene. Ora leggimela per favore. »

Ira apparve sorpresa.

« Parliamo della tua lettera e dei sentimenti che hai provato scrivendola. »

Sospirò profondamente, come a incassare la sconfitta, e si mise a leggere con un tono inespressivo, come se leggesse il quotidiano locale.

« Sono morta. Non ho avuto altra scelta. Non ce la facevo più a vivere. Perdonatemi. Io ho perdonato. Addio, Ira. »

Aveva fatto un ottimo lavoro. La lettera era credibile. Autentica. Proprio come doveva essere.

« La tua lettera è molto toccante. Parole forti, sentimenti forti. Come ti sei sentita a scriverla? »

« Sollevata. L'ho scritta tante volte, nella mia mente. È stato liberatorio vederla su carta. »

« Bene. Me la dai, così posso vederla? »

Me la passò controvoglia, come se quelle parole appartenessero esclusivamente a lei e non volesse che le pronunciassi io.

« Hai scritto: 'Non avevo altra scelta'. Mi preme ricordarti che ci sono sempre altre scelte possibili, sempre! »

« Ma nessuno si suicida se ha anche solo un'alternativa », obiettò.

« Noi però ora non stiamo parlando di cosa fanno gli altri. Parliamo di te e di cosa fai tu. »

Ira non rispose. Io non la incalzai. Ero certa che le mie parole si sarebbero impresse nella sua mente.

« Poi hai scritto: 'Non ce la facevo più a vivere'. Sei stanca di vivere. Su questo posso aiutarti concretamente. Rifletteremo su diverse strategie di sopravvivenza che ti permetteranno di sopportare più facilmente i traumi del passato e le minacce del futuro. »

Ira annuì debolmente, come se una parte profonda e nascosta di lei volesse credere alle mie parole.

« Non hai bisogno di questa lettera. Ti prometto che non avrai mai bisogno di spedirla. Perciò adesso la bruciamo. »

Si agitò. Tentò di strapparmi di mano il foglio e nella foga mi graffiò la piega del gomito con le unghie. Sobbalzai dal dolore.

« Calmati. So quello che faccio. »

Aprii l'anta sinistra della scrivania e presi una spessa busta nera. Piegai in due la lettera e l'infilai nella busta. Leccai il bordo, la sigillai.

Ira osservava, seria.

Poi estrassi, uno alla volta, sei lumini funerari e un accendino.

Ira non credeva ai suoi occhi. Fissava a turno me e i lumini senza dire una parola.

« Il tuo compito è accendere questi lumini e disporli nella stanza. Dobbiamo ricreare l'atmosfera di un cimitero. Di calma e di pace. »

Pensavo che si rifiutasse, ma lei afferrò il primo lumino, lo piazzò sul davanzale e lo accese.

Io mi alzai e spensi le luci.

Quando ebbe sistemato tutti i lumini accesi, presi dall'armadietto un secchiello di latta grande come quelli da spiaggia dei bambini. Arrotolai il tappeto e lo spostai in fondo alla stanza. Misi il secchiello in mezzo al pavimento e andai a chiudere le tende.

« Ora butto la lettera in fondo al secchiello. E tu le dai fuoco. »

Ira osservò la busta, perplessa. Temetti che l'agguantasse e se la mettesse in tasca.

Si chinò sul secchiello e diede fuoco alla busta. Le ombre delle fiamme giocavano sul pallore del suo viso.

All'improvviso accanto al secchiello vidi Riku.

Avevo tentato di salvarlo con lo stesso metodo.

Riku aveva bruciato la sua lettera, ma invece di infondergli forza quel gesto aveva accresciuto il suo desiderio di autodistruzione.

Avevo tentato di salvarlo, e invece l'avevo spinto nella direzione opposta.

E se fosse andata così anche per Ira?

Non sopportavo l'idea di un'altra tomba dove lasciare un fiore preso dal mazzo di Harri.

Ira

Ero nel suo studio a guardare impotente una preziosa prova ridursi in cenere in un secchiello arrugginito. Al processo la lettera avrebbe potuto dimostrare che, quando avevo compiuto i delitti, ero in uno stato di seminfermità mentale; oppure che ero addirittura innocente: se ero così depressa da volermi suicidare, l'unica persona che avrei potuto uccidere ero io.

E se il giudice avesse obiettato che avevo scritto la lettera su richiesta della psicologa ed era solo un metodo inventato da lei per prevenire il suicidio? Come l'avrei messa? Be', la psicologa non mi avrebbe mica chiesto di scrivere quella lettera se non mi avesse considerata a rischio di suicidio.

Fui tentata di afferrare la lettera che bruciava nel secchiello e salvare il salvabile. Dentro ribollivo di rabbia: immaginai di afferrare quella donna per il polso e spingerle la mano sul fuoco. La vedevo gridare di dolore, ma io avrei mollato la presa solo quando avessi visto la carne ustionata.

Arto

Clarissa fece contenti i nostri lettori accettando di mostrare i tesori del suo guardaroba. Chiesi alla collega che si occupava di moda di inviare a me il pezzo, in modo da mandarlo a Clarissa insieme alla mia intervista.

Ero sicuro che se avessi aspettato troppo le probabilità che Clarissa cambiasse idea e non consentisse la pubblicazione dell'intervista sarebbero aumentate. Il suo rapporto con l'alcol era comunque un argomento molto delicato.

Con mio stupore, Clarissa non pretese nessuna modifica al pezzo. A quanto pare, aveva digerito il fatto che presto tutta la Finlandia avrebbe saputo che era stata un'alcolista e che, a suo dire, ne era ampiamente uscita.

Stranamente ebbe da ridire solo sul servizio di moda. « Il cappello nella foto non è rosa antico, ma ciclamino. » « Il vestito non l'ho comprato a Parigi, ma a Milano. » « Di borse Hermès ne ho quattro, non tre. »

Le foto non le piacquero per niente. Mi dissero che diede di matto e fece una scenata per telefono al fotografo, Eero Räystäs, perché a suo dire le foto non le rendevano giustizia: aveva una faccia stanca e cadaverica. Il fotografo mi disse che il giorno dello shooting si era presentata in studio in pieno hangover e che era uno straccio.

Per fortuna lui non aveva fatto una piega. Era abituato alle sfuriate dei divi e le affrontava con un gran senso dell'umorismo. Era anche abile a migliorare le foto in postproduzione. Dopo un pesante ritocco, lei cinguettò tutta contenta e si scusò della scenata.

Evidentemente, il modus operandi di Clarissa era esattamente come il mio: sbagliare, scusarsi, risbagliare, riscusarsi, risbagliare ancora, riscusarsi e via così, finché gli altri non perdono la pazienza e ti mandano affanculo.

Clarissa

Ira era rintanata nel suo guscio e io non riuscivo a schiodarla da lì. Procedevamo troppo lentamente; avevo quasi perso le speranze. Non mi trovavo a lottare contro impulsi autodistruttivi particolarmente violenti. La cruda realtà è che in genere chi ha già deciso di suicidarsi non chiede più aiuto. Mi pareva di udire il ticchettio sempre più incalzante dell'orologio e il tempo scorrere inesorabile.

Nel mio lavoro mi avvalgo spesso dell'analisi dei sogni. Non fraintendete: non m'interessa interpretare i sogni dei miei pazienti. Il mio scopo è di farmi spiegare come loro stessi li interpretano. La loro riflessione apre uno spiraglio sull'inconscio molto più di quanto potrei fare io sfogliando *L'interpretazione dei sogni* di Freud.

Per fortuna Ira si entusiasmò all'idea – non senza una certa dose di insistenza da parte mia. Ma i risultati arrivarono.

Inaspettatamente, già al primo tentativo affrontammo temi importanti. Di solito sono necessarie più sedute prima che il paziente trovi il coraggio di parlare di un sogno legato alla sua problematica psicologica.

Ci soffermammo sul sogno della notte precedente.

All'inizio Ira esitò e dovetti incoraggiarla.

« Forza, dai! Tutto quello che ti ricordi! Non è mica un test, non importa se ti dimentichi qualcosa. Io sono qui per sostenerti. »

« Ero da sola, seduta in una stanza dove tutto era bianco: i mobili, le pareti, il soffitto, le tende. La luce del sole che entrava dalla finestra era così forte che dovevo ripararmi gli occhi con la mano. Indossavo un vestito di velluto bianco, uguale a quello che avevo da bambina. »

Aveva chiuso gli occhi. Sotto le palpebre i bulbi si muovevano freneticamente, come se fosse nella fase REM e parlasse nel sonno.

« Il vestito era uguale a quello che avevi da bambina? »

« Sì, un abito di velluto bianco con il pizzo e le maniche a sbuffo. »

Tacque.

« Mi sono appena resa conto di una cosa strana. »

« Cioè? » Trattenni il respiro per la tensione. Avevamo già individuato il tema centrale?

« Non mi era venuto in mente che da bambina avevo quell'abito. Ma stamattina, quando mi sono svegliata, mi sono ricordata che era lo stesso che indossavo quando... »

Non terminò la frase.

Attesi impaziente, ma Ira non proseguì. Aprì gli occhi e si voltò a guardare la finestra. In cielo sfilavano nuvole grigie, presto sarebbe arrivata la pioggia.

Avevo ragione. C'era una motivazione in quel silenzio. Il sogno le aveva svelato qualcosa di profondamente nascosto, qualcosa che lei non aveva la forza di affrontare. Andava invogliata dolcemente a proseguire.

« Torniamo alla stanza. Era tutta bianca, e tu eri lì seduta, da sola. Poi cosa succedeva? »

Speravo che avesse il coraggio di esplorare quel lato di sé che si può cogliere solo nei sogni.

« Ero stanca. Ma non era una stanchezza normale. Era come se mi avessero drogata. Mi si chiudevano gli occhi, ma mi sforzavo di tenerli aperti. Avevo la sensazione che sarei rimasta per sempre in quella stanza bianca, che non sarei mai più tornata nel mondo esterno », sussurrò appena, tanto che dovetti fare uno sforzo per sentirla.

Era sprofondata nel suo sogno. Solo le dita rivelavano che era legata al presente: si stava strappando di nuovo la cuticola del mignolo della mano sinistra.

« Sembrava che il tempo si fosse fermato. Eri lì da sola. Poi cosa è successo? »

« Improvvisamente dal soffitto è cominciato a gocciolare qualcosa di nero. Forse inchiostro, forse petrolio. Mi colava sui capelli, sul viso, sulla pancia. Lungo le guance. Ho tentato di togliermelo dalla faccia, ma mi sono sporcata anche le mani. Mi sentivo sporca. »

Finalmente afferravo qualcosa. Bianco: innocente. Nero: è stato macchiato. Una netta contrapposizione, una forte simbologia.

« Poi mi sono accorta che nella stanza era apparso uno specchio. »

« Uno specchio? »

« Sì. Mi sono alzata e sono andata a guardarmi allo specchio. Il mio viso e le mie mani erano tutti neri. Ho cercato di pulirmi le mani sul vestito, ma l'inchiostro non ci si attaccava. Il tessuto restava sempre bianco candido. »

« E poi? »

« Poi mi sono svegliata. »

Restammo mute. La lasciai riprendere fiato. Interpretare un sogno così intenso richiede concentrazione. E spazio.

Non dovevo pilotare in alcun modo la sua interpretazione, sarebbe stata lei a trarre le conclusioni. Perciò le rivolsi una domanda assolutamente neutra.

« Di cosa parlava questo sogno, secondo te? »

« Parlava del giorno in cui... è successo tutto... e tutto è cambiato... e io non ero più io... sono rimasta prigioniera lì ed è uscita fuori un'altra... e... »

Non capii nulla.

Suonò la sveglia. La seduta successiva doveva iniziare entro cinque minuti.

La porta del mio studio si chiuse dietro Ira con un sospiro di stanchezza. Anche io avrei voluto sospirare. Tenendo le mani premute sul volto madido di sudore, imprecai tra me.

Avevamo sfiorato la svolta.

Ira

L'interpretazione dei sogni! Che cazzo! Come se la mia psicoterapeuta fosse stata quel dottore pazzo dei Mumin.

E dopo? Ci mancava solo che registrasse la nostra seduta con il cellulare per scovare in ogni mia frase un lapsus freudiano.

Non mi sarei sorpresa se a quel punto fosse stata pronta ad arrendersi. Fossi stata in lei, avrei rinunciato alla prima seduta. Io ero proprio un caso disperato. Ma l'avevo sottovalutata. Mi stupì con un'altra trovata: l'interpretazione dei sogni.

Te la sei voluta! pensai. *Via libera alla fantasia!*

Mi guardava con presunzione, come se l'interpretazione dei sogni l'avesse inventata lei, e in studio ci fosse un pubblico adorante davanti al quale far sfoggio della propria scienza fra applausi scroscianti.

Chiusi gli occhi e finsi di concentrarmi a ricordare un sogno. Nessuna idea. Non mi veniva in mente niente. Per la prima volta dall'inizio della terapia potevo finalmente inventarmi qualcosa, ma la mia immaginazione era bloccata.

Lei dava segni di irritazione. Batteva il tacco alto sul pavimento e si rigirava tra le dita un elastico.

« Il sogno della notte scorsa. Non è passato poi tanto tempo. Come può essere che non ti ricordi niente? » sbottò stizzita.

Non credeva mica, quella deficiente, che le avrei raccontato i miei incubi sanguinari? La violenza che vedevo ogni volta che chiudevo gli occhi? Braccia e gambe ruotate in posizioni innaturali, cadaveri putrefatti, ossa spezzate.

Sangue, sangue, sangue.

Lei continuò a tirare l'elastico, finché si spezzò. Anche se mi ero accorta che lo stava tirando troppo, trasalii al rumore dello schiocco.

Cercai di inventare qualcosa. Qualcosa che contenesse dei simboli.

Un labirinto?

Un tunnel?

Un cavallo?

Niente.

Cominciai esitando.

« Camminavo da sola per la strada. Era tutto deserto. Hai presente quella sensazione quando tutto sembra normale, ma all'improvviso un particolare è diverso dalla realtà? »

Lei annuiva energicamente come se avesse appena elaborato un ulteriore sviluppo della teoria psicanalitica dei sogni.

« Il mio sogno è proprio così, tutto è uguale alla realtà, cambia solo il nome della strada lungo la quale camminavo. Insomma, camminavo... Come si chiama la strada? Quella con il nome di un tizio? Lo so che tutte le strade, le piazze e i viali hanno il nome di qualcuno, ma intendo quello che ha raccolto le leggende popolari. »

« Lönnrot? »

« Esatto! Camminavo lungo la Lönnrotinkatu, ma il nome della strada era Snellmaninkatu. »

Lei aveva un'aria così insoddisfatta che dovetti dedurre che non aveva gradito il sogno.

Devo ammettere che lo trovavo anch'io abbastanza insulso. Se uno descrivesse il funzionamento del suo intestino, sarebbe lo stesso: nessuna delle due cose interessa agli altri.

Cosa mi potevo inventare a quel punto?

Poi mi venne un'idea geniale. Perché sfasciarmi la testa a inventare qualcosa, quando i film erano zeppi di scene oniriche con una trita simbologia? Com'era la scena di quel filmaccio dell'orrore di ieri sera?

« Ero da sola, seduta in una stanza dove tutto era bianco...» cominciai, cercando di farmi tornare in mente l'inizio del film.

La psicologa cominciò a eccitarsi. La penna correva sul quaderno appuntando la trama di un B movie degli anni Cinquanta. Lei annuiva al mio racconto come se il sogno fosse stato suo e io lo stessi descrivendo alla perfezione.

Com'è possibile che abbia abboccato a una stronzata del genere? L'aveva mai visto un film dell'orrore in vita sua? I cliché che le stavo rifilando non erano chiari come il sole? No. E lei annuiva tutta esaltata e si segnava tutto.

Stavo per offrirle un'altra scena patetica tratta da un altro film, ma decisi di conservarla per la seduta successiva. Avrei raccontato che nel mio sogno Jack Torrance sfondava la porta con un'ascia, che Freddy Krueger abitava lì vicino e che Michael Myers mi perseguitava.

Non so come ho fatto a non scoppiare a ridere.

Per fortuna è suonata la sveglia, e sono stata libera di correre in cortile a sghignazzare.

Non mi aspettavo che la psicoterapia fosse così divertente.

Ora però non mi fa più ridere. Proprio per niente.

PARTE III

IL TEST DI ROBERT HARE O PCL-R

Clarissa

Nessuno mi aveva invitata al funerale di Riku. Avevo letto il necrologio sul *Giornale di Helsinki.*

I suoi genitori avevano voluto mettere, invece che una croce o una colomba, una foto del figlio. Non avevo mai visto una foto in un necrologio.

Come se non bastasse, che foto avevano scelto? La peggiore.

Nella foto Riku era parecchio più piccolo, avrà avuto dodici anni, e stava in piedi, smarrito, accanto a un albero di Natale pieno di addobbi assurdi: ai rami era appesa della carta igienica su cui avevano attaccato una roba verde menta che pareva dentifricio. I rami coprivano per metà il viso del bambino. Riku non aveva ancora la cresta, anzi non aveva un capello in testa, perché lo avevano rasato. Il suo sorriso era visibilmente forzato, una smorfia.

La foto era così grande che c'era spazio solo per le date di nascita e morte, il riferimento ai suoi cari – solo « papà e mamma », i nomi non c'erano – e le informazioni sulla cerimonia. Era al cimitero di Malmi la domenica seguente. Ci sarei andata.

Quella domenica avevano previsto una bufera di neve; sopra il trench di Escada, avevo indossato una mantella impermeabile trasparente e avevo preso dall'appendiabiti un ombrello con la struttura in legno, di quelli che non si rovesciano con il vento forte.

Mentre ero al volante, avevo pensato che la tomba di Riku sarebbe diventata una delle tappe del giro che facevo con Harri. Sarebbe capitata lungo il percorso o avremmo dovuto riprogrammare il tragitto?

Avevo parcheggiato nell'angolo più lontano. Stava già nevicando. Avevo maledetto la mia fissazione: perché non mi ero vestita come richiedeva il tempo? La mantella e l'ombrello non servivano a niente; per i sentieri ghiacciati del cimitero mi era toccato fare l'equilibrista sulle Louboutin tacco dieci.

Ero arrivata alla cappella che la porta era chiusa; il funerale era già iniziato. Ascoltavo con l'orecchio alla porta. Si sentiva un canto sommesso e stonato; il suono solenne dell'organo lo copriva quasi completamente.

Era un canto per bambini. Come se Riku fosse stato ancora piccolo. Forse i suoi genitori avevano trascorso così tanti anni sotto effetto della droga che non si erano resi conto che il figlio non era più un bambino innocente.

Il canto era cessato di colpo, poi un tramestio. La cerimonia era finita, stavano per dirigersi al cimitero.

Ero corsa a nascondermi dietro l'angolo prima che lo sparuto corteo uscisse dalla cappella.

Per primi erano usciti i genitori. Impossibile non riconoscerli. Il volto della madre era tumefatto. L'occhio destro era nero e sul labbro inferiore c'era una ferita che non si era ancora rimarginata. Aveva poco più di quarant'anni, ma appariva molto provata dalla vita. Gli occhi fissi nel vuoto, il volto grigio inespressivo.

Il padre aveva perso quasi tutti i denti. Aveva le guance scavate. Al braccio destro, una fasciatura improvvisata, evidentemente si era fatto male riempiendo di botte la moglie. Aveva un lurido brandello di stoffa avvolto intorno al collo, che mi era familiare: l'aveva strappato da una t-shirt dei Dead Kennedys, la preferita di Riku. Un bel coraggio. Riku me l'aveva mostrata orgoglioso la prima volta che era venuto da me.

Che razza di padre. Suo figlio non era ancora sottoterra e lui già aveva fatto a pezzi i suoi vestiti.

All'improvviso avevo risentito le ultime parole di Riku.

« Mi dispiace! » aveva gridato lanciandosi sulle rotaie della metro.

Io ero caduta in ginocchio sulla banchina e avevo visto il treno passargli sopra.

Subito dopo i genitori era uscita la pastora, una giovane donna che cincischiava nervosamente con la Bibbia.

Li avevo seguiti con lo sguardo e mi ero avviata dietro di loro solo quando erano lontani e nessuno avrebbe fatto caso a me.

Si erano fermati alla tomba di Riku.

« Polvere sei e polvere ritornerai. »

La pastora aveva buttato una paletta di terra sul feretro. Al terzo lancio il padre di Riku aveva girato sui tacchi, come se avesse dimenticato subito il figlio, la sua tomba, sua moglie e la pastora, e si era avviato in fretta al parcheggio. La moglie si era precipitata dietro di lui senza neanche salutare la pastora, che aveva scrollato il capo e si era diretta verso la cappella. Ecco un aneddoto da raccontare ai colleghi.

Io mi ero avvicinata alla tomba piangendo e avevo buttato sulla bara una rosa rossa. Una spina mi aveva punto un dito. Sulla bara era caduta una goccia di sangue.

Ira

A questo punto avrete già fatto la vostra diagnosi. Ci scommetto la testa che indovino.

Sono una psicopatica.

Lo sapete, no, come siamo fatti noi psicopatici. Gelidi sfruttatori a cui importa solo di se stessi. Un momento, però: questa descrizione vale per tutti gli ex, i capi e i colleghi. Se si vuole credere alle chat, siamo dappertutto, in tutte le scuole, gli uffici e i siti di incontri.

Ma ci sono psicopatici e psicopatici. Ci sono quelli diagnosticati da un collega, da un amico o dall'ex marito, ma mai da uno psichiatra. E poi ci siamo noi: allo psichiatra basta una stretta di mano per non avere dubbi sulla diagnosi.

Vi ho di nuovo nascosto una cosa. Peggio per voi, ve l'avevo detto di stare attenti.

La diagnosi io l'ho avuta a quattordici anni. Ero in ricovero forzato in un ospedale psichiatrico dopo il mio primo tentativo di suicidio, con una diagnosi di depressione. Il medico del reparto di psichiatria infantile ne aveva subito formulata una più appropriata.

Prego, chiamatemi pure psicopatica.

Non mi offendo.

Ho letto da poco uno studio nel quale si presentava una facile modalità di diagnosi della malattia: chiedete al soggetto se è uno psicopatico. Noi saremo sempre fieri di rispondere che lo siamo.

Mi avevano sottoposta al test PCL-R elaborato da Robert Hare. Non ho ottenuto il massimo del punteggio, ma quasi.

Da piccola hai mai torturato degli animali?

Volevo urlare! Cosa significava la parola « torturare » in quel contesto? Io non consideravo una tortura impiccare alla porta di casa il mio gattino con i lacci delle scarpe; era sempre un modo di schiattare più piacevole che annegare, per esempio.

Lo psichiatra non era stato dello stesso avviso.

Lo sviluppo psichico continua fino ai venticinque anni, secondo alcuni specialisti anche oltre. Agli adolescenti si preferisce non affibbiare una diagnosi, perché la loro patologia è ancora in progress. La psicopatia, in particolare, di solito non si diagnostica ai giovani.

Secondo il medico, io ero un'eccezione. Diceva che ero pericolosa per gli altri. E pensare che non avevo ancora torto un capello a nessuno, a parte il mio adorato gattino e i gatti del vicino. Purtroppo, non si può arrestare nessuno per crimini che non ha ancora commesso, né tantomeno lo si può internare in un ospedale psichiatrico. Di conseguenza, lo psichiatra era stato costretto a farmi tornare libera nel mio ambiente naturale. Mi aveva salutato dicendomi che per lui era solo questione di tempo, e avrei commesso un crimine violento. Se avesse predetto i numeri del lotto con la stessa precisione, sarebbe diventato miliardario.

Non ho mai parlato alla mia psicologa di quella diagnosi. Lei non era una psichiatra, quindi non poteva diagnosticarmi niente. Ma ciò non avrebbe dovuto impedirle di riconoscere una psicopatica, specie se seduta sul suo divano.

E quindi? Ha capito che ero una psicopatica?

Non credo.

Altrimenti la terapia sarebbe finita lì. La psicopatia è una malattia cronica della mente che non migliora né con la psicoterapia né con i farmaci. Non sarebbe una cattiva idea allora sbatterci in prigione o in un ospedale psichiatrico subito dopo la diagnosi e buttare via la chiave?

Ero un caso disperato. Che bisogno aveva, la psicologa, di perdere tempo con me, se avesse saputo che era tutto inutile?

Sono sicura che non aveva riconosciuto la mia psicopatia

per lo stesso motivo per cui la polizia non mi aveva mai associata ai miei crimini: perché ero una donna.

Il maschilismo ha giocato molto a mio favore. Noi assassine seriali siamo una specie talmente rara che alla polizia non era neanche passato per la mente di sospettare di una donna per i crimini che avevo commesso. I poliziotti sono imbevuti di stereotipi: gli uomini sono maschi e vogliono spaccare il mondo, mentre noi donne vogliamo solo dare affetto e protezione.

Non c'è da meravigliarsi se mi sentivo invisibile.

Dopo un numero così alto di omicidi, era assurdo che non mi avessero presa.

Devo però dare una dritta fondamentale a quelli di voi che sognano una carriera da serial killer: non fidatevi delle vostre capacità.

Non importa quanto siete in gamba, prima o poi vi beccheranno.

Clarissa

Stavo passando l'ennesima notte in bianco in cucina a bere e meditare sui problemi di Ira. Ero certa che le sue difficoltà derivavano da un trauma infantile. Ma quale? Sarebbe emerso facilmente con l'ipnosi. L'ipnosi è molto più rapida dell'analisi dei sogni, ma io l'avevo da tempo esclusa dai miei metodi di lavoro.

Mi ero formata come ipnotista poco dopo la laurea. Sono sempre stata convinta che l'inconscio riveli più di quanto una persona sia in grado di rivelare in modo consapevole. Per accedere all'inconscio ci sono solo due strade: il sogno e l'ipnosi. Sotto ipnosi, il paziente si toglie la corazza e svela i segreti della sua mente.

All'inizio ci credevo fermamente. Mi faceva risparmiare un sacco di tempo. Invece di rivangare i sogni e poi sviscerarli insieme al paziente, con l'aiuto dell'ipnosi andavamo subito al dunque, e in poche sedute scoprivamo l'origine dei problemi. Ma poi avevo avuto modo di constatare, con un certo sgomento, che l'ipnosi ha le sue controindicazioni.

Era venuta da me una giovane paziente che soffriva di una severa forma depressiva. Nessun aspetto della sua vita poteva essere alla base della sua condizione: stava per sposarsi con l'uomo che amava, aveva un lavoro interessante e ben retribuito e aspettava il primo figlio, tanto desiderato. Tutto sembrava perfetto, ma non lo era.

Avevo deciso di provare con l'ipnosi. Se i sintomi erano dovuti a un trauma, l'ipnosi l'avrebbe portato a galla. E così era andata. Era venuto fuori che la paziente da piccola aveva subito abusi sessuali.

Ma l'ipnosi aveva un effetto collaterale che non avevo previsto.

La paziente aveva otto anni al momento del trauma. La sua psiche non aveva retto e l'aveva rifiutato, relegandolo negli abissi dell'inconscio. Quando, con l'atto di forza dell'ipnosi, lo avevo riportato a galla, la paziente non aveva retto. Nelle settimane successive aveva gradualmente sviluppato una psicosi ed ero stata costretta a farla ricoverare contro la sua volontà.

Morale della favola: la psiche della paziente non aveva rifiutato il trauma senza motivo. In sostanza, l'inconscio ha le sue ragioni per reagire come reagisce, e le sue dinamiche vanno rispettate.

Quando avevo fatto emergere quel ricordo, la psiche si era trovata priva di difese contro i danni provocati da quel trauma.

Va detto che le ripercussioni dell'ipnosi non erano state permanenti. In ospedale la paziente si era ripresa e dopo le dimissioni avevamo proseguito la terapia.

Dopo quell'esperienza tremenda, avevo giurato a me stessa che non avrei mai più rovistato nella mente dei miei pazienti con la forza. Non voglio avere nulla a che fare con l'ipnosi. Sono rimasta talmente scioccata che non mi va di guardare neanche i programmi televisivi in cui i mentalisti fingono di ipnotizzare il pubblico in studio.

L'ipnosi non è un gioco. In Finlandia l'esercizio della professione non è regolamentato, il che vuol dire che qualsiasi ciarlatano privo di qualsivoglia formazione può fregiarsi del titolo di ipnotista. Se a me, che sono una psicologa professionista, è successo questo, non oso neppure immaginare quali tragedie possano provocare questi sedicenti ipnotisti.

Sapevo che Ira si era rivolta ad altri professionisti prima di me, ma non era riuscita ad affrontare i suoi traumi, che si erano incistati nel profondo della sua psiche. La domanda era: aveva senso far tornare a galla un trauma irrisolto dopo così tanto tempo? La sua psiche l'avrebbe sopportato?

Ira

Ci dedicammo di nuovo a quella cretinata dell'analisi dei sogni. Non so come ho fatto a rimanere seria.

La psicologa, la volta precedente, aveva avuto la bontà di avvisarmi che avremmo continuato con quel metodo. Non c'era bisogno che mi inventassi storielle estemporanee.

Mi aveva chiesto di scrivere i sogni, e mi aveva raccomandato di farlo appena sveglia, quando, a sentir lei, si ricordano meglio. Io avevo annuito, ma non avevo ascoltato i suoi consigli. Mi ero premunita guardando *Eraserhead – La mente che cancella*, che di simboli era stracolmo. Grazie, David Lynch, santo protettore di chi va in terapia!

« Sono in una stanza bianca, da sola, seduta su un divano bianco. Il tempo passa. Tutto è identico al sogno precedente, solo che nella stanza non c'è lo specchio », esordii sbirciandola di tanto in tanto.

« Niente specchio? »

Aveva un'aria preoccupata. La mancanza dello specchio era evidentemente una roba pericolosa. La prima volta mi ero dovuta trattenere dal ridere. Ora mi annoiavo e basta. Che ci sia o meno lo specchio, chi se ne frega? Be', a quanto pare a lei fregava. La penna correva sul quaderno.

Non riuscivo a concentrarmi.

Mi misi a squadrarla da capo a piedi.

La collana con il suo nome si era impigliata ai capelli, e si vedeva solo l'ultima lettera, la A. Anche il brillante sul puntino della I era nascosto dalla sua vaporosa permanente.

Mi ero immaginata tante volte quella collana su di me.

Mi accorsi che aveva sul taschino della giacca un pelo di gatto, bianco e spesso. Per me, lei era più un tipo da cani.

I gatti se ne vanno per conto loro, lei la vedevo come una che soffoca la bestia di coccole, e solo i cani se lo lasciano fare.

Lei era sempre curata fin nei minimi particolari, sembrava uscita dalle pagine di moda di una rivista femminile. Come mai non aveva notato il pelo? Tentai di distogliere lo sguardo, ma tornava sempre lì.

La mia ultima vittima – lo studente Lassi Laajasrauha – aveva un gatto. Avevo ucciso anche il gatto, tanto dopo la morte del suo padrone avrebbe fatto una brutta fine. Mi ero legata il collare di pelle al polso destro. La terapeuta non poteva notarlo, perché portavo una felpa a maniche lunghe con sotto una maglia di lana.

« E poi cos'è successo? »

La domanda mi fece trasalire. Ero ancora lì a fissare il pelo. Avrei voluto alzarmi e tirarlo via. Era una gattara. Non l'avrei mai detto!

Cercai di immaginarla seduta in poltrona ad accarezzare un siamese bianco accucciato sulle sue gambe.

No, non era credibile.

Stava ancora aspettando la mia risposta.

« La porta della stanza si è aperta con un rumore assurdo, io mi sono spaventata e sono balzata in piedi. »

Scriveva con foga. Era il momento di passare a *Eraserhead.*

« Ho sentito dei passi. Un uomo con un grosso cespuglio di capelli ricci avanzava davanti a me. Aveva un rossetto rosso sgargiante », proseguii.

Eraserhead è in bianco e nero, perciò non so se il protagonista Jack Nance porti il rossetto. Credo di no. La capigliatura diabolica invece ce l'ha.

« Puoi descrivere meglio quest'uomo? »

Era palesemente entusiasta. Che fosse mio padre? Eravamo arrivate al complesso di Elettra?

« Il cespuglio di capelli era talmente grande che vedevo solo quello. »

Si lasciò scappare uno sbuffo di delusione. Se solo quell'uomo avesse avuto il volto di mio padre... Quella poverina mi faceva pena. Decisi di concederle una piccola grazia.

« Ecco, ora mi ricordo! Mi ha detto qualcosa! 'Ho portato via lo specchio'. »

Era di nuovo soddisfatta. Solo in quel momento capii cosa aveva in mente: non il complesso di Elettra, ma il mito di Narciso, innamorato della propria immagine riflessa nell'acqua.

« Ora procediamo all'analisi. Di cosa parla il sogno, secondo te? »

Non riusciva a stare ferma sulla sedia. Allungò il collo verso di me come un cigno verso le briciole di pane.

« Non lo so. Ma vorrei sognare te. Noi. »

Lei arrossì.

Il Giornale di Helsinki

Studente ucciso

Lo studente venticinquenne Lassi Laajasrauha è stato trovato morto ieri nel suo appartamento nel villaggio studentesco di Kivikko. La polizia sospetta un omicidio.

« Dai primi rilevamenti risulta evidente che non si tratta di morte naturale », conferma Paula-Liisa Talas, commissaria della sezione omicidi della polizia di Helsinki.

« Crediamo che l'assassino conoscesse la vittima. »

Clarissa

Per la prima volta dall'inizio di quella terapia nutrivo qualche speranza. Mi sembrava di aver finalmente stabilito un contatto con Ira.

Lei mi aveva chiesto di analizzare il sogno che aveva fatto la notte prima. Avevo accettato. Era stato un bene, perché avevo scoperto una cosa che non avrei potuto nemmeno immaginare.

Ero talmente presa dal suo sogno che inizialmente non avevo prestato attenzione a come me lo raccontava. Ero emozionatissima quando mi aveva parlato della stanza senza specchio e dell'uomo che l'aveva portato via: sembrava una storia uscita da un manuale di psicologia. Briciole che mi conducevano difilato nel labirinto del suo inconscio.

Eppure, Ira aveva recitato il sogno meccanicamente, come se l'avesse letto in un libro e imparato a memoria. Non si era identificata con quel sogno a livello emotivo.

Non mi sarei mai resa conto di niente se Pekka, come suo solito, non si fosse dimenticato di spegnere il televisore del soggiorno.

Ero seduta alla mia scrivania a prendere appunti su Ira e mi commossi fino alle lacrime perché finalmente potevo aiutarla.

Potevo salvarla.

Ma non riuscivo a concentrarmi per il brusio che proveniva dalla tv. Andai nel soggiorno imprecando.

Stavo per spegnere col telecomando quando uno sguardo allo schermo m'inchiodò. C'era un film in bianco e nero. La mia fu una reazione inconscia: a livello conscio, non sapevo assolutamente perché non riuscissi a staccare lo sguardo dalle immagini. Nella scena compariva un personaggio strano, con una vistosa capigliatura. Lo stesso che mi aveva descritto Ira fingendo di raccontare il sogno.

Certo che sembrava recitare a memoria: mi aveva raccontato la trama di un film.

La vergogna e la rabbia mi fecero arrossire.

Mi avventai sugli appunti della seduta, lasciati un minuto prima nello studio. Il tono era compiaciuto, quasi borioso: ce l'avevo fatta! Ero una terapeuta eccellente, da medaglia.

Il primo impulso fu di strapparli. Poi ci ripensai. Ira era riuscita a ingannarmi – fino a quel momento. Riposi gli appunti nella cartella dedicata a lei. Dovevo conservarli: erano un monito della facilità con cui mi aveva raggirata.

Infilai la cartella nell'archivio e chiusi il cassetto.

Andai in terrazza a fumare una sigaretta per distendere i nervi. L'accesi e aspirai il fumo nei polmoni. La nicotina mi calmò, come l'abbraccio di una madre.

E se fosse stato tutto un malinteso?

Se Ira avesse davvero sognato un uomo con un cespuglio in testa? Se fosse stata solo una coincidenza?

Ma non era strano che l'uomo che aveva sognato fosse uguale a quello del film? Sì, ma le coincidenze sono sempre inverosimili.

Ma no. Ero paranoica.

Ira mi aveva detto la verità.

Non avevo motivo di dubitare di quello che mi diceva.

Arto

Non avevo intenzione di dirlo più a nessuno. Già confessarlo a Marja era stato difficile, anche se le avevo detto solo una minima parte di verità. Visto che lei non aveva voluto ascoltare neanche quel poco, avevo capito che non mi avrebbe ascoltato nessuno.

Marja riusciva a stento a guardarmi negli occhi. Perfino sul letto di morte il suo sguardo mi accusava, gli occhi erano carboni accesi di odio, come se fosse stata tutta colpa mia.

E naturalmente aveva ragione.

Eppure, durante la giornata di team building organizzata dal *Giornale*, mi ero incautamente sfogato con Irmeli. Mi ero messo letteralmente a piangere sulla spalla del mio capo.

Eravamo a un tavolo in fondo al Sulkakynä. Ogni tanto qualche collega faceva per unirsi a noi o invitarci a ballare, ma Irmeli li allontanava con garbo, quasi che preferisse trascorrere la serata a sorbirsi i miei sproloqui invece di divertirsi.

Avevo biascicato la mia confessione su una colonna sonora di tormentoni degli anni Settanta. Mentre gli altri imitavano John Travolta al ritmo di *Stayin' Alive* dei Bee Gees, io avevo scaricato tutti i miei macigni addosso a Irmeli, che ascoltava e annuiva. Ogni tanto la mia testa crollava sulla sua spalla e lei la allontanava, forse temendo di sporcarsi di muco la giacca nera.

Voi non vi sareste confidati con il vostro capo? E allora provate a reggere il fardello che mi ero portato io sulle spalle per anni e anni.

Forse era inevitabile, non ce la facevo più. Dovevo condividere i miei peccati con qualcuno. Irmeli era la mia ultima spiaggia – in fondo, era stata la migliore amica di Marja.

Nonostante fossi sbronzo – sai che novità – avevo avuto il buon senso di non dire proprio tutto. E comunque mi ero pentito di aver parlato così tanto; da allora Irmeli si era messa in testa che avevo bisogno dell'aiuto di uno specialista. Menomale che i datori di lavoro non possono mandare i loro sottoposti in analisi, altrimenti io ci sarei finito da un pezzo.

Da allora vivevo sotto una lente d'ingrandimento. Irmeli osservava tutti i miei gesti e le espressioni del mio viso e li interpretava alla luce di quello che le avevo rivelato.

Non me l'aveva mai detto, ma avevo capito che era molto preoccupata per me.

Le avevo fatto giurare di non raccontare i fatti miei a nessuno; temevo che prima o poi si sarebbe lasciata scappare qualcosa con i colleghi, ma non immaginavo che succedesse così presto.

Soddisfatto dei suoi complimenti per l'intervista a Clarissa, andai a ringraziare il fotografo. Eero fu gelido. Alzò a stento gli occhi lasciandomi intendere di avere di meglio da fare.

La scortesia di Eero si spiegava solo in un modo: Irmeli gli aveva spifferato tutto.

E se lo sapeva lui, presto lo avrebbero saputo tutti gli altri.

Ma davvero Irmeli pensava che avrei potuto continuare a lavorare per il *Giornale* se i miei colleghi avessero saputo la verità?

Sarei diventato il reietto della redazione. Nessuno avrebbe parlato con me, figuriamoci fare un servizio insieme. I colleghi non mi avrebbero più parlato normalmente, ma avrebbero borbottato guardandomi dall'alto in basso come aveva fatto Eero.

Cosa mi sarebbe rimasto, se non avessi più potuto fare il mio lavoro? Avrei trascorso i miei giorni davanti alla sua finestra, finché si sarebbe accorta di me e mi avrebbe denunciato? Mi sarei beccato un bell'ordine restrittivo e non avrei più potuto avvicinarmi a lei.

Vidi crollare i piani inferiori del castello di carte della mia vita. Non potevo più fare nulla per il mio destino. Potevo solo aspettare che l'ultima carta piombasse sul tavolo. Che la mia vita si riducesse in macerie.

Avevo una sola alternativa: il suicidio.

Perché non ci avevo pensato prima?

Pekka

Cuore. Mi restava una sola parola: cuore.

Ero da ore al computer a fissare inutilmente il foglio Excel che avevo riempito di dati sui disegni. Era aperto anche l'emulatore X3270, come se tenerlo lì significasse che stavo lavorando.

Feci una pausa per guardare il telegiornale. Mi trascinai in soggiorno. La stanza sembrava un monolocale da studente: il tappeto orientale era spiegazzato e sporco di cenere, il divano era ricoperto di buste di patatine mezze vuote, sul tavolino una traballante pila di cartoni di pizza vuoti degna della Torre di Pisa con accanto una disordinata catasta di giornali e giornaletti. Osservai la scena allibito.

Mi misi a ripulire quel macello.

Divorai gli avanzi di patatine e infilai le buste una dentro l'altra. Il sapore di olio rancido mi disgustò, ma non mi frenò. La mano rovistava nelle buste indipendente dalla mia volontà. Se mi avesse visto Clarissa, avrebbe detto che non si può riempire il vuoto interiore con il cibo. E invece quelle patatine disgustose mi provocavano un'insana soddisfazione. Trovavo conforto nel sentirmi male sia fisicamente sia psicologicamente.

Passai ai cartoni di pizza. Afferrai porcini e ananas schiacciati e me li infilai in bocca in preda allo stesso senso di disgusto con cui avevo ingoiato le patatine.

Presi la catasta di giornali e sotto spuntò il taccuino rosa di mia moglie.

Aveva scarabocchiato qualcosa sulla copertina, per cui non potei fare a meno di vederlo.

Due lettere separate da un cuore.
Una era la C di Clarissa.
Ma l'altra non era la P di Pekka.

Arto

Avevo letto che una volta presa la decisione di suicidarsi, si trova finalmente pace. Nei giorni antecedenti al suicidio ti conforta pensare che ormai hai quasi finito di soffrire.

Le persone care spesso interpretano male la ritrovata energia, si fanno l'idea che il peggio è passato e che la depressione si sta un po' attenuando. Di conseguenza, il suicidio è per loro uno shock ancora più grande.

Constatai che quella teoria era vera. Non riesco neanche a descrivere la serenità che provai. Erano anni che attraversavo una palude, e invece di arrivare a riva, andavo sempre più a fondo. Una volta presa la decisione, fui pervaso da una calma incredibile.

Avrei sistemato le mie cose il prima possibile e poi mi sarei unito a Marja, che fosse nell'eterna beatitudine dei cieli o nel fuoco dell'inferno.

Secondo me, quest'ultimo era il posto giusto per tutti e due.

Da persona organizzata, decisi di scrivere un elenco delle cose da fare. Non volevo lasciare niente sulle spalle degli altri. Era orribile pensare che qualcuno dovesse sobbarcarsi l'organizzazione del mio funerale, per esempio. Per quanto mi riguardava, potevano benissimo disfarsi del mio cadavere nella discarica più vicina e lasciarlo lì a far banchettare i gabbiani.

Appena tornato dalla redazione, presi carta e penna e cominciai a scrivere la lista, ogni punto preceduto da un trattino. Mentre procedevo, pensai che per lungo tempo avevo sprecato inutilmente le risorse non rinnovabili del pianeta: le cose da fare prima di distendermi nella bara erano pochissime.

Che sensazione liberatoria!

Sul retro del foglio elencai gli articoli a cui stavo lavorando. Un paio di interviste e un reportage. Le interviste le avevo già sbobinate e trascritte e il reportage avrei potuto rifilarlo al collega di cronaca nera; tanto quell'inchiesta sui giri di pedofilia online non volevo farla nemmeno quando me l'avevano commissionata.

Poi buttai giù il testo da postare sul gruppo Facebook « Helsinki ricicla », promettendo di regalare al primo interessato tutti i miei mobili. Anni prima avevo scritto un articolo su un ragazzo che grazie a quel sistema si era liberato in un colpo solo di tutto ciò che possedeva per trasferirsi in un ashram indiano. Lui, però, aveva home theatre, faretti e altri apparecchi costosi.

Io invece possedevo solo qualche mobile ammaccato, un paio di scatoloni di libri impolverati in cantina e due o tre sacchi di indumenti logori, che avrebbe usato solo un barbone o un altro scapestrato come me.

Inviai una richiesta di adesione al gruppo Facebook e decisi di pubblicare il post non appena ottenuta la risposta. Pensai che ci sarebbero volute almeno ventiquattr'ore, dipendeva dall'amministratore. Giorno più giorno meno, non importava.

Organizzare la propria morte era incredibilmente facile. Ma c'era una cosa che dovevo preparare con molta cura.

Dovevo assolutamente dirle addio. E non dalla finestra.

Non mi sarei suicidato senza averle detto quanto avevo sofferto per lei.

Doveva condividere la mia pena.

Solo allora avrei avuto pace nell'aldilà.

Clarissa

La società è spietata con i soggetti vulnerabili. Circondate da questo clima, le persone deboli si sentono ancora più deboli.

Si dà per scontato che all'essere umano non possa capitare niente di così orrendo da non rappresentare un insegnamento. I sopravvissuti versano il nettare della loro saggezza nei nostri calici.

Devastatemi pure, così sarò una persona migliore.

Viviamo nella società del fast food, che per rimarginare un trauma offre un cerotto invece dei punti di sutura. Ci rimpinzano occhi, bocca e orecchie di ciarpame infiocchettato di rosa: cristalli che infondono energia positiva, angioletti e raggi di luce che leniscono i mali. Ma ci sono problemi che non si risolvono abbracciando un unicorno di peluche.

L'idea che al mondo ci siano cose che non si possono superare non è accettata. Specialmente se possono capitare a chiunque.

Anche a voi.

Ma alcune ferite sono insanabili.

Vi stupirà che a dirlo sia io, che più di tutti dovrei essere convinta che la psicoterapia possa curare ogni sorta di trauma.

Ma non lo sono.

Pretendiamo che le vittime si riprendano in fretta. Se parlano del loro trauma, si sentono dire che « ormai dovrebbero voltare pagina », « guardare al futuro » o « lasciar perdere il passato ». Eppure, le esperienze e le relazioni considerate normali dalla maggior parte delle persone sono e saranno sempre, per loro, inaccessibili.

La vita di una vittima di abusi sessuali è stata demolita, fatta a pezzi, e sostenere il contrario significa negare la sua esperienza. A dispetto di ciò, diciamo alla vittima che non deve provare rancore, perché bisogna pensare positivo. Come se fosse lei, con la sua negatività, ad aver causato i suoi mali.

Perché alle brave persone succedono solo cose belle.

A volte ho pensato che persino ai morti si riserva più benevolenza che alle vittime di abusi sessuali: dai morti non si pretende niente. Solo dopo qualche anno di psicoterapia i miei pazienti prendono consapevolezza del fatto che non sono costretti a superare i traumi.

Basta che respirino.

Essere critici nei confronti delle vittime implica anche l'assoluzione di chi commette l'abuso: i loro crimini non sono poi così gravi, tanto è vero che si possono superare. Del resto, i pedofili hanno sempre una loro versione dei fatti più rosea.

Più ti senti in colpa più sei propenso a perdonare gli altri. Dato che quasi nessuno vive senza rimpianti, siamo pronti ad assolvere i misfatti altrui nella speranza di essere perdonati per i nostri.

Chi ha fatto del male trova maggiore comprensione rispetto a chi parla del male che ha subito.

Ira

La mia storia è divisa in due epoche: « a. S. » e « d. S. », avanti Stronzo e dopo Stronzo. Nella prima ero una bambina normale, nella seconda non sono più niente. Non sono più umana.

Il momento peggiore è quando mi sveglio al mattino e non mi ricordo quello che mi ha fatto lo Stronzo. Per un paio di secondi credo che tutto sia come prima. Poi la realtà mi piomba addosso e mi schiaccia. Ogni mattina da quando sono uscita dalla gabbia la mia coscienza mi inganna facendomi credere di non esserci mai stata.

Perché quella sensazione non può durare ore invece di un attimo? O almeno minuti? Forse perché la mia mente non sopporterebbe più il terribile impatto con la realtà.

Ogni mattina devo accettare di nuovo che il passato era in un modo, ma il presente è così. Ogni mattina la verità mi torna in mente e devo lottare contro lo stesso pensiero: *Non ce la faccio più.*

È quel pensiero che mi ha spinta a ingoiare pillole, tagliarmi le vene e provare a impiccarmi.

L'insonnia è dovuta al fatto che non sopporto l'idea di quel che mi aspetta al risveglio. Ho paura di dormire. Se mi addormento, poi mi sveglio e la storia si ripete: la realtà mi dà un pugno in faccia.

Mi tornano in mente la gabbia e lo Stronzo e so che niente andrà più bene.

Non andrà mai bene niente, finché sono viva.

Clarissa

L'avevo atteso con trepidazione, ma quando è successo non avrei voluto sentirlo.

Avevo ribadito a Ira tante volte che con me poteva parlare liberamente. Nel mio lavoro avevo sentito di tutto. Finalmente fu pronta ad aprirsi.

È vero che avevo già azzeccato la diagnosi al nostro primo incontro: era più che probabile che Ira soffrisse di un disturbo post-traumatico da stress e il motivo era evidente.

Noi psicologi interpretiamo le persone nell'ordine inverso. Un profano si meraviglia del pessimo comportamento di un conoscente, e solo quando viene a sapere della sua infanzia difficile fa due più due; noi, invece, colleghiamo subito il comportamento del paziente ai suoi traumi, anche se non li abbiamo individuati. Ma averne sentore è tutt'altra cosa che sentirseli raccontare dal paziente.

Non potei trattenere le lacrime. Lo so: dopo tanti anni di carriera, avrei dovuto sviluppare una corazza. Ma io non volevo diventare impassibile a tutto. La sensibilità era una scelta consapevole.

Ira mi guardava temendo che le sue sofferenze mi schiacciassero.

« Non aver paura. Anche se piango, sono in grado di sostenere il tuo fardello. Io verso le lacrime che avresti dovuto versare tu. E i tuoi genitori. »

Un atteggiamento analitico e distaccato è il prerequisito della psicoterapia. Avevo imparato a prendere le distanze dai problemi dei miei pazienti, immaginando che fossero solo esempi riportati su un manuale. Ma ora non ci riuscivo.

Ira pronunciava solo una o due frasi alla volta.

« Io sono qui per te. Più riesci a dirmi, più il tuo peso si alleggerirà. »

Di solito riuscivo a fingere di essere alle prese con questioni teoriche invece che con veri problemi che distruggevano la vita delle persone. In quel modo, evitavo di farmi coinvolgere.

Le sedute erano dedicate ai sentimenti dei miei pazienti, non c'era spazio per i miei. Non pagavano certo per avere cura di me. Per quello avevo Harri, al quale potevo rivolgermi nelle situazioni complicate. Eppure, stavolta non riuscii a controllarmi.

Ira proseguì.

« So che hai paura. Ma insieme siamo forti », la rassicurai.

Durante la seduta, Ira si accasciò sul divano come un palloncino che si sgonfia. Come se il suo segreto la tenesse insieme e, rivelandolo, non le restassero forze per reggersi.

« Lo supererai. Dillo a voce alta: 'Ce la farò'. »

Spettava a me farle credere nella vita, nel futuro.

« Puoi farcela. Non resterai bloccata nel passato. Poteva capitare a chiunque. »

Feci una piccola pausa per dare più enfasi alle mie parole, poi ripresi:

« Non hai nessuna colpa ».

Era evidente che i suoi traumi erano molto seri. Tutta la sua psiche era strutturata su quel trauma. Avevo capito fin dall'inizio che si trattava di abuso sessuale; lo rivelavano molte cose, ma soprattutto il modo di parlare di sé.

Ira si definiva malvagia. Aveva interiorizzato il male vissuto e pensava che fosse colpa sua. Come se l'avesse causato lei e ne fosse quindi responsabile.

Il senso di colpa corrode l'anima senza pietà, che sia più o meno fondato.

« Basta sensi di colpa. Sei libera. »

Molti reagiscono ai traumi in quel modo, ma ho notato

che sono in particolare le vittime dei pedofili a incolpare se stesse. In parte perché i pedofili di solito riversano la colpa sulle vittime e sostengono, per esempio, di essere stati sedotti da loro.

Ira era seduta davanti a me, pallida.

Era stato detto tutto.

«È finita. È finita. È finita. Dillo a voce alta: 'È finita'.»

Suonò la sveglia.

Ira si alzò all'istante, ci stringemmo la mano. Al tenue bagliore della lampada di sale i suoi occhi azzurri sembravano dipinti con il carboncino.

«Ira, tu ce la farai. Te lo prometto.»

Raccolse la giacca, la indossò, raggiunse l'ingresso, aprì la porta e sparì.

Io mi misi di nuovo a sedere. Un forte senso di disagio mi travolse con tale violenza che non fui in grado di respingerlo.

Ira

Piangeva come una fontana davanti a me. Se fosse entrato un estraneo, avrebbe pensato che lei fosse la paziente e io la psicologa.

Stavo per sbottare.

Chi di noi due era stata chiusa nella gabbia?

Esatto.

Ho pianto quando ci ho pensato?

No.

Ho pianto quando l'ho raccontato a lei?

No.

Gliel'ho detto per poi doverla consolare?

No.

Ero stata costretta a portarmi dentro quella cosa per tutta la vita, da quando ero piccola.

E quella lì non sapeva neanche ascoltare!

Le lacrime le scendevano sulla faccia perfettamente truccata. Cercai di pensare che la sua reazione forte giocava a mio favore. Voleva dire che era così dispiaciuta per me che avrebbe fatto di tutto per tenermi fuori di prigione.

La mia vicenda la toccava nel profondo. Da quel momento si sarebbe dedicata a me e avrebbe trascurato gli altri pazienti. Avrei avuto la sua completa attenzione.

E se mi avesse concesso dei privilegi? Magari mi avrebbe dato il suo numero personale, per chiamarla quando non riuscivo a prendere sonno. Avrebbe dormito con il cellulare a portata di mano, per potermi rispondere subito. E se le nostre sedute si fossero protratte oltre i tre quarti d'ora? Magari avrebbe spostato la sveglia in un'altra stanza così non ci avrebbe più interrotte.

Non credevo alla fortuna che mi era capitata.

La reazione della psicoterapeuta, con quel torrente di lacrime, mi aveva presa alla sprovvista. La situazione era delicata. Dovevo approfittare subito dei suoi sentimenti o quando si fosse calmata? Era meglio aspettare una sua mossa o dovevo implorare lì su due piedi per avere il suo numero?

La psicologa estrasse dalla tasca del miniabito un fazzoletto di tessuto rosa con un ricamo. Una lettera. A me sembrava una P, ma forse era una C. O forse il fazzoletto era del marito? Forse il nome del marito cominciava con la P? Immaginavo che fosse sposata, perché portava all'anulare un anello di quelli vistosi e luccicanti, con un solitario – di pessimo gusto. Però non avevo mai incrociato il marito.

Non sapevo come calmarla. Era completamente fuori di sé, non la smetteva di singhiozzare.

Avrei dovuto sapere che era meglio non raccontare della mia infanzia. Al mondo ci sono cose così brutte che nessuno sopporta di sentirle. Alcuni, però, devono viverle.

Arto

Andai al Sulkakynä a pianificare il nostro ultimo incontro. Doveva essere perfetto.

Mi piazzai al bancone a scolare whisky e preparare il piano. La porta del pub si aprì ed entrò Irmeli.

« Arto, ti vedo allegro! È bello vedere che i nuvoloni cupi si stanno finalmente dileguando. »

Che vi dicevo? Irmeli credeva che mi stessi rimettendo in sesto. Non feci in tempo a risponderle che mi squillò il cellulare.

« Ciao Arto! Volevo ringraziarti dell'intervista. Ha avuto molti apprezzamenti. »

Clarissa.

« Ma figurati. Ho fatto solo il mio lavoro. »

Il tono della mia voce era forzato.

Credevo di essermi liberato di lei.

« La modestia non ti si addice. Accetta la mia gratitudine. »

Sbuffai. I ringraziamenti se li poteva anche tenere.

« La gente mi ha elogiata perché ci ho messo la faccia, ho incoraggiato molti a combattere le dipendenze. L'alcolismo femminile è ancora un tabù. »

« Credo di sì. »

A dispetto di quello che avevo appena detto, dissentivo. I media erano pieni di racconti di gente che aveva superato l'alcolismo, sia donne sia uomini.

« Per me è stato un gran sacrificio. Avevo paura che mi rovinasse la reputazione. Ma ne è valsa la pena. »

Sospirò come se, invece di aver rilasciato un'intervista, avesse devoluto tutti i suoi averi alla lotta al cambiamento climatico.

« Mi fa piacere. »

Non avrei scommesso un centesimo che avrebbe tratto vantaggio dall'intervista. Credevo che l'alcolismo non fosse esattamente un punto a favore di una psicologa, anche se – a detta sua – ne era ormai fuori. Evidentemente Clarissa riusciva a girarla sempre per il meglio.

« Vorrei offrirti un bicchiere di vino rosso per ringraziarti. Che ne dici di vederci stasera al solito caffè? »

Vino rosso? Un'alcolista redenta?

« Grazie, ma al momento sono sommerso di lavoro e purtroppo non posso. »

« Che peccato! Mi avrebbe fatto tanto piacere brindare con te! »

Forse era il caso di bloccare il suo numero.

« Ci sentiamo! »

Irmeli era rimasta al bancone accanto a me, fingendo di armeggiare con il cellulare.

« Che voleva Clarissa? »

Come aveva fatto a indovinare con chi stavo parlando? Era forse una sensitiva?

« Era tutta contenta dell'intervista, dice di aver avuto un sacco di riscontri positivi. »

« Stupendo! Sono fiera di te! »

Almeno a Irmeli non avrei lasciato l'amaro in bocca, se quella fosse stata l'ultima volta che mi vedeva.

Ira

Ve la ricordate la storia del ragazzo che gridava «Al lupo! Al lupo!»? A me è successa la stessa cosa.

Da bambina avevo una fervida immaginazione. Imparai a distinguere la realtà dalla finzione molto più tardi dei miei coetanei.

Mi piaceva immergermi in un mondo immaginario dove non valevano le regole della realtà. I dinosauri potevano anche essere estinti, ma comunque io e la mia amichetta Ella ci vestivamo da brontosauri e correvamo per casa sua urlando a squarciagola.

Se i miei genitori o gli insegnanti mi vietavano qualcosa, lo facevo nella mia testa. Lanciavo gavettoni in faccia agli insegnanti, che sputacchiavano acqua dalla bocca e annaspavano. O tappezzavo le pareti della mia cameretta di disegni di draghi.

Come avrei fatto a immaginare le conseguenze della mia fantasia?

I miei genitori sapevano che vivevo in un mondo tutto mio. Non c'è da stupirsi se non dissi niente dello Stronzo e della gabbia a loro due. Avevo inventato cose ancora più spaventose: gnomi malvagi, spettri, mostri marini e giganti. Ma finire prigioniera in una gabbia dentro una cantina! Perché avrebbero dovuto credermi?

Se avessi raccontato dello Stronzo, l'avrebbero sicuramente ricondotto agli horror che guardavo di nascosto, perché me l'avevano proibito: con quegli stimoli, l'immaginazione corre nella direzione sbagliata. Anzi, per loro sarebbe stata la conferma che gli horror non sono adatti ai bambini.

E come si spiegavano i lividi e i graffi che mi ero fatta nella gabbia?

Ero una bambina scalmanata e i miei genitori non riuscivano a controllarmi. Potevo essere caduta in bici o inciampata nelle radici di un albero correndo nel bosco. I miei mi avevano vista in condizioni peggiori. Una volta ero caduta da un albero e mi si era spezzato l'incisivo destro. Mi aveva fatto così male che ero scoppiata a piangere, ma ero stata orgogliosa di essermi arrampicata in alto come le scimmie.

Forse è comprensibile che i miei genitori non abbiano sospettato niente.

Una cosa, però, avrebbe dovuto insospettirli: cambiai atteggiamento da un giorno all'altro. Non c'è da meravigliarsi che non si siano allarmati della trasformazione: ero diventata una figlia modello. Prima ero testarda e indipendente. Dopo facevo di tutto per compiacerli.

Non ho mai capito perché non potevo decidere della mia vita; volevano farmi fare cose che detestavo o che non mi interessavano. Perché dovevo tenere in ordine la mia stanza? Non ci stavano mica loro, ci stavo io.

Mi immergevo nei giochi al punto da dimenticare di mangiare o di tornare a casa in orario. Mi dimenticavo di fare i compiti, e gli insegnanti lo riferivano di continuo ai miei, che ne avevano fin sopra ai capelli della mia scarsa disciplina.

Vedendo che ero completamente cambiata, la mamma fu contenta. Qualsiasi cosa mi dicesse di fare, obbedivo.

Cercavo di provare a me stessa di essere buona e giudiziosa, e che quindi lo Stronzo non mi aveva scelto come sua vittima perché ero cattiva.

Finii tra le grinfie dello Stronzo per colpa mia. I miei genitori mi avevano insegnato che ci sono degli uomini che prima ti danno le caramelle e poi ti fanno del male, e che con loro non bisogna andare. Io avevo disobbedito: avevo mangiato le caramelle dello Stronzo ed ero andata con lui. Come facevo a raccontarlo ai miei? Si sarebbero infuriati perché, tanto per cambiare, me n'ero infischiata delle regole.

Pekka

Come capire se il vostro coniuge vi tradisce? Cercando su Google. Il vostro partner inizia improvvisamente a prestare più attenzione al suo aspetto. *Clic.* Il vostro partner sembra spesso assente. *Clic.* Il vostro partner non è più interessato al sesso come prima. *Clic.* Il vostro partner ha nuovi interessi. *Clic.* E soprattutto: l'intuito vi dice che il vostro partner vi tradisce. *Clic.* Non avevo uno straccio di prova. Contavo solo sull'istinto, ma ne ero sicurissimo. Me lo sentivo. Clarissa aveva un altro.

Se all'inizio del nostro rapporto avessi scoperto che Clarissa mi tradiva, avrei reagito diversamente. Mi sarei focalizzato sul suo amante. All'epoca ritenevo che mia moglie fosse una mia proprietà, e che nessuno avesse il permesso di toccarla.

Nella mia immaginazione, lo avrei umiliato riconquistando Clarissa. La cosa più importante sarebbe stata dimostrare che non ero un cornuto, ma un vero uomo, che rimette in riga sua moglie e la riporta all'ordine.

Dopo anni di convivenza, vedevo la cosa in maniera diversa. Al centro di tutto c'era Clarissa; la cosa più importante era mantenere invariato il rapporto. Se l'infedeltà avesse portato al divorzio, la mia vita avrebbe perso le fondamenta. Cos'ero senza Clarissa?

Niente.

Se avessi avuto parecchi anni in meno, avrei minimizzato il suo ruolo e mi sarei detto che stavo benissimo anche da solo. Ora non mi facevo problemi ad ammettere di dipendere da lei.

Stavamo insieme da così tanto tempo che avevo vissuto

più con lei che da solo. Senza Clarissa, la mia vita sarebbe stata a metà.

Eravamo una sola persona. Lo dice anche la Bibbia, l'uomo e la donna diventano una sola carne.

Dovevo ritornare all'ordine.

A tutti i costi.

Arto

Seduto per l'ultima volta sulla panchina del parco, la osservai comparire alla finestra, andar via e ritornare. Si trascinava nel suo monolocale, avanti e indietro in quei cinque metri, come a punire se stessa di essere ancora viva. Senza pietà, per liberarsi anche degli ultimi chili rimasti. Come se quel monolocale fosse una prigione e lei sapesse di dover morire lì dentro. Era un'ergastolana che misurava i confini della sua cella. Ogni tanto si fermava alla finestra e accarezzava soprappensiero il piercing nero che aveva al naso.

Non era quella finestra a separarci, ma gli anni di cose non dette.

Cose che non avevo il coraggio di esprimere a voce, anche se ci avrebbero salvati. Avrei voluto andare sotto alla sua finestra e scagliarle contro tutti i mattoni che si erano accumulati tra di noi formando un muro invalicabile.

Noi, padre e figlia.

Io e la mia amata Ira, una piccola vita che avevo visto sgretolarsi pian piano davanti a me. Senza far nulla per aiutarla.

Per comprendere il nostro rapporto padre-figlia, dovete prima sapere la verità sul mio matrimonio.

Avevo conosciuto Marja per lavoro. Era appena stata eletta Miss Finlandia e io la intervistai per *Notizie della Capitale.* Poi avevamo cominciato a vederci e ci eravamo sposati.

Non capisco cosa ci abbia uniti. Avremmo dovuto separarci appena avevamo capito di non aver niente in comune. E invece, avrete già indovinato cosa abbiamo fatto: un figlio. A quel punto addio separazione.

Ira divenne la vittima innocente della nostra guerra.

Io insultavo mia moglie tutto il tempo. Le rinfacciavo di

essere superficiale e narcisista, di avere la testa completamente vuota. Marja incassò senza reagire, finché non ne poté più. E allora mi diede una stoccata magistrale.

Dieci anni fa, per il nostro anniversario di matrimonio, mi regalò un libro. L'aveva scritto lei, di nascosto, nel tempo che ritagliava dal lavoro di modella. Aprendo il pacchetto mi aspettavo un saggio sulle guerre finlandesi o un nuovo studio sulle cospirazioni naziste. Invece era un romanzo, scritto da una donna, una certa Marja Simpukka. Chi era? Perché me l'aveva regalato?

Si dice che gli uomini non leggano i libri scritti dalle donne. Io non facevo eccezione. A me non interessavano né il ciclo mestruale né la cura dei figli.

Sì, all'epoca avevo una mentalità piuttosto ristretta.

Quando lo aprii e mi soffermai sul risvolto di copertina, vidi la fotografia di Marja. Marja Simpukka era uno pseudonimo. Non fu necessario dirlo a voce, ma il suo messaggio era chiaro; mostrarmi il dito medio sarebbe stata la stessa cosa. Beccati questo, brutto bastardo supponente, per aver osato pensare che io fossi una nullità.

La mia autostima crollò tutto d'un colpo. Ero io che dovevo scrivere il grande romanzo che avrebbe rivoluzionato la letteratura finlandese. Avevo tormentato Marja e Ira tappandomi nel mio studio a scrivere dopo il lavoro e durante i fine settimana, reagendo male ogni volta che osavano bussare alla mia porta. Poi non riuscivo a combinare niente e finivo a giocare al solitario sul computer. Gli anni passarono, e il sogno di essere la promessa della letteratura sfumò. Ero un vecchio inacidito che invidiava i giovani talenti.

E non è mica finita qui.

Il romanzo di Marja ebbe un grande successo di stampa e di pubblico. Fu elogiato dai miei colleghi giornalisti e dai critici letterari più autorevoli, con parole che avrei desiderato per il mio fantomatico libro.

E non è ancora tutto. I critici, come anche decine di migliaia di lettori, possono prendere un abbaglio. La cosa peggiore è che io stesso lo ritenevo un buon romanzo. Un ottimo romanzo.

La colpa, ovviamente, era mia.

Peggio per me che l'avevo letto.

Poi iniziò il vortice. I diritti furono venduti in tutto il mondo, Marja fu invitata a programmi culturali, incontri con altri scrittori e interviste. Ottenne tutto ciò che spettava a me.

A me, che ero stato seduto nel mio studio per anni, a scrivere una o due frasi per poi cancellarle all'istante.

Clarissa

Dall'ultima seduta con Ira era passata una settimana, ma le sue parole non mi davano tregua. Avrei preferito non sentire quanto aveva sofferto nella sua vita.

Per fortuna quel venerdì mi telefonò Harri per invitarmi a bere un caffè il lunedì successivo. Aveva buone notizie. M'incuriosii, ma lui non si sbottonò. Non mi restò che aspettare.

Io e Harri tenevamo alla nostra privacy, non eravamo mai stati a casa l'uno dell'altra. Può sembrare strano, ma tutti gli psicologi che lavorano a casa considerano lo studio una fortezza a cui hanno accesso solo i pazienti. Siccome da me venivano almeno otto pazienti al giorno, nel tempo libero preferivo che il campanello non suonasse.

Quando arrivai al museo, Harri non c'era. Mi sistemai a un tavolo in un angolo, nel caso volessimo parlare di argomenti di lavoro. Il cellulare emise un *bip*, era Harri che mi informava con un sms di essere quasi lì e mi chiedeva di prendergli un tè e un pasticcino. Avevo appena appoggiato il vassoio sul tavolo, quando lui arrivò. Sprizzava felicità da tutti i pori. Era chiaro che doveva dirmi qualcosa di bello.

Non stavo nella pelle e lo incalzai:

« Cosa è successo? »

Era persino più impaziente di me.

« Mi sposo! »

Dovevo avere un'espressione allibita, perché si mise a ridere.

« È così difficile da credere? »

Lo era.

Come retaggio dell'educazione religiosa ricevuta in famiglia, Harri aveva assimilato l'atteggiamento chiuso della Chiesa evangelico-luterana nei confronti dell'omosessualità. Negli ultimi anni c'era stata un'apertura lentissima, ma era troppo tardi: Harri aveva assimilato il disprezzo ricevuto, trasformandolo in disprezzo di sé.

Aveva vissuto tutta la vita nascondendo la sua omosessualità. Era difficile credere che ora – a settantaquattro anni – fosse pronto a fare coming out, e con un gesto plateale.

Erano secoli che stava con Topi, ma l'aveva confidato solo agli amici più intimi.

Mi colse uno spiacevole dubbio: non stava per sposare una donna, giusto? Un matrimonio di convenienza?

« Chi è... »

Non sapevo se dire « il fortunato » o « la fortunata ». Harri rispose:

« Topi ».

Sospirai di sollievo.

Non me l'aveva mai presentato, tanto che qualche volta l'avevo scherzosamente definito il suo amico immaginario.

« Ci sposiamo l'estate prossima. Sei invitata. »

Mi porse una spessa busta rosa, che infilai in borsa.

« Sono felice », sussurrò.

Ebbi due reazioni simultanee. Avvertii una fitta d'invidia e me ne vergognai. Come potevo invidiare la felicità di un amico?

Harri non notò nulla, era passato a descrivere gli addobbi. Rosa, pizzo, tulle, palloncini, rose...

Si alzò ancor prima di aver bevuto il tè.

« Scusa, devo sbrigarmi. Devo andare a provare il frac. »

Si chinò a baciarmi sulle guance.

« A presto. »

« Congratulazioni! »

Mi sentivo strana. Ero gelosa, e la cosa mi spaventava. Nessuno doveva portarmi via il mio Harri.

Un'assurdità: stava insieme a Topi da quando lo conoscevo, anzi da prima.

Mi demoralizzai. Poi mi sovvenne che avevo un mistero da risolvere e potevo farlo anche lì, invece che a casa. Rovistai in borsa e misi l'invito sul tavolo. La busta mi parve a dir poco eccessiva, ma cercai di soffocare l'invidia e la gelosia ricordando a me stessa che, dopo anni e anni di clandestinità, Harri meritava tutta la felicità del mondo.

L'aprii e presi l'invito.

Sul cartoncino rosa era stampata la foto della coppia. Erano seduti su un'altalena mano nella mano, guancia contro guancia.

Il mistero era risolto.

Dovevo prendere atto che Topi esisteva.

Ira

Avevo raccontato davvero tutto alla mia psicologa? Dello Stronzo, della gabbia e del resto? Ero stata sincera con lei?

Mi sentivo fuori dal mondo. La nostra seduta stava iniziando e l'incontro precedente sbiadiva nella mia mente come un sogno. Avevo immaginato tutto o era successo davvero?

Mi ricordai una similitudine che la terapeuta aveva usato all'inizio della seduta. Un segreto è come uno zaino pieno di pietre: condividendolo, allevierai la tua fatica. Io non mi sentivo così, anzi, era tutto il contrario. Avevo la sensazione che la seduta avesse strappato via un pezzo di me lasciandomi incompleta.

Avevo perso qualcosa che non avrei più recuperato.

Ero in ansia. Avrei voluto essere ovunque eccetto lì. Guardai la finestra: no! Un'altra volta! Sì, c'erano le sbarre. Sentivo l'odore della ruggine che cadeva sul davanzale e sulle foglie di sansevieria.

A rendere le sbarre più grottesche erano le tendine di pizzo rosa che ci sventolavano sopra. Il contrasto era troppo forte, era sicuramente un'allucinazione. Una delle due non c'era sul serio: o le sbarre arrugginite o le tende di pizzo.

A me sembravano vere entrambe.

La psicologa, seduta davanti a me, aspettava speranzosa altre rivelazioni. Si era munita di un pacchetto di fazzoletti che si rigirava in mano. Sembrava fosse al cinema in attesa che iniziasse il film.

Per lei ero solo intrattenimento?

«Ti ricordi dov'eravamo rimaste? Continua pure.»

Da quando in qua ero una foca ammaestrata che la intratteneva a comando?

« Non possiamo parlare di qualcos'altro? »

Si rabbuiò. Riuscì a conservare il sorriso solo sforzandosi. Nel suo sguardo si accese qualcosa di indefinito. Una minaccia? Ci mancava solo che avessi le allucinazioni su di lei.

« Apprezzo molto il coraggio che hai dimostrato l'ultima volta, quando mi hai raccontato quello che hai vissuto. Non abbiamo fretta. Però non ha senso divagare parlando di cose insulse, quando abbiamo tra le mani le chiavi del tuo inconscio. »

Un'immagine violenta prese vita nella mia testa.

Una figura con la giacca ricoperta di schizzi di sangue mi apriva il cranio con una sega.

La mia psicologa avrebbe forse tirato fuori una sega, se non avessi gentilmente acconsentito a farle strada?

O la sega la tenevo in mano io?

Dovevo sembrare sconvolta dalla visione, perché lei sussultò.

« Perdonami. Non è giusto metterti sotto pressione. Procediamo con i tuoi tempi. Di cosa vorresti parlare? »

Arto

Insomma, sono diventato il marito della scrittrice. Solo a ripensarci mi sento male. Ma mi disgustava ancora di più essere la « musa » di mia moglie. Esistevo solo in relazione a lei. Quel che facevo o dicevo non interessava a nessuno.

Di solito è il contrario: dietro a ogni grande uomo c'è sempre una grande donna, come recita il detto. Non ho mai capito come facciano le donne ad accontentarsi del loro destino ed essere tutte contente di starsene all'ombra dei loro compagni.

Io non mi ci sono mai abituato. Era come se non esistessi. Il mio amor proprio fu disintegrato, senza la possibilità di rimetterlo insieme.

La prima opera di Marja, *Sono ancora io?*, racconta di una donna invisibile, Marja, che ama suo marito Artsi, anche se lui non l'ha mai capita. Ovvio che ogni intervista iniziasse con la stessa domanda: il romanzo parla del suo matrimonio? E puntualmente mia moglie negava, categorica, il che equivaleva a sbattermi in faccia che parlava proprio di noi.

La trama secondaria, invece, era talmente assurda che a nessuno passava per la testa che avesse un fondo di realtà: la figlia dei due si rivela una serial killer.

Come le era venuta in mente?

Marja non aveva più tempo né per me né per Ira; girava come una trottola tra un evento culturale e l'altro, seguita da un gregge di zombie adoranti: adolescenti reduci dalla tortura dell'anoressia e vive per miracolo, che si identificavano morbosamente con la protagonista del suo romanzo.

Intanto, Ira arrivò ai dieci anni e iniziò a compiere atti di autolesionismo come le ammiratrici di sua madre.

Presa dalle sue fan, Marja non se ne accorse. Solo io vidi il filo della sua vita assottigliarsi sempre di più.

Dalla morte di Marja il gregge di zombie continua ad aumentare. Oggi mi fanno compassione. Se Ira non fosse sua figlia, sarebbe una di loro.

Clarissa

Si potrebbe pensare che per il paziente la parte più difficile della psicoterapia sia rivelare i propri segreti. Invece no; proseguire con la seduta successiva dopo averli svelati è ancora più difficile. È un sollievo alleggerire il peso di un segreto, ma affrontarlo richiede energie.

Con Ira eravamo arrivate alla fase più impegnativa. Ora sapevo qual era il suo problema e dovevo rimboccarmi le maniche per risolverlo.

L'esperienza m'insegnava che la relazione terapeuta-paziente, a quel punto, era messa alla prova. Il paziente può interrompere il trattamento se le soluzioni proposte dal terapeuta non sono di suo gradimento.

Questo può succedere anche se il terapeuta ha ragione.

Una volta avevo una paziente sposata con un uomo violento. Inizialmente – come succede spesso – lei diceva che era « tutto a posto ». Avevo cercato, con molto tatto, di chiederle perché fosse venuta da me, senza ottenere risposta; ma avevo evitato di incalzarla. Finché mi aveva rivelato la verità: suo marito la maltrattava.

Non avevo potuto fare a meno di suggerirle di divorziare. La paziente, però, per un motivo o per un altro, non era pronta per quel passo, nonostante sapesse, a livello inconscio, che avevo ragione. Perciò aveva deciso di risolvere il problema interrompendo la psicoterapia.

Con Ira dovevo procedere con i piedi di piombo. Dovevo convincerla che era lei a gestire la situazione.

Ira arrivò con un quarto d'ora di ritardo – lei che fino ad allora era stata la puntualità in persona. Io mi ero fatta prendere dal panico figurandomi scenari drammatici.

Stavo seriamente valutando se telefonare agli ospedali del circondario quando suonò il campanello. Mi precipitai, ed era lì, più pallida ed emaciata che mai. Sembrava reggersi in piedi per miracolo.

Impaziente, le feci strada.

« Ricordati: procediamo con i tempi che vuoi tu. »

Ira volse lo sguardo su di me. Dall'espressione, era chiaro che dubitava delle mie parole. Mi ferì: avevo sempre rispettato la sua volontà.

« Risolveremo questo problema. »

Lei sbuffò. Ero allibita: cosa avevo fatto di male?

Mi rispose prima che glielo chiedessi:

« Non voglio parlarne più. È stato un errore parlartene, non volevo! Tu mi hai fatto sputar fuori tutto fregandotene di come mi sentivo ».

Era rancorosa. Non capii cosa volesse dire.

« Ma sei stata tu a introdurre l'argomento! Io non ti ho fatto nessun tipo di pressione! »

« Sì che mi hai fatto pressioni, sì, sì, sì! »

Mi urlò contro in preda a una crisi. Mi sentivo impotente, confusa.

« Mi hai distrutta! » inveì gridando.

Non mi diede modo di aprire bocca.

« Credevo che t'importasse di me, che tra noi ci fosse qualcosa di unico... »

Si precipitò fuori sbattendo la porta.

Tornai in me che ero seduta alla scrivania.

Ira mi aveva piantata.

Pekka

È comune che i pazienti si innamorino del loro psicoterapeuta. Si tratta di un fenomeno noto come transfert. Si verifica quando, ad esempio, il paziente trasferisce l'amore per il padre o la madre sullo psicologo, indipendentemente dal sesso di quest'ultimo.

Il compito dello psicoterapeuta è dire tutte le cose che avrebbero dovuto dire i genitori. È ovvio che il paziente s'innamori.

Clarissa esercitava da tanto e si era trovata in quella situazione innumerevoli volte. Cosa deve fare, allora, lo psicologo? Il suo compito è di preservare il carattere professionale della relazione con il paziente, cioè portare avanti l'analisi come se niente fosse. Poiché il paziente può perfino tentare di sedurlo, lo psicoterapeuta deve stabilire dei limiti, e in poco tempo il paziente capirà la situazione.

Gli psicologi, però, sono pur sempre persone.

Ricordo il primo paziente che s'innamorò di Clarissa. Era muscoloso e affascinante. Era il tipo che immagineresti di vedere su una rivista femminile, non sul divano dello psicanalista.

Un bel giorno si presentò in studio con un mazzo di rose e le giurò amore eterno. Per fare la sua dichiarazione si era agghindato con frac e cilindro, come nei vecchi film muti.

Clarissa era imbarazzata, anche perché io, a suo tempo, non avevo mai compiuto gesti teatrali come quello.

Nel corso degli anni, di cascamorti come lui ne erano spuntati parecchi. Io non ero neanche geloso, trovavo comiche le loro strategie di conquista e mi facevano pena; auguravo a tutti di superare i loro sentimenti disfunzionali.

Grazie ai suoi studi, mia moglie capì fin dall'inizio della sua carriera che non si trattava di amore. Non era niente di personale. I veri destinatari dei loro sentimenti erano altri: i loro genitori, il loro compagno o la loro compagna, il o la loro ex, i parenti.

Se avesse avuto una relazione con un suo paziente, Clarissa non avrebbe più potuto esercitare la professione.

Mi preme sottolinearlo: in quel caso lo psicoterapeuta approfitta della sua posizione dominante.

La relazione tra psicologo e paziente non è su un piano di parità, in quanto lo specialista rappresenta l'autorità per il paziente. Questi ruoli vanno rispettati, sono parte integrante della professione. Ogni lavoro ha i suoi pro e i suoi contro.

Non potevo pedinare mia moglie o star dietro a tutto quello che faceva. Dovevo fidarmi della sua correttezza morale.

E sperare che, anche se il vincolo del matrimonio non avesse avuto alcun peso, Clarissa si attenesse almeno all'etica professionale.

Clarissa

Mi sforzai di capire cosa fosse appena successo con Ira. Pensavo con apprensione alle conseguenze. Mi balenò in mente un'immagine orrenda: una lametta insanguinata.

Ira mi aveva spesso descritto il sollievo e la sensazione di potere che le dava incidersi la pelle: il dolore fisico che dal cervello si irradiava in tutto il corpo soffocava i pensieri angoscianti e le garantiva una pausa dal dolore mentale. Avevo cercato di convincerla che era un sistema distruttivo quanto l'alcol o le droghe; il sollievo durava ben poco, i problemi riaffluivano alla coscienza più incalzanti di prima.

E se avesse avuto ragione? Se, ferendosi, fosse riuscita almeno per un istante a placare i demoni che la perseguitavano?

Ogni volta che ne avevo avuto occasione, avevo osservato le cicatrici che le segnavano braccia e gambe. Indossava sempre pantaloni lunghi e maglie a maniche lunghe, a quanto diceva proprio perché non voleva farle vedere. A volte, però, qualcosa trapelava. Quando si sedeva sul mio divano accavallando le gambe, i pantaloni lasciavano intravedere le caviglie.

Sulla caviglia destra era impresso un taglio lungo, che probabilmente arrivava fino alla coscia. Sulla sinistra, c'erano tre tagli uno accanto all'altro, come se si fosse incisa la pelle per tenere il conto di qualcosa.

Il taglio sulla caviglia destra era recente; quando l'avevo visto per la prima volta, non si era ancora cicatrizzato. Quelli a sinistra erano vecchi, forse di anni.

Ai polsi aveva diverse cicatrici, alcune più sottili, altre più profonde. Lungo l'arteria della mano destra serpeggiava un'ampia ferita; siccome Ira aveva detto di aver tentato il suicidio tre volte, ognuna con un metodo diverso, non mi era stato difficile indovinarne uno.

Le sue cicatrici mi incantavano. Erano come animali nascosti nelle loro tane, visibili solo di rado. Se notava che le guardavo, le copriva subito con la manica o il pantalone.

Avevo imparato a tenere d'occhio gli arti di Ira e godere dei brevi istanti in cui svelava distrattamente i suoi appunti segreti. Tutta la sua storia era scritta sulla pelle.

Ma Ira non voleva che la leggessi.

Mi aveva accusata di fregarmene di lei. Era scappata, come se la causa dei suoi problemi fossi io.

Ero sicura che non sarebbe tornata mai più.

Ira

Non so che cazzo mi era preso. Mi ero catapultata fuori dalla porta come se ne andasse della mia vita. Dopo averla sbattuta, mi ci ero appoggiata, come paralizzata. In testa mi rimbombavano le parole che le avevo urlato: « Credevo che t'importasse di me ». Avevo paura.

Che cosa voleva da me? Perché mi era venuto l'impulso di scappare? Era da lei che fuggivo?

No, lei non voleva farmi niente di male.

Era stato per le sbarre.

Di solito l'allucinazione durava poco. Stavolta, invece, era diventata sempre più intensa.

Più guardavo la finestra, più nitide mi apparivano le sbarre. Mi ero dovuta sforzare per non alzarmi e afferrarle. Sulle mie dita c'era la ruggine, le avevo annusate e avevo sentito la puzza disgustosa del ferro.

Ero di nuovo nella gabbia. Da sola, nella cantina buia. In compagnia di quelle sbarre arrugginite che non cedevano, per quanto le scuotessi.

Non avevo scampo, ero prigioniera. L'unica era stata scappare via dallo studio a gambe levate.

Appoggiata a quella porta, ansimavo. Per calmarmi, mi dissi che era successo anni prima, che era tutto finito. Ero lì, libera, non dietro le sbarre della gabbia.

Non potevo credere di averle raccontato della gabbia e dello Stronzo – tutto, fin nei minimi particolari. Un dubbio tremendo, però, mi assillava: e se invece di guarire il mio trauma lei lo avesse usato contro di me?

Riuscii a riprendermi abbastanza da arrivare alla fermata dell'autobus. Finalmente le emozioni fecero posto alla ragione: la psicologa aveva fatto qualcosa per suscitare il mio sospetto? Al contrario, stava dedicando tutta se stessa a salvarmi.

Qualcuno voleva aiutarmi per la prima volta nella mia vita, e io non mi fidavo. Ma come avrebbe fatto a guarirmi se io sabotavo tutto?

Il mio segreto aveva via via distrutto i miei legami con le altre persone. Pur volendo, non potevo rivelarlo a nessuno. E non potendo parlare del segreto, non potevo parlare di nient'altro. Tutto il resto, al confronto, era irrilevante.

Mi era capitata una cosa talmente enorme che il resto della mia vita sembrava privo di senso.

Ma ora c'era un'altra persona al mondo che conosceva il mio segreto.

Non ero sola. Il che rendeva quello che mi era successo ancora più vero, ancora più credibile. Questo perché la psicologa non aveva messo in discussione quello che le avevo confessato; non aveva pensato che fossi una bugiarda.

Tutto quello che avevo raccontato era successo davvero.

Lei poteva testimoniarlo.

Quando le avevo raccontato quello che mi era successo, lei mi aveva guardata negli occhi e mi aveva incoraggiata. E quando mi ero fermata, mi aveva spinta a continuare. Come se avesse saputo che la storia non finiva lì, ma c'erano altri dettagli, uno più orrendo dell'altro, che le avrebbero chiarito il quadro.

In più, anche se aveva pianto, non si era mai stupita, mai. Perché sapeva tutto già prima che io glielo raccontassi.

Quando ci eravamo viste per la prima volta, lei mi aveva guardata negli occhi e aveva capito ogni cosa. Anche se non lo avrebbe mai ammesso, la verità è che, dopo la mia rivelazione, era rimasta delusa.

Avrebbe voluto che soffrissi un po' di più.

In quel caso, salvarmi sarebbe stata un'impresa ancora più grandiosa.

Pekka

Non sapevo nemmeno io cosa pensare. Avevo cercato una pista, ma niente. Ogni volta che credevo di essere sulle tracce della soluzione, mi ritrovavo in un vicolo cieco. Ma avevo un chiodo fisso.

Clarissa si era innamorata della Principessa.

Ecco, l'ho detto.

Ero così irrimediabilmente invischiato in quel guaio che non sapevo più cosa era vero e cosa no; e comunque l'innamoramento sarebbe stata la spiegazione più evidente, e anche la più sensata, del comportamento di Clarissa.

Del perché si comportava come una squilibrata.

E se fosse vero? mi chiesi. Allora avrei avuto la risposta a tutti i miei interrogativi: ecco perché tentava di curare la Principessa pur rendendosi conto che non ci riusciva. Ecco perché non l'aveva fatta ricoverare. Ecco perché tentava di trovare sempre segnali positivi. Ecco perché la proteggeva.

Ammetto di aver fatto cose di cui non vado fiero. Chi di noi non le ha fatte? Comunque, mi assumo interamente la responsabilità dei miei errori.

Ogni relazione ha le sue crisi. Nel corso degli anni avevo perdonato a Clarissa tante cose, e altrettante lei ne aveva perdonate a me. Ma a tutto c'è un limite. Lei lo aveva oltrepassato e non poteva uscirne solo chiedendo scusa.

Avete idea, o no, della gravità della questione? Se Clarissa aveva davvero una relazione con la Principessa, la sua carriera sarebbe andata a farsi benedire. E fin qui, l'avrei anche sopportato. Ma mia moglie non era una psicoterapeuta qualsiasi, era conosciuta, compariva in tv.

Avrebbero sbattuto quello scandalo sui giornali, e sarei finito nel fango anch'io.

Già immaginavo i titoli. « Nota psicologa tradisce il marito con una paziente. »

Che umiliazione.

Mi ripromisi di fare tutto quello che era in mio potere per non finire sui giornali scandalistici.

Tutto, pur di preservare la reputazione di Clarissa.

E quando dico tutto, intendo *tutto*.

Arto

Tutto è cambiato quando Ira ha compiuto dieci anni. La mia adorata bambina è sparita per sempre. E la colpa è mia.

Sono io l'unico responsabile del disturbo alimentare che ha colpito mia figlia.

Come lo so?

Ho avuto un'adolescenza difficile. Mi scontravo continuamente con mio padre. Non riuscivamo a stare un minuto nella stessa stanza senza che lo provocassi fin quasi a farlo esplodere. Arrivai a diventare vegetariano solo per irritarlo, perché gli piaceva andare a caccia.

L'adolescenza è una fase complicata. Per Ira, invece, fu diverso. Il suo mutamento fu così radicale che non si poteva fare a meno di notarlo. Una bambina testarda e indipendente si trasformò nel giro di una notte in una ragazzina obbediente che cercava ossessivamente di compiacere sia noi sia gli insegnanti.

Io, da idiota, pensai che quella fosse la sua vera natura. Un buon padre avrebbe saputo capire meglio la propria figlia, ma per me era più importante scrivere il mio capolavoro che trascorrere del tempo con lei. Ira non pareva aver bisogno del mio aiuto, e a me faceva comodo.

Interpretai male la sua metamorfosi. Pensai che nel suo caso la fase adolescenziale non fosse come la mia, e che se la sarebbe cavata con molto meno. Se avesse sbattuto le porte e mi avesse mandato affanculo, avrei certamente parlato con lei, le avrei spiegato che l'adolescenza dura poco e poi ci si sente meglio. E che le sarei stato sempre accanto, qualsiasi cosa fosse successa.

Ma, dal momento che Ira non se la prendeva con me, pensai che stesse bene.

L'abbandonai al suo destino.

Non la sostenni, non fui presente.

Ira non ce la fece da sola. Infatti si ammalò. Diventò un automa che controllava la sua vita con folle determinazione.

Si buttò anima e corpo nello studio. Dire che era una perfezionista è un eufemismo. Ma altrettanto impietosamente si dedicò al suo disturbo alimentare.

Capii che mia figlia era malata. Marja non era d'accordo, perché Ira cercava di compiacerla in tutti i modi. Mia figlia non aveva più una sua volontà, seguiva la madre come un fedele cagnolino. Marja non acconsentì a portare Ira da uno psicologo, anche se a mio avviso era più che necessario. Allora non ci eravamo ancora trasferiti a Helsinki, vivevamo in un paesino dove tutti sapevano i fatti degli altri meglio dei loro. Mia moglie temeva che i vicini lo scoprissero; nessuno doveva pensare che lei avesse fallito come madre.

Alla fine, portai Ira dalla psicologa infantile di uno dei paesi vicini all'insaputa di mia moglie.

La psicologa trasse le sue conclusioni sulla base di quell'unico incontro.

Secondo lei, non c'era niente di cui preoccuparsi.

Ira riferì alla madre, del tutto innocentemente, che eravamo stati da una signora simpatica che l'aveva fatta giocare con le sue bambole. Marja si convinse che avevo un'amante, e dovetti dirle che la « signora simpatica » era una psicologa.

Marja non me lo perdonò mai. Come avevo osato andare a spiattellare i fatti privati di famiglia a una psicologa senza il suo permesso?

Se è vero che un episodio può distruggere un matrimonio,

nel nostro caso fu quello. Da allora Marja restò con me per un solo motivo: Ira.

È la peggior soluzione per i figli, lo sanno tutti.

Ma io lo capii troppo tardi.

Clarissa

Trascorsi il fine settimana sul divano del mio studio alle prese con dei postumi insopportabili. L'attacco di collera di Ira mi aveva destabilizzato al punto che mi ero buttata a capofitto nell'alcol.

Il trillo della sveglia fu come un punteruolo di ghiaccio che mi penetrava da un occhio fino al cervello. Non potevo restare tutta la giornata lì. Decisi di andare a fare una passeggiata nella speranza che un po' d'aria fresca mi facesse sentire meglio. Aprii l'armadio, mi misi un completo Chanel color malva. Suonò il campanello. Colta di sorpresa, pensai di aver confuso i giorni per via della sbronza; ecco, era già lunedì e stava arrivando un paziente.

Non avevo idea di chi potesse essere, ma aprii.

Erano tre bambine che, agitando dei ramoscelli decorati con sgargianti piume colorate e carta crespa, recitarono in coro la filastrocca della Domenica delle Palme:

« *Virvon varvon, tuoreeks terveeks, tulevaks vuodeks. Vitsa sulle, palkka mulle!* »

Rametto fatato, dona un anno fortunato! Io lo do a te, tu dai qualcosa a me!

Due erano vestite da streghette, con abiti a maniche lunghe, grembiuli a quadri e in testa dei foulard rossi da matrioska. Come li portava mia madre quando ero piccola.

Mamma si legava il foulard in testa ogni volta che intendeva lasciare mio padre.

Si metteva davanti allo specchio, con un'espressione risoluta, e si annodava il foulard sotto il mento. Poi ci sistemava i capelli sotto e trascinava due valigie verso la porta; in una c'erano le sue cose, nell'altra le mie. Non mi lasciava mai fare la mia valigia, era lei a buttare dentro i miei vestiti alla rinfusa. Se non fossi stata lì a controllare, nella fretta non avrebbe messo neanche un giocattolo.

La sua determinazione durava di solito fino alle scale. Il record era stato, forse, il cancello del cortile, al quale si era appoggiata, fissando il vuoto e raccogliendo le forze. Tempo un minuto, era stata percorsa da un tremito, come se non sapesse dove stava andando. Si era staccata dal cancello, aveva fatto marcia indietro ed era rientrata in casa.

Lasciava la mia valigia sull'uscio della mia camera e la sua sul divano del soggiorno. Dovevo disfarla e nasconderla sotto il letto prima che arrivasse papà e scoprisse tutto.

Dopo aver disfatto la sua valigia e controllato che anch'io avessi sistemato le mie cose, mi preparava una cioccolata.

« Vero che è bello vivere qui con papà? » mi chiedeva guardandosi intorno circospetta, come se lui avesse riempito la cucina di telecamere nascoste.

Avevamo recitato quella commedia così tante volte che ricordavo ancora la mia battuta: « Sì, è molto bello vivere con papà ».

Nel mio lavoro ho avuto modo di rendermi conto che non di rado i genitori costringono i figli a dire delle bugie perché, da un lato, non riescono ad affrontare la verità, e, dall'altro, non riescono neanche a negarla da soli.

Ho pensato molte volte che in Finlandia dovrebbe esserci una legge che obbliga chi vuole avere figli a sottoporsi a un serio test psicologico preventivo. Proprio come si verifica l'adeguatezza degli aspiranti genitori adottivi. Anche a rischio di essere io una dei bambini che, se la legge fosse esistita, non sarebbero mai nati.

No, mi sono espressa male.

Non ero di quell'idea a dispetto del fatto che sarei potuta non nascere – ma proprio perché non sarei nata.

Tornai al presente. La terza bambina era vestita da gatto.

Da sotto il giubbotto imbottito pendeva, a mo' di coda, una calza di nylon riempita con l'ovatta. Le avevano colorato di rosso la punta del naso e disegnato i baffi sulle guance.

Fui invasa dalla malinconia. Perché quelle tenere bambine non erano figlie mie? E come spesso facciamo noi umani sostituii l'angoscia con un altro sentimento: l'odio.

Perché le mamme di quelle bimbe non si curavano di loro?

Non si rendevano conto di cosa può succedere ai bambini che se ne vanno in giro a suonare ai campanelli degli sconosciuti? Quei genitori si fidavano ciecamente della bontà del mondo e buttavano i figli in pasto ai pedofili: a scuola, in piscina... Se fossi stata la madre di quelle piccine, avrei fatto di tutto perché a loro non succedesse niente di male. Le avrei difese come una leonessa.

Mi ripresi. Frugai nelle tasche e, tra forcine e fazzoletti sporchi, riuscii a trovare tre euro. Feci cadere in fretta le monete nel cappellino della bambina vestita da gattino e chiusi la porta in faccia al terzetto.

Non volevo vedere i loro visi innocenti, sui quali chiunque poteva, in qualunque momento, lasciare le sue luride impronte.

Arto

Sacrificai Ira sull'altare del nostro matrimonio. Come Marja, pensai che il divorzio dei genitori fosse la peggior cosa che possa accadere a un bambino; che se noi ci fossimo sforzati di stare insieme, Ira avrebbe vissuto un'infanzia normale. Come mi sbagliavo.

Nella mia mente, Ira sarebbe cresciuta in una famiglia non felice, ma quanto meno normale. Naturalmente, la verità era che fu costretta a portare il peso dell'infelicità dei suoi genitori.

Ogni volta che guardava negli occhi sua madre o suo padre, Ira vedeva la delusione e la rabbia che provavamo per aver scelto la sua felicità invece della nostra.

Le addossammo un fardello di sensi di colpa che non avrebbe potuto sopportare neanche un adulto, figuriamoci un bambino.

Cercai di compiacere Marja in tutti i modi, per tenere insieme il nostro matrimonio. E così facendo sacrificai di nuovo Ira. Mia moglie, infatti, credeva che Ira non avesse problemi. E io, per paura di essere scoperto, non ebbi più il coraggio di portare nostra figlia da uno specialista a sua insaputa. Sarebbe stata la goccia che avrebbe fatto traboccare il vaso, il capolinea del nostro matrimonio.

Così assistetti impotente al peggioramento delle condizioni di Ira. Tentai e ritentai di parlarne a Marja, ma lei si rifiutava di guardare in faccia la realtà. Anche lei aveva vomitato da giovane per restare nelle misure da miss, e a suo dire non era niente di grave.

Io non capivo le donne, tutto lì.

Qualcuno che decide di noi in cielo, o negli inferi, pensò bene di versarmi addosso un altro carico di merda.

A Marja fu diagnosticato un cancro al seno. La diagnosi arrivò troppo tardi, le diedero un paio d'anni di vita.

Mi dedicai totalmente a lei. Dimenticai Ira, che intanto dimagriva fino allo stremo.

Mentre lo racconto, la vergogna mi opprime il petto. Però voglio essere sincero. In fondo, se programmi la tua morte, non ha più senso mostrarti migliore di quello che sei.

Negli anni la malattia di Ira peggiorò. A un certo punto, fui costretto ad ammettere che sarebbe morta di anoressia. Cercai di convincerla a curarsi: le parlai, la supplicai, insistetti con regali, minacce, ricatti, manipolazione. Non ci fu niente da fare. Aveva deciso di suicidarsi un poco alla volta, e io non potevo impedirlo.

E ora vi dico una cosa che vi farà venir voglia di sputarmi in faccia.

Mi arresi.

Andai a trovarla sempre più di rado. Ogni volta che ci vedevamo, stava peggio. Era un miracolo che fosse ancora viva.

E se l'avessi trovata morta a letto? Se avessi provato sollievo di fronte alla sua morte? Perché Ira non era più mia figlia, ma un cadavere ambulante, una morta vivente.

Ogni volta che ci vedevamo mi montava sempre di più l'angoscia di non poter far nulla per aiutarla. E finii per evitarla.

Era un circolo vizioso. Mi sentivo in colpa perché la evitavo, ma il senso di colpa mi spingeva a evitarla sempre di più. I nostri incontri si diradarono, e il mio senso di colpa aumentò.

Quando Marja era in fase terminale, provai a parlarne con lei, le dissi che Ira era malata e aveva bisogno d'aiuto, ma noi non avevamo fatto niente per aiutarla. Marja, però, non era d'accordo. Perfino sul letto di morte mia moglie mi portava rancore perché avevo tentato di rovinarle la vita inventandomi l'anoressia di Ira.

L'unica a cui ho confidato dell'anoressia di Ira, dopo la morte di Marja, è Irmeli. Le ho confessato il mio dolore per aver provocato la malattia di Ira trascurandola nella fase adolescenziale.

Irmeli aveva cercato di consolarmi, ma mi ero accorto che non aveva dubbi sulla mia colpevolezza. Sono convinto che mi abbia licenziato non solo per l'alcolismo, ma anche per il mio comportamento irresponsabile ed egoista nei confronti di mia figlia.

Ma cosa avrebbero pensato Irmeli e Marja se avessero saputo tutta la verità? Che avevo abbandonato mia figlia proprio quando aveva più bisogno di me?

Ira mi mancava, ma non ero più in grado di affrontarla. Ero divorato dai sensi di colpa.

Invece di occuparmi di lei, mi sedevo nel parco e la guardavo bere il tè e aspettare la morte.

Irmeli e Marja mi avrebbero odiato se avessero saputo come stavano le cose.

Ma mai quanto mi odiavo io.

Invece di Marja e Irmeli, c'era una sola persona alla quale avrei avuto il dovere di dire tutto.

Ira.

Io soffrivo per lei.

La amavo.

E siccome non ero in grado di aiutarla, dovevo morire.

Ira

Avevo di nuovo trascorso la notte nella gabbia. I miei sogni erano così realistici che potevano benissimo essere frutto di ricordi rimossi. Ci sono dei vuoti nella mia memoria. Ricordo come sono finita in gabbia e come ne sono uscita, ma niente di quelle cinque ore che mi hanno rovinato la vita. Non ho memoria neanche della notte in cui tornai a casa.

Cosa avevo cancellato? Non lo so.

Di sera lo Stronzo mi lavò nella vasca da bagno nell'angolo. Poi mi asciugò i capelli con il phon, li pettinò e mi fece le trecce. Dopo successe una cosa che ancora non capisco. Mi rivestì, mi mise sul sedile posteriore della sua macchina, arrivò nello stesso parcheggio davanti al luna park dove di giorno mi aveva rapita, mi depositò sulla panchina del parco vicino al parcheggio e se ne andò.

Sì, avete letto bene.

Non dovetti fuggire.

Lo Stronzo mi liberò.

Ci ho riflettuto tanto: perché mi lasciò andare? C'era ancora un raggio di luce nella sua anima nera? Forse neppure lui sopportava le sue azioni e le conseguenze sulle sue vittime? Se avesse voluto smetterla di abusare dei bambini, ma non ci fosse riuscito con le sue forze? E se mi aveva lasciata andare perché conducessi la polizia sulle sue tracce?

Il fatto che tenesse una gabbia in cantina voleva dire che aveva intenzione di imprigionarci qualcuno. Ma ero la sola? O ero una tra i tanti? Prima di me c'erano stati altri? E dopo di me?

In quel momento c'era un bambino nella gabbia?

Era ovvio che, se gli abusi continuavano, le probabilità che lo Stronzo venisse preso sarebbero aumentate. Prima o poi i genitori di uno dei bambini avrebbero creduto al proprio figlio vedendolo arrivare a casa in lacrime e sentendolo raccontare della gabbia.

Non era possibile che, dopo tutti quegli anni, il maledetto Stronzo continuasse a fare quello che aveva fatto a me.

Ma se mi fossi sbagliata, la responsabilità di ognuno di quei bambini sarebbe ricaduta su di me: sapevo cosa succedeva, ma non avevo cercato di salvare le altre vittime. Non potevo vivere con quel rimorso che mi perseguitava ogni santo giorno. Dovevo agire.

Dovevo cercare lo Stronzo e ucciderlo.

Era mio dovere.

Nonostante fossi convinta del mio compito, sapevo che non avrei saputo affrontare quell'essere disgustoso. Il solo pensiero mi faceva rabbrividire di paura. Nelle mie fantasie l'avevo fatto a pezzi migliaia di volte; ciò nonostante sapevo che se mi fossi trovata davvero davanti a lui non ne avrei avuto la forza.

Tutti gli omicidi che avevo commesso erano stati solo un allenamento. Ma niente poteva prepararmi al nostro scontro. Di fronte allo Stronzo sarei tornata la bambina di dieci anni che trema di paura. Quella a cui lui aveva distrutto la vita.

Non sarebbe cambiato niente.

Una bambina contro un uomo adulto.

Lo Stronzo avrebbe avuto, per di più, il vantaggio di giocare in casa, perché di certo non sarei riuscita a portarlo dove volevo. Avremmo combattuto la nostra ultima battaglia dove tutto era cominciato: in cantina.

Clarissa

Gettai nel cestino dei rifiuti all'ingresso il rametto delle streghette, cercando di smettere di pensare ai bambini che non potevo avere. Meritavo di espiare i miei peccati, ovvero di aver trascorso quasi tutto il fine settimana ubriaca. Decisi di mettermi a lavorare. Mi sentivo debole, ma mi sedetti al tavolo della cucina e aprii il portatile.

Era da un pezzo che intendevo scrivere un articolo sulla fotografia, da pubblicare in una rivista di psicologia. In effetti, il mio rapporto con le fotografie era contraddittorio.

Nessuno fotografa bambini in lacrime e men che meno i lividi provocati dalle percosse del proprio marito. Tutti vogliono immortalare solo i momenti felici. E se non ce ne sono, basta inscenarli.

Grandi e piccini sorridono nelle foto, con o senza motivo. I nostri album sono pieni di bugie; non testimoniano una vita felice, bensì il nostro desiderio di vivere nella menzogna.

Un bambino sorride contento davanti a una torta di compleanno e un palloncino a forma di cuore. Lo fa perché è felice? O perché nelle foto bisogna sorridere come gli ha detto la mamma?

Scrutando le foto della mia infanzia, non avrei saputo rispondere.

Più ci penso, più mi rendo conto di non amare le fotografie e non solo le mie, ma tutti gli album che un tempo custodivamo a casa e ora salviamo nella memoria del cellulare.

Scritta l'introduzione, mi misi a cercare ispirazione nei nostri album. Li tirai fuori dall'armadio della camera da letto e li misi sul tavolo della cucina. Dopo aver sfogliato le foto della mia infanzia, diedi uno sguardo a quelle mie e di Pekka, che non guardavo da tempo; o meglio, le poche in cui Pekka si era fatto fotografare.

Avevo incollato le foto delle nostre nozze in un album rosa acceso, che avevo decorato con un elegante pizzo bianco. Nella prima pagina avevo sistemato la classica foto di nozze, in cui io sorridevo timidamente come si addice a una vergine sposa. Il fotografo era stato entusiasta della foto e mi aveva chiesto il permesso di esporla nella vetrina del suo negozio; non avevo gradito l'idea che la nostra intimità fosse sbattuta in faccia ai passanti di una strada affollata e mi ero opposta. Insomma, aprii l'album di nozze, pronta a rivedermi con vent'anni di meno.

La prima pagina era vuota.

Qualcuno aveva strappato via la foto.

Sussultai. Sfogliai l'album dall'inizio alla fine. C'erano molti altri spazi vuoti.

Tutte le foto di Pekka erano sparite.

Non ne era rimasta neanche una.

Ira

Suonai il campanello e mi stampai in faccia un'espressione neutra. Lei aprì e mi fece entrare.

Dal divano, pregai che glissasse sulla mia sfuriata dell'ultima seduta. Le mie preghiere furono esaudite: lei era tutta premurosa e propose di tornare all'analisi dei sogni. Non vedeva l'ora di frugare di nuovo nell'oscurità del mio inconscio.

« In anni di carriera ho constatato che quasi tutti i miei pazienti fanno un sogno ricorrente. Anch'io faccio sempre lo stesso sogno, fin da bambina. E tu? »

La gabbia. La cantina. Lo Stronzo. Avevo avuto quell'incubo da quando mi aveva liberata. Ma si poteva definire incubo?

Era tutto verissimo.

Smisi di riflettere quando mi resi conto che lei aveva uno strano comportamento. Era così agitata che non riusciva a stare seduta, dondolava con i tacchi alti piantati sul bordo del tappeto, come una bambina; ogni tanto sbandava e alzava un braccio per tenersi in equilibrio. Mi faceva pensare a quel test americano per la guida in stato di ebrezza, in cui il conducente deve camminare in linea retta senza barcollare.

Non c'era che una spiegazione: era sbronza.

Mi aveva talmente spiazzata che, invece di interrompere la seduta, le dissi che ero pronta a raccontarle l'incubo che mi perseguitava fin dall'infanzia. Lei andò alla scrivania, afferrò penna e quaderno, si mise a sedere e si sfilò le scarpe con il tacco.

« Procedi pure. »

Su un tallone aveva una vescica che sanguinava attraverso le calze; si vede che le scarpe erano strette.

« Faccio questo sogno da quando avevo dieci anni. Sono sotto la doccia e nel bagno compare un uomo che non conosco. »

Lei mi sorrise, ma l'angolo sinistro della sua bocca tremò.

Una, due, tre volte.

Era come un metronomo, avrei potuto suonare il pianoforte seguendo il ritmo.

« E tenta di uccidermi con un coltello. »

Lei storse la bocca.

« Chi è l'uomo? » sbottò.

Sobbalzai.

« Speravo che me lo dicessi tu. »

« Qui ti devi impegnare. In analisi è il paziente a fare tutto », ribatté piccata.

Rabbrividii. Il suo tono era gelido. Come se avesse smesso di punto in bianco di fingere di essere buona e bella e volesse mostrarsi per la prima volta com'era veramente.

Mi spaventò.

« Per favore, dimmi chi è quell'uomo! »

Sostenni il suo sguardo con aria di sfida, senza parlare. Speravo che non si accorgesse che la mia sicurezza era tutta un bluff. Dentro di me tremavo di paura.

Non l'avevo mai vista arrabbiata durante la terapia. Stavolta non voleva arrendersi.

Si sedette accanto a me sul divano. D'istinto mi allontanai. Il profumo che si era messa mi era familiare.

Il profumo di mamma. Chanel n. 5.

Nemmeno quel ricordo d'infanzia mi fece sentire al sicuro.

Si chinò verso di me e mi guardò negli occhi, come se volesse ipnotizzarmi; quasi mi aspettavo che tirasse fuori un pendolo dalla tasca del vestito e me lo sventolasse in faccia.

Invece mi afferrò per il mento.

Sussultai per la paura, ma anche per lo shock.

Gli psicologi non possono toccare i pazienti. Lei stava consapevolmente violando l'etica professionale. Invece di liberarmi dalla sua presa, mi bloccai come il coniglio che si finge morto davanti alla volpe.

« Chi è quell'uomo? »

Mi stringeva il mento sempre più forte, quasi stesse schiacciando un punto nero.

Era incredibile quanto fossero forti le sue dita.

Il suo smalto, visto da vicino, sembrava sangue.

L'unghia del pollice premeva sulla pelle e mi faceva male.

Sussultai di dolore.

Avrebbe mollato la presa solo se avessi risposto alla sua domanda? In quel caso, saremmo rimaste lì in eterno.

Le rivolsi uno sguardo pieno d'odio, nonostante la paura. Non le fece nessun effetto. I suoi occhi lampeggiavano di una furia che non credevo possibile.

« Dillo! » ringhiò.

Afferrai le sue dita e le staccai dal mento una per una. Lei sobbalzò al mio tocco. Per qualche istante rimanemmo lì sedute a guardarci, come se nessuna delle due avesse capito cos'era appena successo.

Lei fu la prima a riprendersi. Estrasse un fazzoletto di carta dal pacchetto e mi pulì con cura il mento, come se non volesse lasciare impronte. Esaminò poi il fazzoletto da tutti i lati, per controllare di aver ottenuto il risultato sperato. Poi annuì soddisfatta, piegò con cura il fazzoletto in quattro parti e se lo infilò con calma eccessiva nella tasca del vestito.

Alzò lo sguardo su di me come se niente fosse e sfoderò un sorriso smagliante.

« Bene, abbiamo finito. »

Perplessa, mi alzai e andai alla porta. Le rivolsi un'ultima occhiata: mi stava salutando con quello stesso sorriso stampato in faccia.

In quel frangente pensai che quell'« abbiamo finito » si riferisse alla singola seduta. Mi sbagliavo.

Fu l'ultima.

Quella sera, andando a dormire, mi guardai allo specchio. Ero scossa, ma l'episodio non mi aveva lasciato nessun segno fisico.

A parte un piccolo livido sul mento, della forma esatta dell'unghia del suo pollice.

PARTE IV

IL TEST SUL DISTURBO D'ANSIA GAD-7

Clarissa

Tutti abbiamo dei segreti.

Pekka adorava i talk show americani in cui gli ospiti scandalizzavano i loro cari rivelando fatti personali davanti all'intera nazione. Perché guardava quei programmi? Forse era così che Pekka affrontava la parte più oscura della sua mente?

Io non sopportavo che i problemi privati di persone reali fossero trasformati in pornografia di massa. Era una vergogna, un abuso vero e proprio.

Pekka, invece, divorava ogni episodio con tale fervore da indurmi a sospettare che quei programmi rivelassero qualcosa su di lui. Aveva anche lui un segreto così grande da suscitare lo sconcerto del pubblico?

E cosa diceva di me il fatto che non gliel'avessi mai chiesto?

Ogni coppia ha i suoi tabù, di cui parla poco o addirittura per niente. Noi non avevamo mai parlato della nostra vita da bambini.

E non eravamo gli unici. Vi stupirebbe sapere quante cose le coppie evitano di raccontarsi. Avevo una paziente che era nata negli anni Trenta da una ragazza-madre, e non aveva mai rivelato a suo marito chi era suo padre. Perché avrebbe dovuto? Lui non gliel'aveva mai chiesto.

La nostra relazione sarebbe stata diversa se avessimo parlato di certe cose? Sicuramente sì. Ma non sono affatto certa che sarebbe stata migliore. Si può stabilire un contatto con il partner in molti altri modi. E non mi riferisco solo al sesso.

Provate a immaginare una puntata di un talk show dal titolo «Psicologa si innamora della sua paziente». Se Pekka non fosse stato dipendente da quei programmi, si sarebbe mai convinto che avevo una relazione con Ira? Forse sì, forse no; non possiamo saperlo.

In ogni caso, non è questo l'interrogativo sul quale riflettere.

Pekka vi ha raggirato, come un illusionista che distrae lo spettatore con la mano sinistra, mentre tira fuori di tasca tre assi con la destra.

Voleva fare di me un capro espiatorio per distrarvi da quel che stava facendo. Perché aveva un segreto per il quale era disposto a sacrificare qualsiasi cosa.

Pekka

Mi aveva sempre indispettito la rappresentazione degli incubi nei film. Prima un personaggio si rigira nel letto farfugliando qualcosa. Poi si sveglia dall'incubo spalancando gli occhi e mettendosi di colpo a sedere, con il fiatone, terrorizzato.

A voi è mai successo? Neanche a me.

Tranne la mattina in cui ho risolto l'enigma dei disegni.

Li avevo osservati tutti i giorni, per mesi. Li trovavo repellenti. Le scene che rappresentavano erano rivoltanti, non c'è dubbio, ma la cosa non mi disturbava. Ero invece ossessionato dalla certezza che avessero una storia da raccontare.

Una storia che non avrei voluto sentire.

Ma sapevo che me l'avrebbero raccontata comunque.

La soluzione dell'enigma era a portata di mano. Non potevo più allontanarla, si avvicinava inesorabilmente. O forse sapevo già la risposta, da un pezzo, ma non riuscivo ad ammetterlo a me stesso. Spesso rifiutiamo l'esistenza delle cose che ci risultano intollerabili.

Stavolta il mio inconscio decise per me. Clarissa si meraviglierebbe se sapesse che sono così freudiano, le ho sempre detto di non credere nella psicanalisi.

Ma la risposta mi venne davvero in sogno.

Mi svegliai di colpo, mi tirai su e capii che il mio sogno era vero.

La cantina. La gabbia. La bambina.

Sapevo chi era la bambina.

La Principessa.

E chi era l'uomo del disegno.

L'uomo in completo dal sorriso sadico.

Ero io.

Clarissa

Comprendo le vostre accuse. Pensate che avrei dovuto sapere che Pekka era un mostro. Che mi voltavo dall'altra parte mentre lui commetteva quei crimini. Come poteva tenermelo nascosto, pur facendo del suo meglio? Come si può nascondere una cosa del genere alla propria moglie?

Eppure, la verità è che non ne avevo la minima idea.

Lo giuro!

L'ho saputo solo quando era tutto finito e non potevo più salvare nessuno. Se ci riflettete un attimo, mi crederete: perché stare ad aspettare che lo beccassero? Cosa ci guadagnavo a proteggerlo? Non ero certo responsabile dei suoi crimini!

Pekka ha distrutto la nostra vita insieme, una vita costruita con fatica nel corso degli anni. Eppure, punta il dito contro di me.

A essere sincera, devo ammettere di aver sospettato che qualcosa non andava.

Era come un'ombra cupa e minacciosa ai confini del mio campo visivo, che sfuggiva non appena mi voltavo verso di lei. Forse pensavo che se di una cosa non si parla non esiste.

Comunque anche se sospettavo che ci fosse sotto qualcosa, non potevo immaginare cosa.

Pekka si è pentito delle sue azioni? Non credo.

Nessuno lo conosce bene come me.

E neanch'io, alla fin fine, lo conosco.

Pekka

Ho rapito la Principessa dieci anni fa, l'ho imprigionata in una gabbia nella cantina della casa di campagna, ho abusato di lei e poi l'ho lasciata andare. Non mi hanno mai preso. La Principessa non fu la mia prima vittima. Né l'ultima.

Ecco la confessione che volevate. Prego, non c'è di che.

La gita al luna park che facevo a primavera era il momento più bello dell'anno. Quella volta mi preparai acquistando una busta di caramelle alla liquirizia salata.

Il luna park apriva alle dieci di mattina, ma io arrivai due ore dopo, quando c'era già parecchia gente. Se fossi arrivato tra i primi, avrei attirato l'attenzione; ero un uomo solo, senza figli. A quell'ora, invece, nessuno fece caso a me.

Mi misi accanto al chioschetto all'ingresso in cerca della vittima adatta.

Nei luna park giravano decine di bambini, ma nessuno di loro era solo. C'era sempre un genitore o magari una babysitter.

Tranne la Principessa.

Venne lì da sola.

La salutai da lontano, di modo che se qualcuno ci avesse visti avrebbe pensato che ero suo padre e l'aspettavo all'ingresso.

Lei ricambiò.

Mi avvicinai e le offrii le caramelle.

« Sono le mie preferite! » esclamò.

« Quali altri dolci ti piacciono? »

« Le liquirizie, i biscotti, le brioche. Ma più di tutto le torte. »

« Le torte? Davvero? »

« Sì, le torte! »

« Ma guarda! Che coincidenza! Io sono un pasticciere. In macchina ho una torta enorme. Che ne dici di assaggiarla? »

« Sì! »

Andammo insieme verso la macchina. La Principessa voleva mostrarmi come faceva la rana, e si mise a saltellare allegramente accanto a me.

« *Hop, hop, hop* » gridò.

Arrivammo allo spazio sterrato del parcheggio e io aprii la portiera posteriore destra.

« La torta è sul sedile di dietro. Salta su, così ne assaggi una fetta. »

Lei infilò la testa dentro. Io aprii il bagagliaio, tirai fuori una tela cerata mimetica e lo richiusi silenziosamente.

« Ma qui non c'è nessuna torta. »

La spinsi dentro, la coprii con la cerata e sbattei la portiera. Salii al posto di guida e azionai la chiusura centralizzata.

Misi in moto e mi diressi alla casetta di campagna che avevo comprato di nascosto da Clarissa. Mia moglie viaggiava molto per lavoro, ma volevo comunque avere un posto dove portare le mie vittime quando lei era a casa.

Quando arrivammo, portai la Principessa in cantina. Avevo appena seguito un corso di ipnosi e decisi di testare le mie nuove capacità su di lei. L'avrei ipnotizzata in modo che non ricordasse nulla.

Tirai fuori dalla giacca un vecchio orologio da taschino. Lo presi per la catena e lo feci oscillare davanti ai suoi occhi.

« Segui i movimenti dell'orologio, ti sentirai bene. »

Lei obbedì buona buona. E subito si addormentò.

Ora sapete tutto, ma finora vi ho fregati per bene.

Clarissa non sospettava nulla.

Ero stato estremamente attento. Infatti non mi avevano scoperto, nonostante avessi catturato diverse vittime.

Ma ora, a mandare all'aria i miei piani, era arrivata la Principessa.

L'avevo riconosciuta la prima volta che era venuta da Clarissa, vedendola arrivare dalla finestra del mio studio.

Sul momento non ne ero sicuro, poi i disegni avevano tolto ogni dubbio.

Era difficile credere che li avesse fatti quando aveva appena dieci anni.

Già una volta ero stato sul punto di ucciderla. Poi avevo deciso, per pura bontà, di lasciarla andare. E ora era ricomparsa nella mia vita come un pupazzo a molla che non vuole tornare nella scatola.

Non potevo lasciar correre.

Perché era voluta andare da Clarissa? Era un caso?

Cazzo, no. Aveva per forza in mente qualcosa.

Dovevo scoprire cosa.

Era solo questione di tempo: avrebbe detto a Clarissa che io avevo distrutto la sua vita. Quanto ci avrebbe messo Clarissa a capire che non era andata da lei per la terapia, ma per denunciarmi?

All'inizio mi aveva preso il panico, ero sicuro che mi avrebbero scoperto. Non volevo subire le conseguenze di ciò che avevo fatto.

Il tempo passava, e la Principessa non faceva niente.

Mi sentivo sempre più braccato. Perché non aveva ancora rivelato niente a Clarissa?

Dopo averci riflettuto un po', capii. La Principessa usava la psicologia inversa: invece di spiattellare tutto al primo incontro, voleva manipolare Clarissa.

Furba, come mossa. Se gliel'avesse detto subito, mia moglie non le avrebbe creduto, l'avrebbe preso come il delirio di una persona instabile. La tattica, invece, era di ingraziarsela a poco a poco, e vuotare il sacco solo quando Clarissa fosse stata dalla sua parte.

Mi andava bene.

Avevo più tempo.

Comunque, quale che fosse il suo piano, dovevo reagire. Non potevo più contare sul suo silenzio.

Per assicurarmi che tenesse la bocca chiusa, c'era solo un modo.

Io e Clarissa dovevamo liberarci di lei.

Insieme.

Ira

Qual sabato mattina mi svegliai al suono di un sms. Nemmeno ricordavo l'ultima volta che qualcuno mi aveva scritto. Inaspettatamente, il messaggio era della mia psicologa.

Mi chiese di andare subito da lei.

Ero perplessa. Come mai tanta fretta?

Le chiesi di cosa si trattasse. Non rispose. Le telefonai, ma di nuovo lei non rispose né mi richiamò. Dopo un'ora provai a chiamare ancora; non era raggiungibile.

Alla fine la curiosità ebbe la meglio. Ci andai.

Non avevo idea di cosa volesse, ma non avevo brutti presentimenti.

Durante il viaggio in autobus mi misi a pensare. Credeva forse che fossimo a una svolta? Non poteva aspettare fino alla prossima seduta?

Scesi dall'autobus e mi incamminai verso la casa. Mi venne in mente la casetta di marzapane della strega cattiva. Se l'avessi vista da bambina, avrei voluto staccarne un pezzetto e vedere se era buona come i biscotti che faceva papà a Natale. Non mi ricordavo com'era la storia, solo che qualcuno finiva infilato nel forno e bruciato.

Ma era la strega? O Hänsel? O Gretel?

Nella vita ci sono momenti in cui il destino cambia direzione all'ultimo secondo. Suonai il campanello molte volte, nessuno aprì. Per poco non girai i tacchi e tornai a casa.

Cosa sarebbe successo alla psicologa, se avessi fatto dietrofront? Non oso neanche pensarci. Ma il destino, o chi per esso, aveva deciso altrimenti.

Eravamo entrambe destinate a soffrire di più e molto più a lungo.

Ira

Forse è ora che sappiate la verità. In realtà, niente di ciò che vi ho raccontato finora è vero. Tranne la gabbia e lo Stronzo.

Tutti gli omicidi che vi ho descritto. Non sono colpevole. Eppure in un certo senso lo sono.

Ricordo il mio primo pensiero ossessivo. Avevo dieci anni ed era passata una settimana da quando lo Stronzo mi aveva rapita. Ero seduta sul divano insieme a mamma Marja e papà Arto a guardare il telegiornale. Io però non lo seguivo; volevo solo stare accanto a loro, sentirmi al sicuro. Anche se non riuscivo a dirgli quello che mi era successo, volevo stargli vicino.

Quello che era successo mi perseguitava; mi dava tregua solo quando ero insieme ai miei genitori. Come se la mia mente infantile non avesse ancora capito che non erano in grado di proteggermi.

Il giornalista aveva attaccato una lagna sull'andamento della borsa, poi passò ad altro. Assunse un'espressione compassionevole e cominciò: « L'abuso sessuale dei bambini è... » A quel punto papà cambiò canale.

E allora un'idea mi fulminò.

E se spaccassi in due il cranio di papà con un martello?

Il pensiero mi raggelò. Come potevo pensare una cosa così folle? E di papà, il mio amato papà! Stavo impazzendo o ero già pazza?

Cercai di allontanare quell'idea folle, ma non ci riuscii in nessun modo.

Papà. Il cranio. Il martello. Papà. Il cranio. Il martello. Papà. Il cranio. Il martello.

Mi vidi aprire la porta del garage, poi la cassetta degli attrezzi di papà, prendere il martello, raggiungere lentamente la soglia della camera da letto dei miei. Li vidi dormire, mentre io entravo e colpivo papà alla testa. Sentii il cranio spezzarsi.

Vidi il sangue scorrere sulle lenzuola.

Era uno spettacolo orribile.

Non potevo averlo pensato io!

Ma chi l'aveva pensato, se non io? Nessuno poteva impiantare le sue idee nella mia mente.

L'idea successiva fu ancora più orrenda. E se impazzissi e lo facessi, pur non volendo? E se una forza prendesse il sopravvento su di me e mi costringesse a farlo? E se fossi posseduta dal diavolo? E se non potessi far altro che gridare aiuto, ma il mio grido fosse muto e nessuno mi sentisse? Mi avrebbero accusato di omicidio senza che potessi farci nulla, mentre mio padre giaceva a terra in un bagno di sangue.

Tutti questi pensieri si rincorsero nella mia mente nel giro di minuti, anzi, secondi. L'ansia mi stava soffocando.

Mi alzai dal divano di scatto e urtai i giornali impilati sul tavolino, che cascarono a terra. Papà si chinò a raccoglierli, allungando la testa, proprio sotto la mia mano destra.

Gli accarezzai i pochi capelli sottili.

Si girò verso di me con un'espressione perplessa. Quand'era l'ultima volta che ci eravamo toccati? Scappai in camera mia.

Delle settimane che seguirono ricordo solo una cosa: i pensieri ossessivi. Più cercavo di respingerli, più mi inondavano la mente.

Rifuggivo la compagnia di papà per evitare di fargli del male. Avevamo l'abitudine di cenare tutti insieme, e i miei non transigevano. A cena papà sfogliava il giornale e non si accorgeva del mio strano comportamento. Io lo uccidevo avvelenando il cibo, colpendolo con una padella in testa. Più spesso, però, con il martello.

Non potevo rivelare ai miei genitori questi pensieri ossessivi; ero sicura che mi avrebbero spedita all'ospedale psichiatrico. Credevo di essere pericolosa. Ero da rinchiudere. Chi aveva così paura di se stesso da non poter stare nella stessa stanza con il proprio padre?

Ripensandoci a mente lucida, capivo che erano idee assurde. Ma in quel momento mi sembravano reali. Sapevo di non avere la minima intenzione di uccidere mio padre, ma questo non placava la mia ansia.

Volevo stare almeno un minuto senza vedere quel folle film dell'orrore, ed escogitai un sistema che funzionò, ma per poco.

Ogni volta che ero assalita da un'idea ossessiva e violenta, chiedevo perdono tra me. Presto fu necessario scusarmi tre volte per ogni pensiero, una volta non bastava più. Poi cinque volte e così via. Non riuscivo a concentrarmi su niente, perdevo tempo con quelle idee folli e a scusarmi di averle pensate.

Iniziai a ricorrere a una sorta di pensiero magico: se faccio qualcosa di sbagliato, papà morirà; se faccio qualcosa di buono, vivrà; se non so fare i compiti di matematica, a papà verrà un infarto; se salgo le scale a due a due, papà si salverà. Quando anche quel sistema fallì, iniziai con le azioni maniacali: controllavo decine di volte di aver chiuso la porta di casa o spento il gas.

È servito? No, ma non potevo fare altrimenti. Ripetevo i gesti come un automa, ma non mi sentivo meglio.

Era iniziato tutto col martello.

Mi spaventava, ma non avevo scelta.

Esitai anche davanti alla porta del garage. Ce l'avrei fatta?

Sapevo dove papà teneva la cassetta degli attrezzi.

Avevo le dita talmente sudate che a stento riuscii ad aprire il lucchetto. Nel momento in cui afferrai il martello, mi venne il vomito.

Non so ancora come feci. Il martello pesava come un macigno; lo portai fuori.

Avevo scavato una buca nel bosco vicino, lo buttai dentro e lo seppellii. Ora non potevo più uccidere papà con il martello.

Non con quello, perlomeno.

Subito dopo, mi sedetti a terra nella mia camera. Non avrei avuto pace; nascondere il martello non sarebbe bastato – o magari era stato un errore. Impietrita, aspettavo un segno dall'universo.

A un tratto capii cosa dovevo fare.

Mi alzai e corsi in cantina. Temendo di farmi prendere dalla paura, mi lanciai a rotta di collo per le scale senza accendere la luce. Arrivai in fondo alla cieca.

In piedi davanti alla casa delle bambole mi dissi ad alta voce: « Questo mi aiuterà ».

Tastai le bambole una per una, finché trovai quella che cercavo. La presi e andai in garage. Appesa sopra la cassetta degli attrezzi c'era una sega.

Segai la testa alla bambola che rappresentava papà.

Clarissa

Chi è affetto da un disturbo d'ansia generalizzato non ha nessun problema di percezione della realtà. Non ha le allucinazioni. È, come si suol dire, sano di mente. Crede di essere pazzo, ma è una persona normalissima.

Per descrivere i pensieri intrusivi, si usa il « paradosso dell'elefante rosa »: se ti dicono di non pensare a un elefante rosa, non riesci a pensare ad altro.

Provateci e vedrete.

I pensieri intrusivi funzionano allo stesso modo. È impossibile respingerli.

Bisognerebbe inserire nel dizionario, alla voce « disturbo d'ansia generalizzato » (GAD-7 – *Generalized Anxiety Disorder*), una foto di Woody Allen. Pensate ai personaggi interpretati da Allen nei suoi film, sono dei nevrotici che hanno paura di tutto. E se mi va di traverso una mandorla e soffoco? E se mi casca in testa un asteroide? E se arriva la fine del mondo?

I film di Woody Allen sono commedie, per questo non mettono in scena le paure più agghiaccianti di chi è affetto da questo disturbo: e se impazzisco e mi ammazzo? O ammazzo la prima persona che incontro?

I miei genitori?

Mio figlio o mia figlia?

Gli amici e i parenti cercano invano di calmarli. « Non impazzisci e non farai del male a nessuno. »

« Lo so benissimo! »

E se invece...

Ira

Nei primi mesi dopo la gabbia ho imparato che non ci si può fidare di nessuno. Mi sentivo divisa in due: la Ira buona di prima e la Ira cattiva di dopo, che guadagnava sempre più spazio dentro di me.

Non sapevo come affrontare i miei traumi e tantomeno le reazioni che mi provocavano.

Nessuno mi aiutava.

La professoressa di biologia ci parlò della pubertà e dello sviluppo della personalità, e io mi convinsi che il mio problema fosse dovuto all'adolescenza: da bambina ero buona, ma non era la mia vera natura, quella cominciava a farsi strada con l'adolescenza.

Quindi, praticamente, ero cattiva.

Se a un adulto capita qualcosa di brutto, si chiede: « Perché proprio a me? »

Il bambino, invece, è sicuro che il motivo del male sia dentro di lui.

Mi abbandonarono a me stessa.

Non potevo parlare con nessun adulto. Del resto, non avevo le parole per esprimere ciò che era successo.

La mia solitudine era totale. A poco a poco mi allontanai dagli altri, dall'umanità intera.

Quello che era successo contaminò tutto il mio vissuto, spazzò via in un solo colpo tutti i bei ricordi. Se cercavo di recuperarli, mi comparivano solo le immagini della cantina.

Non meritavo più niente di bello.

Lo Stronzo aveva visto nella mia anima. Ero riuscita a ingannare gli altri, non lui. Mi aveva afferrata con le sue dita nere perché sapeva che ero sporca e non avrebbe lasciato impronte.

A posteriori è ovvio che ce l'avevo con i miei genitori, che non avevano capito quanto fossi angosciata e non avevano fatto niente per aiutarmi. Non potevo odiarli, però. Avevo solo loro, non potevo correre il rischio di perderli.

Così l'odio si era trasformato in pensieri ossessivi.

L'odio avrebbe risolto il problema. Invece provavo solo ansia e sensi di colpa.

Lo sapeva, lo Stronzo, cosa mi aveva fatto? Sapeva di aver distrutto la mia vita? Per lui ero solo un giocattolo da usare una volta e poi da buttar via? Mi aveva degnata di un solo pensiero, dopo quel giorno? Riconoscerebbe la mia faccia, se mi incrociasse per strada?

E poi, la domanda più terribile; e se non fossi stata la sua unica vittima?

Ira

Ho centinaia di articoli di giornale sui miei crimini violenti. Li ho raccolti in cartelle. I più numerosi sono le aggressioni: tre cartelle. Gli omicidi sono in un'unica cartella bella gonfia.

I ritagli più vecchi sono già ingialliti; il primo è ridotto così male che è quasi illeggibile. Non importa; me lo ricordo a memoria, parola per parola.

Ho cominciato a raccoglierli quando avevo quattordici anni, ovvero dopo quattro anni esatti da quando lo Stronzo mi aveva liberata dalla gabbia. Sì, contavo i giorni.

Prima dei quotidiani leggevo solo i fumetti. Un giorno la professoressa di finlandese ci assegnò per compito di cercare un articolo che ci interessasse, da analizzare poi in classe.

Sfogliai svogliata *Il Giornale di Helsinki* concentrandomi sui titoli, che trovai uno più noioso dell'altro: politica, bilancio, burocrazia, acquisizioni aziendali. Alcuni non li capii neanche, della maggior parte lessi una parola e passai oltre.

Improvvisamente un titolo mi colpì: « Uomo scomparso a Salo ». Parlava della scomparsa di un palista, Martti-Kalervo Katveenluoma. Mi agitai.

Ero stata io a ucciderlo?

Erano quattro anni che convivevo con i pensieri ossessivi, e ormai capivo la logica che li innescava – se di logica si può parlare – ed ero consapevole che erano assurdi.

Non avevo ucciso Martti-Kalervo Katveenluoma né nessun altro, ma questo non mi impediva di farmi prendere dal panico al pensiero di essere stata io.

La ragione e le emozioni facevano a cazzotti, ma ad avere la meglio erano sempre queste ultime.

Tentai di convincermi che non avrei potuto commettere

quel crimine: non avevo mai sentito parlare di lui, figuriamoci conoscerlo; non sapevo che aspetto avesse, anche perché il breve articolo non era corredato da una foto; a Salo non avevo mai messo piede; non avevo motivo di ucciderlo; e così via.

Nessun ragionamento riuscì a calmare la mia ansia. Sapevo di non aver niente a che fare con la scomparsa di Martti-Kalervo Katveenluoma, eppure ero certa di averlo ucciso.

La notte successiva mi addormentai a fatica. Sognai di uccidere quell'uomo una volta con un coltello, un'altra con un fucile. Mi svegliai che qualcuno bussava alla mia porta. Il sogno era ancora vivo nella mia mente; e mi trovai davanti Katveenluoma che, piangendo, supplicava pietà.

Bussarono ancora; ero sicura che fosse la polizia, mi avevano scoperta e sarei finita in prigione. Invece era mamma, che mi svegliava. Chiusi la porta e corsi alla scrivania a rileggere la notizia.

L'avevo letta la sera prima così tante volte che la sapevo a memoria. Ma dovevo rileggerla, perché ero stata assalita da un'altra ossessione, che non mi dava pace: nell'articolo si citava il mio nome.

« La polizia cerca Ira Haaleajärvi, l'assassina di Martti-Kalervo Katveenluoma. »

Com'è ovvio, l'articolo non era cambiato durante la notte.

In poco tempo mi convinsi di essere colpevole di moltissimi crimini violenti. Maltrattamenti, omicidi. Ero certa di aver ucciso nella stessa mattina un jogger a Tampere e un barista a Keuruu, a oltre cento chilometri di distanza. Commettevo nuovi crimini in continuazione, indipendentemente da dove fossi e cosa stessi facendo.

Ogni singolo istante della mia vita si tramutò in un episodio del passato di cui pentirmi.

Colpevole, colpevole, colpevole.

Niente riusciva a convincermi di essere innocente. Credetemi, ho provato di tutto. Le mie giornate cominciavano sempre allo stesso modo; aprivo il giornale e cercavo notizie dei miei crimini. Nello stesso giorno picchiavo gente in Lapponia e nel Sud della Finlandia. È ovvio che non potessi essere in due posti contemporaneamente, ma non sentivo ragioni.

Mi sentii colpevole di tutti i crimini violenti commessi nel Paese a partire dal luglio 2009. Ogni notizia mi gettava nel panico più totale.

Eppure, dovevo aprire *Il Giornale di Helsinki* ogni mattina e cercare nuovi pretesti per il mio incessante senso di colpa.

A diciott'anni andai a vivere per conto mio, e mi isolai. Non volevo stare tra la gente per paura di essere colta da un raptus di violenza e ferire o uccidere il primo sfortunato che incontravo.

Alla fine, lasciavo casa solo per fare la spesa, e anche quelle uscite mi provocavano ansia. Nessuna delle persone che incrociavo aveva idea delle orribili cose che avrei potuto farle. Mi passavano accanto beatamente ignare che fossi la serial killer più attiva della Finlandia. Mi affidavano la loro vita, senza sapere del pericolo che correvano.

Vi sbagliate se pensate che ci si possa abituare. I pensieri ossessivi erano sempre più angoscianti. Alcuni mi perseguitano da anni. Il primo – l'idea di uccidere mio padre – mi tormenta ancora, tutti i giorni.

L'unico modo per tenerlo a bada è non vederlo mai.

In questo senso, la morte di cancro della mamma quando avevo quattordici anni fu un sollievo. Non dovevo più temere di farle del male. Un'ossessione in meno. Ma anche quel senso di sollievo mi faceva sentire colpevole.

Mi tormentavo di continuo. Ogni tanto si risvegliava la voce della ragione e mi diceva che non avevo fatto mai nulla per cui dovessi sentirmi in colpa, ma il senso di colpa la zittiva. Di giorno ammazzavo e torturavo gente nella mia mente, di notte sognavo quelle scene. Non avevo via d'uscita.

A quattordici anni, dopo il primo tentativo di suicidio, mi svegliai nell'ospedale psichiatrico. In quel reparto potevo riposare; non avevo bisogno di mostrarmi sana a tutti i costi. Dopo appena un paio di mesi, ero di nuovo a casa a massacrare col pensiero la gente che vedevo camminare fuori dalla finestra.

Gli anni passarono, ma nulla cambiò; a volte ero talmente sfinita che mi trascinavo all'ospedale psichiatrico. Non mi ricoveravano, perché secondo loro non ero pericolosa. Ci tornavo imperterrita, ma gli psichiatri di turno mi spedivano sistematicamente a casa.

Ira

Erano dieci anni che cercavo lo Stronzo. Non so nemmeno se si possa chiamare ricerca, visto che non avevo uno straccio di indizio. Ma non mollai, pur sapendo che poteva rivelarsi impossibile. Ero piccola, ma capii che non avrei voltato pagina finché non avessi portato a termine quel compito.

Non fu una decisione consapevole, non era una questione di morale. Se lo avessi ucciso, sarei scesa al suo livello? Sarei diventata un'altra persona? Avrei distrutto la mia etica o la mia coscienza? Sarei stata rovinata? Corrotta, immorale, marcia? O un'eroina, la paladina dei bambini? Oppure una persona completamente, irreversibilmente diversa? Magari non sarei più stata un essere umano, ma un animale. Magari sarei diventata uguale allo Stronzo. Qualcuno avrebbe potuto perdonarmi? O arrivare a capire il mio gesto?

Non potevo permettermi di rimuginare in quel modo. Mentre perdevo tempo con quelle domande, lo Stronzo continuava la ricerca di nuove vittime. Che gli altri interpretassero le mie azioni a modo loro, che mi condannassero secondo il loro codice morale. Io non avevo scelta: dovevo agire.

All'inizio brancolavo nel buio. Del resto, ero ancora una bambina. Non conoscevo il suo nome e le uniche prove della sua esistenza erano i miei disegni. Dal momento che mi divertivo a disegnare anche gnomi e draghi, non avevo mostrato a nessuno i ritratti dello Stronzo. Chi mi avrebbe creduta?

Non sapevo da che parte cominciare. Mi ricordavo il suo aspetto e la sua cantina, e basta. Non mi ricordavo di che colore fosse la sua macchina, ma solo che mi aveva messo sul sedile posteriore e steso addosso una tela cerata mimetica. Il sedile era ricoperto di macchie bianche, avevo pensato che Pollicino o un altro esserino piccino si fosse sentito male e ci avesse vomitato sopra.

Quella fu la prima volta che mi affidai al pensiero magico. Mi ero detta che, se fossi rimasta acciambellata lì, sotto la cerata, senza fare storie, sarebbe andato tutto bene. Avevo cercato di restare ferma nella posizione in cui mi aveva messo lo Stronzo, ma lui guidava come un pazzo; svoltava sbandando, frenava di colpo.

Non era per niente preoccupato di mettere a repentaglio non solo la vita degli altri automobilisti e la mia, ma anche la sua incolumità. Né gli importava di attirare l'attenzione della polizia.

Mi ero accorta di un buco nella cerata, ma avevo evitato di guardare. Pensavo che, se non avessi visto né sentito niente, non mi sarebbe capitato nulla di male; allora avevo chiuso gli occhi, per non vedere niente del paesaggio che scorreva dal finestrino. Non avevo idea del percorso né della destinazione.

Lo Stronzo aveva inserito una cassetta nell'autoradio e le casse erano esplose dietro di me, facendomi spalancare gli occhi dallo spavento. Dal buco della cerata avevo notato a terra un lustrino rosa, proprio come quelli che decoravano il cappello di Winnie the Pooh sulla maglietta della mia migliore amica Ella. La immaginai di fianco a me, a stringermi la mano. Accanto al lustrino c'era una fototessera sbiadita. Una bella donna con un sorriso dolce.

Forse non c'era da aver paura?

Avevo infilato la mano nel buco e afferrato la fototessera, per poi metterla in tasca.

Quella donna mi avrebbe protetta.

Sentivo *Baby One More Time* di Britney Spears. Quell'essere schifoso si era messo a cantare, ma si era fermato dopo una strofa, come se si fosse ricordato di avere un ascoltatore.

Nel corso degli anni, sono tornata spesso nei luoghi della mia infanzia, per quanto fosse doloroso. Ogni volta, dentro di me si scatenava una tempesta di emozioni che ancora oggi faccio fatica a decifrare. Tutto era cominciato lì. Da un lato temevo di trovarmi faccia a faccia con lo Stronzo, dall'altro temevo di non trovarmici.

Sapevo che, più tempo passava, più trovare il mio nemico diventava improbabile. Stavo perdendo la speranza.

Ciò nonostante, ripetevo lo stesso percorso di continuo: casa mia; il campo sportivo dove c'era il luna park; il parcheggio dove il mostro mi aveva rapita. Era l'ultimo punto di riferimento che avevo; in quello stesso parcheggio mi aveva riportata indietro.

È davvero un miracolo se sono riuscita a scoprire l'identità dello Stronzo.

Ira

Mi rifiutai di leggere la cronaca nera per non dover reggere il peso della colpa di un altro omicidio. Meglio non usare Internet, non leggere i giornali o guardare la tv. Non so cosa mi spinse, proprio quella sera, ad accendere il televisore che mi aveva regalato papà per Natale.

Il caso sa essere spietato, a volte.

C'era un'intervista a Clarissa Virtanen, su temi legati alle donne e agli abusi. Riconobbi quel volto, anche se era invecchiato di dieci anni.

La donna della fototessera che avevo rubato nell'automobile dello Stronzo.

Ce l'avevo ancora, conservata nella scatola da scarpe in cui tenevo i disegni. Non la toccavo da dieci anni. Mi ci volle un po' per trovare il coraggio e sollevare il coperchio. Era lì, in cima a tutto il resto, sbiadita dal tempo.

Una donna incantevole.

Il mio angelo custode era Clarissa Virtanen.

Perché lo Stronzo aveva una sua fotografia?

La girai. Mi ricordavo bene. Sul retro c'era una dedica: « Al mio amato Pekka ».

Clarissa

Vi ho detto che Riku è stato l'ultimo dei miei pazienti a suicidarsi. Mi dispiace, ma in realtà non è andata esattamente così.

Anzi, non è andata affatto così.

È successo un paio di mesi fa. Una domenica mattina presto. Pekka era andato a pescare in Lapponia e io ero da sola a casa. Suonò il campanello. Era un adolescente che non avevo mai visto.

Aveva una cresta verde pettinata all'indietro, il giubbotto di jeans strappato era coperto da spille e toppe di band punk.

Il suo aspetto mi spaventò, ma non lo diedi a vedere.

« Tuo marito è in casa? »

Ero prevenuta, non ci potevo fare niente.

« Perché lo conosci? »

« Questo dovresti chiederlo a lui. »

Mi guardò con aria di sfida. Puzzava di alcol e fumo. Mi disgustò.

« Pekka non c'è in questo momento, perciò lo chiedo a te. »

Avevo assunto un tono freddo.

« Cazzo, se t'interessa, te lo dico », gridò.

Tremai di paura.

« Devi sapere con chi sei sposata. Tuo marito è uno stupratore. Mi ha violentato il weekend scorso. »

Reagii prima di capire cosa stessi facendo; lo afferrai per la manica del giubbotto, lo trascinai nell'ingresso e chiusi la porta.

I vicini non dovevano sentire quelle bugie.

« Cosa vuoi? » sibilai furiosa.

« Soldi. Tuo marito deve pagare. Visto che non c'è, paghi tu per lui. Cinquecento subito o lo denuncio. »

Stringeva il pugno destro. Mi avrebbe picchiata se non avessi accettato?

Cinquecento euro erano una grossa somma per un adolescente, io invece potevo tirarli fuori dal portafoglio seduta stante. Ma ero certa che, se avessi ceduto, il ricatto non sarebbe finito lì. Poteva tornare a spillarmi altri soldi in qualsiasi momento, aumentando di volta in volta la quota. Io e Pekka avremmo dovuto pagare per tutta la vita.

Non avevo mai sentito di ragazzi che tentano di ricattare gli adulti inventando di sana pianta false accuse. Forse mi aveva sentito parlare dell'argomento in tv e aveva pensato che, essendo una che difendeva le vittime di abusi, fossi una preda facile.

Come faceva a sapere il nome di Pekka? No, non lo sapeva. Aveva chiesto se *mio marito* era in casa.

Inventai una scusa su due piedi per togliermelo di torno.

« Purtroppo ora non ho contanti. Puoi tornare tra un'ora, così vado al bancomat? »

Il ragazzo accettò e sparì in un baleno. Io mi ritirai nello studio a pensare un piano. Ero sicura che le accuse fossero infondate. Io e Pekka stavamo insieme da più di vent'anni. Lo conoscevo così bene che non c'era nulla che potesse dire o fare per sorprendermi.

In fatto di violenza e abusi sessuali ero un'autorità in Finlandia. Se Pekka fosse stato uno stupratore, come avrei potuto non accorgermene, proprio io?

Non avevo dubbi che il ragazzo mentisse e Pekka fosse innocente. Ma... se qualcuno avesse preso sul serio quelle accuse? Anche se ci fosse stato un processo e Pekka fosse stato scagionato, sarebbe stato troppo tardi. La sua reputazione sarebbe stata compromessa.

E se si fosse sparsa la voce, quali ripercussioni avrebbe avuto sulla mia credibilità?

La mia carriera sarebbe finita.

Ira

Una cosa è immaginare un omicidio, un'altra è iniziare a pianificarlo davvero. Seduta sul divano, avevo le mani che mi tremavano senza controllo. Presto mi venne l'idea giusta per avvicinarmi allo Stronzo senza destare sospetti: diventare una paziente di sua moglie.

Lo Stronzo era molto più avanti di me. Ma io l'avrei raggiunto. Era impossibile che mi riconoscesse: da bambina ero parecchio grassa, avevo i capelli spessi e chiari e la pelle abbronzata. Ora ero magra, cadaverica e avevo tinto di nero i capelli sottili. Neanch'io mi riconoscevo nelle foto di quand'ero piccola. Come poteva, lui, vedere in me la bambina che aveva imprigionato nella sua cantina dieci anni prima?

Era la mia occasione, ma avevo paura di non saperla cogliere. Lo Stronzo aveva ancora il controllo su di me. Per la prima volta in dieci anni stavo per arrendermi.

Decisi di dormirci su e rimandare la decisione alla mattina dopo. Naturalmente, non chiusi occhio. Al mattino avevo deciso.

Ero pronta a morire.

Ero così carica che avevo voglia di attaccare subito lo Stronzo. Ma riuscii a controllare il mio impulso. Aspettavo da dieci anni, che fretta avevo? Potevo prendermela comoda.

E attaccarlo quando meno se l'aspettava.

Con dita tremanti, digitai il nome di sua moglie su Google. Non potevo crederci: tutta la Finlandia la ammirava. Era ovunque: televisione, radio, giornali.

Come mai non l'avevo notata prima?

Perché mi ero tenuta lontana dai media, ovviamente.

Il motore di ricerca mi indirizzò sul suo sito.

Clarissa Virtanen. Psicoterapeuta. Settori di specializzazione: violenza e abusi sessuali su minori.

Fissai lo schermo, paralizzata. Non mi resi conto che stavo piangendo finché non vidi le lacrime gocciolare sulla tastiera.

Clarissa

Un'ora dopo aspettavo con ansia il ragazzo. Quando suonò il campanello e lo vidi sull'uscio, capii che era teso.

Allungai verso di lui cinquecento euro in contanti, lui me li strappò di mano e si dileguò in un attimo.

Aspettai un momento e poi lo seguii.

Evidentemente, il ragazzo temeva che cambiassi idea, perché si era messo a correre.

Lo pedinai tenendomi a distanza per non farmi notare. Dopo qualche centinaio di metri d'improvviso si fermò, costringendomi a infilare il sottopassaggio puzzolente di piscio che conduceva in un cortile, vicino a un negozietto di oggetti antichi. Sbirciai per vedere cosa faceva.

Il ragazzo si sfilò lo zaino, estrasse il cellulare e le cuffie e mise la musica a volume altissimo; sentii le potenti note iniziali di *God Save the Queen* dei Sex Pistols.

Proseguì a passo normale, mentre lo seguivo a poca distanza. Entrò nella stazione ferroviaria e salì sulle scale mobili che portano alla metropolitana.

Alla fermata si mise ad aspettare la metro oltre il limite di sicurezza segnalato dalla striscia sul pavimento.

Come se avesse intuito il suo destino.

Era presto, sul binario non c'era ancora nessuno.

Corsi verso di lui. Non si era accorto che lo seguivo. Mi vide materializzarmi dal nulla. La sorpresa fu tale che non oppose nessuna resistenza. Lo tirai verso di me e gli afferrai le mani, nascondendole nelle maniche del mio trench. Lo spinsi verso i binari senza mollare la presa.

Il treno uscì dalla galleria.

Lasciai la presa e gridai aiuto.

Le guardie impiegarono qualche secondo a scendere dalle scale mobili. Quando arrivarono al binario, tremavo come in preda a una crisi isterica. Chiamarono la polizia, che sollevò il corpo esanime di Riku dai binari.

Lo guardai un'ultima volta, poi andai via.

Quel pomeriggio fui convocata in commissariato. I poliziotti avevano già visionato i filmati di sicurezza della metro; a suo tempo avevo seguito un corso di autodifesa in caso di aggressione da parte di un paziente violento e quel giorno avevo testato le mie capacità per la prima volta. Dalle riprese della telecamera sembrava che Riku volesse gettarsi sotto il treno e io tentassi di salvarlo. Non sospettarono di nulla. Forse perché, se l'avessi ucciso, probabilmente non sarei rimasta lì ad aspettare le guardie e tantomeno avrei gridato aiuto.

L'ufficiale che mi sottopose all'interrogatorio voleva solo sapere in che rapporti eravamo io e Riku. Riferii che era un mio paziente; prima dell'interrogatorio avevo preparato un documento che esibii al poliziotto, spiegandogli che, siccome Riku era minorenne, gli avevo chiesto di far firmare ai genitori un'autorizzazione a seguire la terapia con me. Se la polizia l'avesse mostrata ai genitori e loro avessero negato la mia versione, avrei potuto dire che era stato Riku a falsificarla, non volendo rivelare ai genitori di avermi chiesto aiuto.

La polizia sapeva che ero tenuta al segreto professionale, ma, trattandosi di un decesso mi chiesero di collaborare.

Spiegai che Riku mi aveva contattata un paio di settimane prima e avevamo fatto solo due sedute. Avevo deciso di fare un'eccezione e non chiedere il pagamento, anche perché non avevo intenzione di proseguire con la terapia, ma di contattare l'Ufficio per la tutela dei minori e affidarlo a loro.

Dissi anche che Riku si era presentato da me quella mattina per sfogarsi; sembrava depresso, inconsolabile. Lo avevo convinto a parlare con i genitori dei suoi problemi, e lui aveva acconsentito a condizione che fossi presente anch'io. Però, arrivati alla stazione, si era messo a correre fino alle scale mobili; io lo avevo inseguito, ma ero scivolata, perché avevano appena lavato il pavimento. Inventai che, vedendolo al binario, mi ero tranquillizzata. Ero corsa verso di lui, l'avevo afferrato per le mani e gliele avevo tenute con tutte le mie forze.

Ho aggiunto che andavo regolarmente in palestra e pensavo di essere in forma. Ma cosa poteva fare una donna esile contro un adolescente? Riku si era liberato con uno strattone e si era buttato sui binari, come testimoniavano le telecamere.

Ero certa di avergli stretto le mani con tale forza da provocare dei lividi. Il medico legale li avrebbe notati. Allora ripetei più volte al poliziotto che avevo tentato di trattenerlo con tutte le forze che avevo.

Mi chiese se Riku avesse mostrato comportamenti autolesivi prima di allora. No, assicurai, per me quel suicidio era stato un fulmine a ciel sereno.

La polizia mi ringraziò, l'interrogatorio finì. Caso chiuso. Non c'era motivo di sospettare un crimine.

Si trattava senza dubbio di suicidio.

Pekka

No, Ira non è stata la mia unica vittima.

Volete saperne di più?

Mi sono imbattuto in Riku per caso, nel parcheggio della stazione, appena un paio di mesi fa. Mi ha chiesto di comprargli una birra; aveva quindici anni, non poteva comprarsela da solo.

Riku era una specie di alternativo. Eppure, non importava quanto si fosse imbruttito riempiendosi il naso e le orecchie di piercing, si vedeva lontano un miglio che aveva un bel viso.

Aveva le labbra sottili, messe in evidenza dal rossetto blu, le ciglia lunghe e gli zigomi talmente alti che mi davano quasi le vertigini.

Dovevo convincerlo a venire con me.

Per fortuna Clarissa era a Turku per lavoro.

Fu facile. Il ragazzo era già sbronzo e non era molto in sé. Gli raccontai di avere una passione per i vini e gli promisi di fargli assaggiare quelli della mia cantina. Salì in macchina e ci dirigemmo verso casa.

Durante il viaggio, Riku mi rovesciò addosso la storia della sua vita. Viveva nel bilocale dei suoi, nel quartiere di Kontula, praticamente da solo, perché i genitori erano due tossici e a casa non c'erano mai. Era riuscito a finire la scuola media, ma ora, a pochi mesi dall'inizio delle vacanze, era rimasto senza punti di riferimento, isolato.

Significava una cosa sola: nessuno ne avrebbe sentito la mancanza.

Arrivammo a casa. Vi risparmio i particolari, come ho fatto finora. Posso dirvi, però, che mescolai delle pillole di Temazepam al vino. Dopo qualche ora, lo trascinai sul sedile posteriore della macchina e lo portai nel parcheggio del supermercato di Kontula, a smaltire sbornia e pillole su una panchina.

Contai sulla vergogna che avrebbe provato; avrebbe cercato di dimenticare e non avrebbe detto niente a nessuno.

Ira

Perché dovrei raccontarvi tutti i particolari della gabbia? Voi non mi conoscete. Per voi io non sono altro che parole su carta. Potrei essere tanto il personaggio di un romanzo quanto una persona reale.

Tutto ciò che descrivo, perfino gli abusi, potrebbe essere per voi semplice intrattenimento. Come se leggeste una rivista di gossip. Sospirate inorriditi di fronte a quello che ho patito, ma soprattutto vi sentite sollevati: per fortuna è capitato a lei e non a me.

Dite di avere compassione, mentre in realtà vi dispiace che non mi sia successo di peggio. È stato terribile, ma poteva andare anche peggio, no? Bella storia, ma poteva avere quel tocco in più. Siete delusi, come quando guardate un film horror. Un po' di terrore in più, dai!

Più io soffro, più voi godete.

Per voi io sono puro intrattenimento.

O sono troppo cinica?

Magari provate empatia nei miei confronti.

Ora basta. Per voi sono parole, ma ogni parola, no, ogni pensiero riapre la mia ferita.

Cosa ci guadagno a raccontarvi tutto?

Più racconto e più mi credete, forse?

E se ogni goccia di sangue, ogni livido e ogni graffio vi convincesse che è successo davvero? Se vedeste la cicatrice sulla mia coscia? O avete bisogno di altre prove? Fotografie? Video? Un referto medico? Un verbale d'interrogatorio?

Peccato. Io non ho nulla.

È la mia parola contro la sua.

Io e lo Stronzo.

Allora mi chiederete: perché ci hai detto di essere una serial killer? Perché non sei stata sincera?

Vi porgo le mie più sentite scuse!

Detesto le bugie, perché per tutta la vita ho dovuto nascondere gli avvenimenti della mia infanzia. Niente per me è più importante della verità, ma avevo le mie buone ragioni per raccontare un sacco di cazzate.

Io *sono* una serial killer – nella mia mente. Negli ultimi sei anni non ho fatto altro che uccidere gente, di giorno con il pensiero e di notte nei sogni. Quando mi sono definita un'omicida seriale, non ho mentito.

Perlomeno, non secondo me.

Clarissa

L'interrogatorio durò sì e no mezz'ora. All'inizio avevo intenzione di telefonare a Pekka appena messo piede in casa per raccontargli tutto. Poi però, mentre ero in tram, capii che Pekka non c'entrava nulla con quella faccenda; ero io che avevo combinato un disastro.

Riku si era messo a perseguitare mio marito solo perché mi aveva vista sui media e sapeva che lavoravo con le vittime di abusi sessuali. Pekka non aveva niente a che fare con le bieche macchinazioni di quel ragazzo.

Meglio non dirgli niente.

Non avrebbe mai giustificato l'omicidio di un adolescente.

Correvo anche il rischio che mi denunciasse alla polizia.

Dato che la giornata mi aveva stremata, andai a dormire presto.

Al risveglio, una domanda mi balenò nella mente: come lo sapeva, Riku, che ero sposata con Pekka? E come sapeva dove abitavamo?

Il nostro indirizzo era riservato.

A meno che Pekka non lo avesse portato da noi.

Fui assalita dai sospetti.

Riku aveva detto la verità.

Nessuno dei miei pazienti abusati aveva mai mentito. L'abuso subito è una tale vergogna che nessuno lo inventa di sana pianta.

E io non gli avevo creduto solo per tutelare me stessa e la mia reputazione.

Di quel giorno non ricordo altro. Prima bevevo occasionalmente; quella mattina per la prima volta mi ubriacai fino a perdere la memoria. Non sopportavo il senso di colpa.

Ora capisco il perché della mia reazione aggressiva alle accuse di Riku. La mia mente non sopportava il fatto che il mio amato marito fosse un mostro. Volevo negarlo a tutti i costi e questo rifiuto mi aveva condotto a gesti estremi. Per non affrontare la verità, mi ero inconsciamente autoconvinta che Pekka fosse innocente e Riku un bugiardo. A pericolo scampato, dopo la morte del ragazzo, la mia psiche era riuscita poco per volta ad accettare che le sue accuse erano fondate.

Io, che per tutta la mia carriera avevo analizzato i principi del funzionamento della mente umana, mi accorsi di non essere stata in grado di analizzare me stessa al momento opportuno.

Il mattino dopo mi svegliai con i postumi della sbornia. Il senso di colpa si accanì sulla mia coscienza al punto che temevo di impazzire. Non potevo far altro che trovare un modo di conviverci per il resto dei miei giorni.

L'essenziale era impedire a Pekka di commettere altri crimini, e ci sarei riuscita solo se fossi rimasta con lui invece di divorziare. Lo scopo della mia esistenza diventò tenerlo d'occhio e impedirgli di assecondare ancora i suoi impulsi malati.

Pekka

Potevo immaginare, dieci anni fa, che le nostre strade si sarebbero incontrate una seconda volta? Avrei potuto ucciderla allora, nella gabbia, e invece l'ho lasciata andare.

Suppongo che sappiate che noi criminali desideriamo – se non altro inconsciamente – di essere catturati. Avrete letto abbastanza libri gialli da sapere che è questo il motivo che ci spinge a tornare sul luogo del delitto.

Non avevo temuto che lasciando libera Ira mi avrebbero preso. Non ne avevo motivo. Mia moglie aveva spiegato, nel corso di svariate interviste, che la psiche di un bambino è più fragile di quella di un adulto. Pochi adulti vantano una psiche così forte da non rifiutare le cose che avevo fatto a Ira. Potevo contare sul fatto che non si sarebbe ricordata niente. Senza considerare che l'avevo ipnotizzata in modo che dimenticasse tutto. Ancora non mi capacito del perché non sia andata come previsto.

La suggestione post-ipnotica funziona alla perfezione anche dopo dieci anni; l'ipnotista attiva nell'ipnotizzato un certo stimolo che lo riporterà in trance ogni volta che lo percepirà.

Lo stimolo che avevo imposto a Ira era un gesto. L'attirai a casa con un sms inviato dal cellulare di Clarissa. Quando mise piede nell'ingresso, l'afferrai per le spalle. E lei cadde in trance.

Ira

Mi ero illusa di avere un piano infallibile: avrei compiuto il primo vero omicidio della mia vita. Non mi fregava niente dell'ergastolo: la mia vita non sarebbe cambiata più di tanto. In compenso, potevo star certa che nessun bambino sarebbe più stato vittima dello Stronzo.

Credevo di aver curato ogni dettaglio. Non volevo affrettare le cose rischiando di mandare all'aria il mio piano ed ero pronta a tutto.

Il messaggio che avevo ricevuto non era della mia psicologa: conteneva degli errori. Nei saggi pubblicati sul suo sito, lei mostrava una perfetta padronanza della grammatica finlandese. Perciò, quando suonai il campanello, ero sicura di trovare lo Stronzo ad aspettarmi.

Avrei fatto sì che mi portasse nella casetta di campagna dove mi aveva imprigionata da piccola. In borsa avevo nascosto un coltello che avrei usato per costringerlo a portarmi in cantina e lì tagliargli i polsi, così da simulare un suicidio.

Avevo preparato un messaggio nel quale confessava i suoi crimini. Tutto quello che mi aveva fatto quando ero ancora una bambina innocente. Avevo scritto che aveva capito di avermi uccisa nell'anima e mi chiedeva scusa, che non ce la faceva più a vivere con il rimorso e bla, bla, bla.

Come se i mostri fossero capaci di sentirsi in colpa.

Ora mi rendo conto di quanto fosse stupido il mio piano. Poteva andare a monte in un milione di modi.

E infatti.

Nell'ingresso di casa loro, lo Stronzo mi afferrò con forza per le spalle e mi guardò fisso con occhi indemoniati. Credeva di avermi fatto cadere in una trance post-ipnotica. Su questo si sbagliava.

La prima volta che mi aveva rapita, quello schifoso aveva tentato di ipnotizzarmi facendo oscillare davanti ai miei occhi un vecchio orologio da taschino. Era d'argento, con una bella incisione che raffigurava la rosa dei venti.

A scuola avevamo appena imparato i punti cardinali. La decorazione me li aveva fatti venire in mente: nord, est, sud, ovest. Nord-est, sud-est, sud-ovest, nord-ovest.

Pur seguendo il movimento dell'orologio, mi ero aggrappata ai punti cardinali, che ripetevo nella testa come un mantra per placare il terrore che stava per farmi a pezzi.

Forse l'ipnosi non aveva funzionato perché la mia mente era concentrata su altro; ma, terrorizzata com'ero, sembravo in trance. Non avevo alcuna intenzione di oppormi. Le forze mi avevano abbandonata ed ero caduta a terra come un burattino a cui hanno tagliato i fili.

Non c'è da stupirsi che lo Stronzo fosse sicuro di avermi in pugno.

Dieci anni dopo, impalata nell'ingresso dello studio, ebbi la stessa reazione. Lo Stronzo mi afferrò per le spalle e io crollai a terra.

Cercai di gridare, ma né le labbra né la gola mi obbedirono. Sentii qualcosa di umido sulle guance che mi colò in bocca; era salato.

Era la mia ultima possibilità di fuggire.

Dovevo solo alzarmi, tirare fuori il coltello dalla borsa e ficcarglielo nel petto. Immaginai la lama affondare nella carne e grattare lo sterno con uno stridio soffocato.

Dalla ferita sarebbe sgorgato il sangue.

Sempre meno, man mano che diminuivano le pulsazioni, finché sarebbe morto.

Sapevo cosa dovevo fare per sopravvivere, ma non riuscii a fare niente.

Quel bastardo mi sollevò e mi caricò sulla spalla destra. Uscì e mi portò nella macchina rossa parcheggiata in cortile. Cercai qualcuno ma lì intorno non c'era anima viva. Il cortile dei vicini era vuoto.

Mi scaricò sul sedile posteriore senza che fossi in grado di fermarlo. Mi buttò addosso la stessa cerata di quando mi aveva rapita la prima volta. La macchina puzzava ancora di sudore, il sedile era ancora ricoperto delle macchie bianche che da bambina mi erano parse il vomito di Pollicino.

Sapevo dove stavamo andando.

Raccogliendo le ultime forze, controllai se una delle portiere si apriva, ma lo Stronzo aveva azionato il blocco centralizzato, e non c'erano maniglie. Non riuscii a fare altro. Ero come un agnellino che va al macello.

Ero indifferente, come se il mio destino non m'interessasse più.

Ero alla fine.

Sprofondai nei ricordi d'infanzia.

Ero sempre stata la cocca di papà. I ricordi più belli erano di quando io e lui ce ne andavamo in cantina a costruire le bamboline di legno per la mia casa delle bambole; le dipingevamo con grande precisione, fin nei minimi dettagli. Ci toccò aggiungere altri piani per farcele entrare tutte.

I momenti della mia infanzia di cui ho più nostalgia sono quelli trascorsi con papà in cantina. Il suo fischiettare allegro e il pavimento che pian piano si riempiva di schegge. La sua espressione concentrata quando dipingeva labbra minuscole con un pennellino sottilissimo. Il suo sorriso orgoglioso quando gli mostravo la bambola che avevo intagliato.

In quei momenti ero sicura che mi amava, anche se non me l'aveva mai detto.

Dopo il rapimento non ero più riuscita ad andare in nessun locale interrato; la puzza di muffa mi riportava alla mente lo Stronzo e la gabbia. Non potrò mai dimenticare la delusione di papà quando rifiutavo di andare lì con lui.

Chissà perché continuava a insistere. Io però non potevo metterci piede, né potevo rivelargli il motivo. Papà prese a trascorrere sempre più tempo in cantina, ma a fargli compagnia al posto mio era la bottiglia. È per colpa mia che è diventato un alcolista.

Questo non è un pensiero ossessivo.

È la verità.

La macchina girò su una stradina sterrata. Io fui sbalzata bruscamente dal sedile e mi feci male al gomito urtando un barattolo di vernice che rotolava nell'auto. Ignorai il dolore, in mente avevo una cosa sola: il senso di colpa.

I miei occhi si riempirono di lacrime.

La casetta era in fondo a un cortile trasandato, quasi nascosta sotto a un acero. Era impossibile dire quanto fosse vecchia: la vernice si era scrostata, i mattoni del tetto sembravano pronti a volare via al primo soffio di vento, il comignolo era lì lì per crollare. L'erba del cortile non veniva tagliata da anni, mi arrivava alle cosce. La casa era probabilmente vuota da tempo.

Lo Stronzo fermò l'auto, aprì la portiera posteriore e mi prese in braccio.

Ero semincosciente.

Poteva farmi quello che voleva.

La mia anima era già altrove.

Ira

Non so quanto tempo rimasi nella gabbia. La cantina era uguale a dieci anni prima: non c'erano mobili, cianfrusaglie o pile di giornali vecchi, ma solo la gabbia arrugginita e la vecchia vasca da bagno.

La puzza penetrante della muffa rivelava che la casa era completamente marcia.

Dicono che nei ricordi d'infanzia tutto appare più piccolo. Nella gabbia ora non riuscivo a stare né in piedi né distesa, a stento riuscivo a girarmi. Mi accovacciai cercando di allungare le gambe, che si erano intorpidite a furia di stare inginocchiata in quella posizione scomoda.

Il pavimento era ricoperto di polvere e il soffitto tappezzato di ragnatele. Pareva che nessuno ci fosse entrato da tempo – forse da dieci anni? Allora le mie paure erano infondate? Ero stata l'ultima prigioniera della gabbia?

Sul pavimento c'era lo stesso tappeto bianco. Era coperto di sporcizia incrostata. Sapevo che sotto la sporcizia c'era l'immagine che mi aveva perseguitata; mi tirai sulla mano la manica della vecchia felpa di papà e sfregai forte il tappeto finché l'immagine riemerse.

Una farfalla di sangue.

Il mio sangue.

Da piccola avevo immaginato la farfalla rosa volare sopra di me e tenermi compagnia in quella lunga giornata trascorsa nella gabbia.

Non ero rimasta sola: lei aveva volteggiato intorno a me finché non ero uscita da lì.

Tornai al presente.

A un tratto la cantina si riempì di farfalle.

Farfalle apollo, con due occhioni rossi che mi fissavano dalle ali posteriori. *Agriades glandon*, con le ali grigie come il cemento fresco. Vanesse dell'ortica, con quelle macchie azzurre ai bordi delle ali arancioni che sembravano dipinte con la stessa precisione con cui mio padre decorava le mie bamboline.

Le farfalle si diressero verso la gabbia e mi si posarono sui capelli, sulle gambe, sulle spalle, sul volto.

Davanti a me, sul tappeto, sopra la farfalla insanguinata, si posò un intero sciame di podaliri.

I podaliri sono molto rari in Finlandia.

La droga cominciava a fare effetto.

Dopo avermi rinchiusa in gabbia, lo Stronzo era andato via per un po', poi era tornato di nuovo in cantina facendo molto rumore mentre scendeva la scala a pioli, come per avvertirmi del suo arrivo.

Aveva con sé un piatto di porridge. Aprì la porta della gabbia e cominciò a imboccarmi a forza. Cercai di impedirglielo agitandomi, ma con mani e piedi legati era stato impossibile. Era più forte, riuscì a farmi ingurgitare quasi tutto quel porridge dal retrogusto sgradevole.

Ci aveva messo una droga o un veleno.

Cercai di convincermi di avere le allucinazioni. Le farfalle non esistevano. Urlai con quanto fiato avevo in gola.

« Non è vero! »

« Vero! Vero! Vero! » mi rispose l'eco dalle pareti della cantina.

Ero sfinita. Mi sforzai di tenere gli occhi aperti, ma si chiudevano. Se avessi ceduto, sarei morta, lo sapevo.

Ero una farfalla.

E volai.

Arto

Seduto alla mia scrivania, buttai giù non so quante versioni della mia lettera d'addio. Niente di quello che avevo scritto in trent'anni di carriera mi aveva preparato a questo. Volevo trovare le parole giuste, parlarle d'amore, di rimorso e di sensi di colpa.

Avevo trattenuto così a lungo i miei sentimenti che ora trasformarli in parole era impossibile.

Da giornalista, avevo scritto anche articoli dal tono molto personale, come « Un anno da vedovo », che descriveva il mio primo anno dopo la morte di Marja. Ora mi sembrava di non esserne più capace.

Le frasi che formulavo erano banali e vuote. Le parole erano solo parole; non sapevo caricarle di sentimento, eppure era con le parole che avrei dovuto convincerla di non aver mai amato nessuno quanto amavo lei.

Più grande è il sentimento, meno sono le parole per descriverlo.

Fissai lo schermo del mio computer e cancellai l'ennesima bozza. Ricominciai, ma mi fermai all'inizio. Avevo scritto per lavoro per tutta la vita, ma non avevo imparato nulla. Ero un fallimento totale, non ero in grado di scrivere neanche una lettera d'addio.

Il cursore lampeggiava sul documento vuoto. Ingoiai le lacrime. Volevo una sola cosa al mondo.

Non era ancora troppo tardi.

Avrei salvato Ira.

Pekka

Ero sempre un passo avanti. Lo ammetto: ero stato sorpreso di vedere la Principessa comparire la prima volta da Clarissa. Avrei scommesso qualsiasi cosa che di me non avrebbe detto niente a nessuno, né da bambina né dopo. Altrimenti, sarebbe finito tutto sui giornali e sarei stato braccato dalla polizia e dai giornalisti. Ma, una volta capito che aveva intenzione di rivelare tutto a Clarissa, fui costretto a tapparle la bocca.

Dovevo elaborare un piano. Come potevo eliminarla senza lasciare tracce? Mi preparai con cura, passo passo. E solo quando fui certo che la mia strategia era infallibile, mi misi in azione.

Tutti dovremmo avere un amico medico. Il mentore di Clarissa, Harri Kuikkasuo, era un vecchio testardo e palloso, le sue solfe mi entravano da un orecchio e mi uscivano dall'altro. Il suo ritornello era sorpassato da decenni: Freud di qua, Freud di là.

Però mi servì.

Gli avevo riferito di soffrire da anni di una grave insonnia. Lui si era preoccupato e mi aveva prescritto Temazepam a bizzeffe. Avevo drogato Riku con le compresse prescritte da Harri, e così feci anche con la Principessa.

La seconda volta faticai a rinchiuderla nella gabbia, un po' piccola per una persona adulta. Comunque ci riuscii, e poi andai in cucina a preparare la pappa d'avena. Quando aprii la confezione di Temazepam, mi accorsi di aver preso per errore quella con poche compresse – sufficienti a drogarla, ma non a ucciderla. Fui costretto a tornare a casa a recuperare la confezione intera.

Clarissa

Quel sabato mattina ero in partenza per il fine settimana a Kuopio, dalla mia amica Minna. Mi ero svegliata tardi, facendo saltare il programma di vederci al mio ristorante preferito a mezzogiorno: non sarei arrivata a destinazione in orario neanche ignorando i limiti di velocità e guidando per quattro ore e mezzo filate. Un mal di testa da stress mi serrò le tempie. Preparai di volata il bagaglio, salutai Pekka e salii in macchina.

Dopo quasi due ore di guida ininterrotta, all'altezza di Mikkeli, mi resi conto di non aver avvertito Minna che non sarei arrivata in tempo per il pranzo. Uscii alla prima stazione di rifornimento e rovistai in borsa, ma non trovai il cellulare. Vuotai il contenuto sul sedile: spazzola, pacchetto di gomme da masticare, monete, custodia con biglietti da visita e fazzoletti appallottolati, ma niente telefono. Maledissi la mia distrazione.

Di stare un weekend intero senza cellulare non se ne parlava. Avevo promesso ai miei pazienti di essere sempre raggiungibile; non conoscevo a memoria i loro numeri, e i contatti di alcuni erano privati per motivi di lavoro. Oltretutto, uno di loro – un artista di cui ovviamente non posso fare il nome – era molto in crisi, e durante la settimana mi aveva chiamata più volte al giorno in preda alla disperazione. Non potevo abbandonarlo.

Agitata com'ero, non mi passò per la testa che una volta a destinazione avrei potuto telefonare a Pekka dal cellulare di Minna, chiedergli di dettarmi i numeri dei pazienti e poi chiamarli per informarli che nel fine settimana sarei stata raggiungibile al numero di Minna.

Feci inversione verso Helsinki.

Arrivai un paio d'ore dopo. Aprii la porta e sussultai: era scattato l'allarme antincendio. Con il mal di testa che avevo, era insopportabile. Nell'ingresso c'era puzza di fumo. Corsi in cucina; i fornelli erano spenti.

Mi precipitai nel mio studio e sull'uscio mi assalì una nube di fumo. Corsi ad aprire la finestra. Al centro del tappeto c'era il cestino di alluminio pieno di fogli inceneriti; sul tappeto era caduto un pezzo di carta mezzo bruciato, come se qualcuno avesse bruciato una lettera d'addio ma gli fosse irrimediabilmente sfuggita di mano.

Raccolsi il pezzo di carta dal tappeto. Sembrava che qualcuno avesse smorzato l'incendio calpestando il fuoco. Sul foglio c'era l'impronta di una scarpa.

Era quel che restava di un disegno a carboncino di Ira: la testa dell'uomo con la faccia cattiva.

Presi il cestino e diedi un'occhiata ai resti bruciati. Pekka aveva strappato e bruciato tutti i disegni di Ira. Rimasi a fissarli, sconvolta. Cosa diavolo gli era preso?

Mi venne spontaneo, prima di tutto, fotografare il cestino e i disegni bruciati, per avere una prova inconfutabile. Istintivamente infilai una mano nella borsa e frugai alla ricerca del telefono, poi mi ricordai di essere tornata a casa proprio per recuperarlo.

Mi girai verso la scrivania e vidi che il cellulare non era nell'angolo, al suo solito posto.

Indietreggiai, ancora sconvolta, e andai in cucina. Il cellulare era lì, sul tavolo. Avevo ricevuto un sms. Da Ira.

« Perché devo venire subito? »

Ero stupita. Non le avevo mandato nessun messaggio. Cercai tra i messaggi inviati.

« Vieni, da me. Ora. Dobbiamo parlare, è una cosa urgente. »

Perché Pekka aveva inviato a Ira quel messaggio?

Corsi per tutta la casa in preda al panico. Cercai in ogni stanza e persino nell'armadio. Poi uscii fuori e osservai il cortile.

Di Pekka e di Ira non c'era traccia.

Tornai in cucina e telefonai a Ira. Irraggiungibile.

Solo in quel momento notai un mazzo di chiavi sul tavolo. C'erano tre chiavi vecchie e arrugginite, due delle quali identiche. La grande poteva essere quella della porta di un vecchio edificio; le due piccole, non ne avevo idea. Me le rigirai tra le mani finché capii. Le piccole aprivano un lucchetto.

Appeso al mazzo di chiavi c'era un cartoncino con un indirizzo scritto nella grafia di mio marito: « Kanttarellinkaarre 5 ». Cercai sul cellulare; era a mezz'ora di macchina, nel villaggio di campagna di Lurikkala. Perché Pekka aveva le chiavi di un posto in una zona che nemmeno conoscevo?

Mi precipitai in macchina. Entrai, mi scostai una ciocca di capelli che mi era caduta sugli occhi. Mi guardai nello specchietto: sulla guancia, la ruggine mi aveva disegnato un'ala di farfalla.

Inserii l'indirizzo sul navigatore e partii.

Clarissa

Mi sentivo spossata. Quel giorno avevo fatto solo una colazione leggera, ma la spossatezza forse era un effetto della paura. Cosa dovevo aspettarmi di trovare?

Acceleravo decisa, ma qualcosa dentro di me si ribellava. Potevo ancora andare a Kuopio, trascorrere il fine settimana con Minna e, una volta rientrata la domenica sera, salutare Pekka allegramente e chiedergli com'era andato il fine settimana. Si era ricordato di fare delle pause o era rimasto tutto il tempo incollato al computer? Potevo ancora fingere di credere alla risposta di Pekka che, elemosinando la mia solidarietà, mi rifilava la balla d'aver lavorato ininterrottamente, senza neanche uscire a prendere una pizza.

Potevo massaggiargli le spalle e convincermi di avere un marito meraviglioso e fedele di cui fidarmi al cento per cento.

Ma non ce la facevo più a vivere nella menzogna. Era dalla morte di Riku che tenevo in piedi quella farsa. Mi ripetevo che non avevo divorziato da Pekka per impedirgli di commettere altri abusi.

Solo a quel punto, mentre ero al volante, aprii gli occhi. Come avrei fatto a fermarlo? Mica potevo stargli dietro come un'ombra ventiquattr'ore su ventiquattro. E come dimostravano i disegni bruciati nel cestino non avevo idea di cosa combinasse quando non c'ero.

Con una mia paziente.

Ero così sprofondata nelle mie elucubrazioni che mi ero persa. Il navigatore mi segnalò di fare inversione, lo feci e poi svoltai in una strada piena di buche. Su un'insegna sbilenca c'era scritto « KANTTARELLINKAARRE ». Il navigatore segnalò che avevo raggiunto la destinazione. Alla fine della stradina c'era una casa.

Il mio cellulare squillò.

Pekka.

Sapevo che me ne sarei pentita, ma gli concessi l'ultima possibilità di spiegare.

Non mi salutò neppure.

« Sul tavolo della cucina c'era un mazzo di chiavi. Dov'è? »

Non riconoscevo la voce di mio marito. Era minacciosa, come se avesse svelato la sua vera natura.

Non risposi.

« Clarissa, ascolta, è importante! Ho bisogno di quelle chiavi! »

Non aprii bocca.

« Quando sei venuta qui? Sono andato un attimo a fare la spesa e le chiavi sono sparite! »

Gli attaccai il telefono in faccia, ma lo sentii gridare:

« Clarissa, sto arrivando! »

Clarissa

Spensi il motore e mi precipitai verso la casa. La porta esterna era chiusa a chiave. Tirai fuori il mazzo dalla borsa e infilai la chiave grande nella toppa. A furia di girare e strattonare, la porta si aprì. Sulle scale c'era un cesto pieno di ceppi al quale era appoggiata un'ascia. L'afferrai. Solo dopo averla stretta in mano, mi resi conto di sapere già cosa avrei trovato lì dentro.

Aprii lentamente la porta e sbirciai all'interno. Era buio, non c'era anima viva. Entrai. Un raggio di sole sfavillò su un gancio metallico che fuoriusciva dal pavimento; era un segno. Agguantai il gancio con la mano sinistra e tirai. Per un istante pensai di essere ancora in tempo per tornare sui miei passi e fuggire. Ma non potevo.

Non più.

La botola dava su una cantina a cui si accedeva da una scala a pioli traballante. Scalciai via le décolleté e scesi. Arrivata in fondo mi fermai, tenendomi alla scala, e mi guardai intorno. Vidi prima una vasca arrugginita, poi la gabbia.

Era in fondo alla cantina e non era vuota. Sapevo che dentro c'era qualcuno, eppure la mia mente provò a ingannarmi per l'ultima volta, facendomi credere che fosse vuota. Ma lo sentii. Un lamento strozzato, simile a quello di un animale che sa di morire, riecheggiò fra le pareti della cantina. Tremai di paura, finché mi accorsi che a emetterlo ero io.

Mi precipitai alla gabbia. Ira era distesa a terra, farfugliava tra sé. A un tratto si girò verso di me e biascicò:

« Sapevo che saresti venuta ».

Il suo sguardo sembrava trapassarmi, come se dietro di me ci fosse qualcuno.

Chi aspettava? Non ne avevo idea.

Ira

Nella cantina si diffuse una luce bianca. Una figura di una bellezza surreale si posò davanti a me. Indicò la gabbia con un dito e le sbarre si dissolsero.

Un paio di ali candide come la neve si aprirono e mi avvolsero.

Un angelo.

Il mio angelo custode.

Aveva i capelli lunghi e un abito rosa. L'espressione era serena e rassicurante.

Da piccola avevo sognato quell'angelo, che mi sussurrava un segreto: « Ci rivedremo ».

Le sue mani mi afferrarono le braccia così forte che le sue unghie mi affondarono nella pelle e cominciai a sanguinare. Mi fece uscire dalla gabbia e mi diede uno schiaffo sulla guancia, poi un altro. E un terzo.

L'angelo mi precedette sulle scale a pioli, con l'ascia che oscillava al ritmo dei passi. Mi arrampicai dietro di lei fino alla cucina.

« Sei morta! »

Sentii gridare quella minaccia, ma non sapevo a chi si riferisse.

L'ascia volò lungo la stanza con un sibilo. Non avevo mai sentito una persona lottare per la vita. Sentii un urlo animalesco. Mi coprii le orecchie con le mani e mi precipitai fuori.

Credevo di essere uscita per sempre da quella gabbia, ma naturalmente mi sbagliavo.

Arto

Dicono che per smettere di bere devi toccare il fondo. Io lo toccai quando venni a sapere che mia figlia era stata abusata da piccola e non si era fidata abbastanza di me da raccontarmelo.

Che razza di uomo ero? Che razza di padre?

Per la prima volta in vita mia, mi sono guardato allo specchio con onestà e non mi è piaciuto ciò che ho visto.

La soluzione ai miei interrogativi era una sola: staccarmi dalla bottiglia.

Avevo voluto a tutti i costi ascoltare la deposizione di Ira al processo.

Non so ancora chi mi abbia dato la forza di resistere fino alla fine. Ero travolto dalle emozioni: incredulità, rabbia, tristezza. Cosa aveva dovuto sopportare la mia piccolina! E continuavo a tormentarmi con la stessa domanda: che razza di padre ero?

Non riesco più a guardare Ira come prima. È come se accanto a lei ci fosse sempre l'ombra di quell'uomo che incombe sul viso di mia figlia.

Pekka Virtanen.

O come lo chiama lei: lo Stronzo.

Durante il processo, quell'essere schifoso venne sottoposto a una perizia psichiatrica e a una valutazione di pericolosità sociale. Il nostro avvocato ci assicurò che non sarebbe mai uscito dall'ospedale psichiatrico giudiziario: secondo la perizia, al momento del crimine era capace di intendere e di volere e costituiva un serio pericolo per gli altri.

Ira

Il mattino dopo mi svegliai in ospedale. Mi dissero che mi ci aveva portato la mia psicologa; io non me lo ricordo perché ero sotto l'effetto del farmaco. Aveva anche chiamato l'ambulanza. L'ascia aveva colpito lo Stronzo a una coscia, dritto all'arteria femorale. Era ferito in modo grave, ma si salvò.

Al processo lo Stronzo raccontò che la mia psicologa lo aveva aiutato a rapirmi, che lei aveva intenzione di uccidermi ed era andata nella casa di campagna per farlo. Poi aveva cambiato idea all'ultimo momento, proprio quando avrebbe dovuto colpirmi al petto con l'ascia. La psicologa confermò tutto.

All'inizio non ci potevo credere. Ero convinta che lei volesse aiutarmi davvero. D'altronde, non sono mai stata brava a giudicare le persone. Altrimenti non sarei finita nella gabbia.

E nella gabbia ci erano finiti anche loro, in un ospedale psichiatrico giudiziario.

Sono sicura che uno dei due tenterà la fuga.

Ira

Possono un padre e una figlia che si sono allontanati ricominciare da zero? Be', ci proviamo. Mi sono trasferita da papà, per prenderci cura l'uno dell'altra. Papà frequenta gli Alcolisti Anonimi e tenta disperatamente di uscire dalla dipendenza. Spero ci riesca, ma non ne sono convinta; al momento ha più motivi di bere di prima.

Non abbiamo mai parlato di niente. Lui non vuole. Vuole spacciarsi per una persona aperta, ma in realtà cerca di scansare tutte le cose difficili. Non vi avrà riferito niente che vada oltre la sua soglia di sopportazione. Figuriamoci se vi ha parlato dei miei tentativi di suicidio.

Non avrei dovuto dare il consenso alla sua presenza durante la mia deposizione. Non meritava di sentire la verità. È un idealista, un hippy e un pacifista; nel suo mondo il male assoluto non esiste.

Quando parlai dello Stronzo, gli lessi in faccia lo sgomento, che tentò di nascondere come meglio poteva. Era da tempo che si chiedeva cosa avesse distrutto la vita della sua adorata bambina.

A quel punto tutto si spiegò, e non ebbe altra scelta che credermi. Mio padre fu costretto a riconsiderare tutto ciò a cui teneva: i suoi valori, il suo modo di pensare e la sua morale. Il mondo non era come pensava.

Lui, che prima era contro la pena di morte, ora trova conforto solo in pensieri violenti. Lo Stronzo ha distrutto anche la sua, di vita. Papà non lo direbbe mai, ma vorrebbe che fossi morta nella gabbia. La mia stessa esistenza gli ricorda quello che mi è successo. Se fossi morta, avrebbe potuto infilare tutto il suo dolore nella mia bara e seppellirli assieme, mentre ora non ha pace. Non riesce neanche a guardarmi negli occhi.

Io non potrò mai perdonarlo per non avermi protetta quando ero bambina. E lui è abbastanza intelligente – o si sente così in colpa – da non chiedermi di farlo.

Lo Stronzo ha stretto la mia mente in un nodo mortale e mio padre, anche se in buona fede, non fa che tirarne i capi e stringerlo ancora di più. Cerca sempre qualcosa che mi faccia stare meglio, è il suo modo di risarcirmi per quello che è successo. Potrebbe aiutarmi l'ipnosi? E la meditazione? Lui vuole che io guarisca, a qualsiasi costo.

È dura essere malati. Ma mai quanto vedere papà che non sopporta che io sia malata. Sono responsabile anche del suo malessere.

È un peso che non posso sopportare.

Ecco perché negli ultimi tempi ho pensato di nuovo alle pillole, alle lamette e alla corda per impiccarmi. A tutti i modi per farla finita, una buona volta.

Finché ho ricevuto una lettera dello Stronzo.

Ira

Papà aveva preso la posta e, non conoscendo la grafia, mi aveva lasciato sulla scrivania la lettera che mi aveva scritto lo Stronzo dall'ospedale psichiatrico giudiziario. Le lettere sulla busta erano corde pronte a stringersi intorno al mio collo per strangolarmi.

Avrei voluto buttarla nel cestino, ma non ci riuscii: lo Stronzo mi teneva in pugno, non potevo fare a meno di abboccare all'esca. La sua lettera era come una bomba che tichettava finché non l'avessi aperta.

Meglio aprirla subito: non riuscivo a pensare ad altro che all'odio che conteneva.

Erano parole il cui unico scopo era avvelenarmi la mente.

La lettera conteneva una sola frase:

« Sei mia ».

L'ho letta una seconda e una terza volta prima di strapparla. Solo allora ho capito una cosa che avrei dovuto capire anni prima. La verità era sempre stata davanti ai miei occhi, ma non la vedevo. Quando ero piccola, avevo una cosa che lo Stronzo non aveva.

Ero innocente.

Lui voleva distruggermi. Schiacciare sotto i piedi tutto ciò che era puro e sbriciolarlo. Strappare, rompere, sfregiare. Tagliuzzare e fare a pezzi con la sega. Stritolare e frantumare.

E ci era riuscito – o quasi. Perché anche se aveva allungato le sue mani luride su di me lasciandomi per sempre addosso le sue impronte, mi restava ancora una cosa che lui desiderava.

La vita.

Non che fosse granché, valeva poco o niente, ma era quello che lui voleva. E io non gliel'avrei mai concessa.

Ho appallottolato i pezzi di carta, lanciato tutto nel cestino e urlato: « Mai! »

Mi sono resa conto di aver preso la decisione più importante della mia vita.

Dovevo imparare a vivere.

Lo dovevo alla bambina che dieci anni prima era stata prigioniera dello Stronzo, chiusa in una gabbia.

Giurai di trovare un modo per uscire per sempre dalla cantina e salvare la piccola Ira.

Clarissa

Nel tragitto per portare Ira in ospedale, pensai a una sola cosa: la punizione che mi ero inflitta non bastava. Non era bastato cercare di sostituirmi alla coscienza di Pekka e impedirgli di commettere altri crimini. Per il mio di crimine – l'omicidio di Riku – meritavo una giusta punizione.

Al processo Pekka aveva dichiarato che l'omicidio di Ira l'avevamo progettato insieme; in realtà io non sapevo che avesse abusato di Ira e pianificato di ucciderla. Nonostante ciò, volevo essere punita anche io per i reati di mio marito.

Ero certa che lo avrebbero condannato all'ospedale psichiatrico giudiziario. Se avessi confessato il mio coinvolgimento nei crimini di Pekka – pur mentendo – ci sarei finita anch'io.

Per me non esisteva punizione migliore che trascorrere il resto della vita insieme al mostro di cui avevo ucciso una vittima innocente.

Ma l'omicidio di Riku non lo confesserò mai.

Specialmente a Pekka.

Non voglio sappia che un tempo ero così disperatamente determinata a proteggerlo da arrivare a uccidere una sua vittima.

Delle prime settimane di ricovero ho un ricordo offuscato. Seduta nella mia stanza, osservavo le gocce di pioggia sul vetro della finestra. Dopo più di un mese, è arrivata una nuova paziente. Una giovane donna vestita di nero con il polso destro bendato.

Quella sera, a cena, si è seduta di fronte a me al tavolo all'angolo dove mi mettevo sempre da sola. Mi ha chiesto con un fil di voce di passarle la zuccheriera, senza guardarmi negli occhi; gliel'ho passata e, senza farmi vedere, ho sfiorato con il pollice il suo indice. Ho percepito il contatto.

Il destino ci ha fatte incontrare.

La mia vita ora ha di nuovo uno scopo.

Io salverò questa donna.

Ringraziamenti

Ringrazio calorosamente il team della WSOY: Anna-Riikka, Hanna, Lea, Reetta, Samuli, Satu-Maria e Tuuli. Siete i migliori!

Grazie al grafico Perttu Lämsä per l'illustrazione di copertina.

Desidero esprimere la mia gratitudine anche ad Aija, Jenna e Susanna per il loro prezioso aiuto.

Ringrazio i lettori dell'audiolibro Satu Paavola, Martti Palo, Anna Saksman e Ilkka Villi.

Infine, il ringraziamento più importante va a mio marito. Ho scritto questo mio primo romanzo nell'arco di quattro anni, durante i quali ho riversato su di lui le mie ansie. Sei mesi prima della pubblicazione, in un momento di lucidità, gli ho chiesto se fosse stufo di ascoltare le mie lamentele. « Da un bel po' », mi ha risposto. Allora gli ho solennemente promesso di tenere la bocca chiusa. « No. Lo scopo di una relazione è ascoltare i problemi dell'altro anche quando non ne puoi più. »